Max G[illegible]
ès lettres, i[illegible]
nalisme – [illegible]
du *Matin* a[illegible] fonctions poli-
tiques : député de Nice, parlementaire européen, secrétaire d'État et porte-parole du gouvernement (1983-1984). Il a toujours mené de front une œuvre d'historien, d'essayiste et de romancier.

Ses œuvres de fiction s'attachent à restituer les grands moments de l'Histoire et l'esprit d'une époque. Elles lui ont valu d'être un romancier consacré. Parallèlement, il est l'auteur de biographies de grands personnages historiques, abondamment documentées (*Napoléon* en 1997, *De Gaulle* en 1998), écrites dans un style extrêmement vivant qui donne au lecteur la place d'un spectateur de premier rang.

Depuis plusieurs années Max Gallo se consacre à l'écriture.

MAX GALLO

Max Gallo est né en 1932. Agrégé d'histoire, docteur ès lettres, il a longtemps enseigné, avant d'entrer dans le journalisme [illegible] éditorialiste à L'Express, directeur de la rédaction du Matin de Paris [illegible] l'engagement [illegible] fonctions poli- [illegible]

BLEU BLANC ROUGE

DU MÊME AUTEUR
CHEZ POCKET

NAPOLÉON

1. LE CHANT DU DÉPART
2. LE SOLEIL D'AUSTERLITZ
3. L'EMPEREUR DES ROIS
4. L'IMMORTEL DE SAINTE-HÉLÈNE

LA BAIE DES ANGES

1. LA BAIE DES ANGES
2. LE PALAIS DES FÊTES
3. LA PROMENADE DES ANGLAIS

DE GAULLE

1. L'APPEL DU DESTIN (1890-1940)
2. LA SOLITUDE DU COMBATTANT (1940-1946)
3. LE PREMIER DES FRANÇAIS (1946-1962)
4. LA STATUE DU COMMANDEUR (1962-1970)

MAX GALLO

BLEU BLANC ROUGE

SARAH

XO ÉDITIONS

ISBN : 2-266-10173-0

À ceux qui refusent d'oublier « Marianne »,
une et indivisible

Je songe à cette armée de fuyards
aux appétits de dictature
que reverront peut-être au pouvoir,
dans cet oublieux pays, ceux qui survivront
à ce temps d'algèbre damnée.

René Char,
Feuillets d'Hypnos

Prologue

“ L’aube, il faut aller la chercher. Elle ne se donne pas. Il y a des gens qui n’ont jamais vu l’aube de toute leur vie… ”

En 1944, on le connaissait sous le nom de Forest. On avait lu ses articles dans le journal clandestin qu’avaient diffusé, à partir du mois d’avril, les Francs-tireurs et Partisans français de la Savoie, du Dauphiné et de la Drôme. Forest, dans le premier numéro, avait expliqué qu’il en avait choisi le titre, *Les Allobroges*, pour rappeler un peuple gaulois de la région qui avait résisté aux légions de Jules César.

Et on avait vu Forest, le 25 août 1944, descendre d’une voiture qui arborait deux grands drapeaux tricolores.

Elle s'était arrêtée sur la place du village de Mazenc, devant le Cercle républicain situé en face de la mairie.

C'était le début de l'après-midi et le mistral avait cessé de souffler. L'air était si sec et si chaud qu'on avait l'impression, au moindre geste, de s'y accrocher la peau. Les Allemands venaient de traverser le village et on avait entendu des cris, puis des rafales d'armes automatiques vers le cimetière situé en contrebas, à la lisière du vignoble.

Après, le silence s'était étendu comme une ombre immense.

On avait guetté, sans oser sortir des maisons.

Alors il y avait eu ce bruit de moteur, ces claquements de portières, ces voix qui hurlaient : « Forest ! Forest ! »

On avait entrouvert les volets.

On avait aperçu la voiture basse et noire, les drapeaux, les croix de Lorraine blanches peintes sur la carrosserie. Et ce jeune homme efflanqué qui avait bondi sur la place, c'était Joseph Forestier, le dernier des Forestier, cette famille qui possédait le château de Mazenc et ses vingt hectares de vignoble.

Il avait lancé des ordres. Les hommes en armes qui l'entouraient, portant un brassard bleu blanc rouge sur les manches retroussées de leur chemise, avaient quitté la place en courant. Quelques minutes après, on les avait entendus crier : « Forest ! Forest ! »

Joseph s'était élancé.

Les habitants s'étaient répandus sur la place et l'avaient suivi jusqu'au cimetière.

Ils avaient vu, devant le portail, trois corps couchés côte à côte. Deux étaient tombés face contre terre. Le troisième, celui du milieu, avait dû se retourner, devinant qu'on allait les abattre. Ses bras reposaient sur les corps des deux autres, comme s'il avait voulu protéger ses compagnons, arrêter avec ses pauvres mains les balles des soldats.

Les dos des deux premiers cadavres étaient déchirés comme la poitrine de celui qui avait regardé ses assassins.

Forest s'était agenouillé. Il avait fermé les yeux de l'homme aux bras en croix, il l'avait étreint, et les villageois, quand il s'était redressé, l'avaient entouré, le serrant contre eux, répétant « Mon pauvre Joseph ».

Pour eux, ce n'était pas Forest mais Joseph, le gamin qu'ils avaient vu courir dans les vignes ou bien marcher aux côtés d'Antoine Forestier, son grand-père, celui que l'on portait maintenant avec les deux autres fusillés jusqu'à la mairie.

On les avait déposés sur la table autour de laquelle se réunissait le conseil municipal. D'abord Antoine Forestier, puis Joseph Rigout, l'ancien maire de Mazenc, le père d'un soldat qui était mort en 1917, en décembre, le mois où était tombé aussi Charles, le fils cadet d'Antoine.

Le fils aîné, Henri, avait survécu, lui, à la Grande Guerre et avait fait carrière dans l'armée. Il était sorti de Saint-Cyr en 1912. Il avait combattu les bolcheviks en Pologne dans les années 20, et avait épousé une Polonaise, Maria Kovalewska, une grande blonde, un peu folle, disait-on à Mazenc. Ils avaient eu un fils, c'était Joseph, celui qu'on appelait Forest.

Le troisième mort, Gustave Novera, était aussi de leur famille. C'était la gueule cassée du village, le frère de Marguerite Novera qui avait épousé Antoine Forestier, un beau mariage pour une fille de petit vigneron. Elle était morte la même année que son fils Charles. Elle n'avait pas pu lui survivre. Un fils qui disparaît, dont on ne retrouve même pas le corps qui est resté enfoui dans la boue en Argonne, est-ce que cela peut se supporter ?

Gustave Novera disait que sa sœur était trop sensible, et Antoine l'approuvait.

Il avait, en 1930, invité Novera à Paris. Il avait assuré à son beau-frère que des chirurgiens de la face pouvaient avec un bout de cuisse ou de mollet, un os du pied, refaire un visage, une joue, un nez, et même un menton.

Gustave Novera s'était laissé convaincre.

Il avait habité un mois rue de l'Estrapade, dans l'hôtel Forestier, cette maison achetée au temps de la Révolution par l'ancêtre Maximilien, que Napoléon avait fait maréchal d'Empire et comte de Bellagio.

Mais les chirurgiens, après une dizaine d'examens, avaient renoncé à lui remodeler la face.

« Restez donc comme ça, avaient-ils dit à Novera. Si on vous touche, vous aurez une autre tête, c'est sûr. Mais franchement, est-ce que ce sera mieux ? Cet éclat d'obus qui vous a touché, c'est comme si on avait tapé sur votre visage à coups de marteau. On ne peut plus faire grand-chose. Votre œil gauche, personne ne peut vous le rendre. Et le reste… Vous allez souffrir pour quel résultat ? Ça fait plus de dix ans que vous vivez comme ça. On vous connaît avec cette tête-là, à votre place… »

Gustave Novera ne leur avait même pas répondu.

De retour à Mazenc, il avait d'abord décrit à ses amis l'hôtel Forestier, l'immense tableau qui occupait tout un mur dans un salon et représentait les Rois mages en marche dans le désert. Antoine lui avait raconté que l'ancêtre Maximilien avait dû le voler dans un palais italien, au temps de la guerre d'Italie.

— Ah, ces guerres-là, avait dit Gustave, elles étaient pas comme la nôtre… Quand on en revenait vivant, ce n'était pas avec la gueule cassée mais avec les poches bourrées d'or ! Et l'or, il vieillit bien, comme le bon vin. La fortune des Forestier, c'est la guerre avec Napoléon qui l'a faite.

Il avait bu, plusieurs jours durant, et pas du vin nouveau mais le vin le plus dur. Puis un soir, il s'était dressé dans la salle du Cercle républicain, et il avait crié :

— Ils m'ont dit, les chirurgiens : « à votre place… » Mais qui est-ce qui s'y met, à ma place ?

Les Allemands cette fois-ci avaient épargné le visage de Gustave Novera. À quoi bon lacérer ce qui l'était déjà ?

Ils avaient visé le dos de si près, avec des balles de si gros calibre – un fusil-mitrailleur, avait dit Joseph –, que le corps de Novera, comme ceux de Rigout et d'Antoine Forestier, paraissait tranché à la hauteur des hanches.

On s'était demandé pourquoi, dans leur retraite vers le nord, les Allemands, fuyant la vallée du Rhône que remontaient les troupes françaises débarquées en Provence, le 15 août, avaient tué ces trois vieux-là. Antoine Forestier avait presque quatre-vingt-cinq ans, Joseph Rigout, quatre-vingts, et le plus jeune, Gustave Novera, portait sur sa gueule la preuve qu'il avait combattu pendant la Grande Guerre et qu'il avait payé pour ça. Il allait avoir soixante ans.

Puis on avait trouvé dans le cimetière deux drapeaux, que les trois hommes avaient sans doute voulu accrocher au monument aux morts.

Ils avaient manqué de chance, ces trois vieux…

Du chemin qui passe à travers les vignes et monte vers le village de Mazenc pour rejoindre la route de Grenoble, les Allemands avaient dû les apercevoir. Et ils avaient imaginé qu'ils brandissaient leurs drapeaux, qu'ils les provoquaient.

Les soldats en déroute ont peur.

Ces Allemands-là voulaient sauver leur peau. Ils craignaient les partisans, les terroristes qui peuplaient les montagnes du Diois et des Baronnies, de la Provence et du Vercors. Ils avaient torturé, fusillé, brûlé des villages. Alors ils tiraient sans hésitation.

Ainsi était mort, on pourrait dire bêtement, mais n'est-il pas toujours bête de mourir, Antoine Forestier, le grand-père de Joseph qui avait signé ses premiers articles « Forest », un nom qu'il n'avait plus abandonné.

Quand, à quelques mois de la fin du deuxième millénaire, un jour de septembre 1999, le 27 à l'aube, les gendarmes s'étaient présentés au château de Mazenc munis d'une commission rogatoire, ils avaient demandé au vieil homme qui se tenait debout sur le chemin, face au vignoble :

— Vous êtes bien monsieur Joseph Forestier, dit Forest ?

Joseph avait répondu :

— Je suis.

Il avait souri en constatant l'étonnement des gendarmes. Il avait répété qu'il était bien Joseph Forestier, né à Trèves, où son père, le capitaine Henri Forestier, était en garnison.

— Dans le même régiment de chasseurs qu'un certain de Gaulle, avait-il repris sur un ton narquois.

Il avait ajouté, en faisant quelques pas sur le chemin qui du château descend dans le vignoble, que son père, en 1940, avait été condamné à mort par contumace par un conseil de guerre aux ordres de Vichy…

— … Mais de Gaulle l'a fait Compagnon de la Libération.

Il avait écarté les bras.

— À titre posthume, il est vrai !

Puis, plus bas :

— Tout arrive, même le plus improbable. On m'accuse de meurtre, je crois ?

Il avait rejeté les épaules en arrière, relevé la tête d'un air de défi. Il paraissait ainsi encore plus grand et plus maigre. Ses cheveux blancs coupés ras soulignaient l'architecture du crâne et du visage. Les tempes étaient creusées, les pommettes saillantes, la nuque droite. La peau seule semblait marquée par l'âge. Elle était sèche, très brune mais parcourue de ridules comme celles qui fendillent un vieux papier près de se déchirer.

Il s'était retourné, avait fixé les gendarmes en lançant d'une voix joyeuse :

— J'ai soixante-quatorze ans et quelques mois…

Et d'un bon pas, juvénile, il s'était engagé dans le chemin.

Les gendarmes s'étaient interrogés du regard. Pouvaient-ils interpeller par la force un vieil homme si sûr de lui, propriétaire du château de Mazenc, fils d'un général, arrière-petit-fils d'un maréchal d'Empire et petit-fils d'un patriote fusillé par les Allemands ?

En 1945, la place de la mairie de Mazenc avait été appelée place Forestier.

Aller passer des menottes à un homme de soixante-quatorze ans qui porte un tel nom, même s'il est soupçonné de meurtre ! Et c'était miracle que les journalistes n'aient pas encore débarqué au château pour interviewer, filmer, photographier Forest, l'écrivain, le chroniqueur, l'une des gloires du grand reportage, l'ami de Kessel et de Malraux !

Ils avaient donc suivi Joseph au milieu des vignes.

— Je n'ai jamais aimé que les nuits et les aubes, avait dit Joseph en s'arrêtant au croisement de deux chemins.

L'un montait vers le cimetière, l'autre se perdait parmi les ceps de vigne.

Joseph avait montré les pentes du Ventoux que la lumière d'un soleil encore caché par les massifs commençait à éclairer.

— Quand mon père était en permission, ici, au château, nous partions au milieu de la nuit. Nous roulions jusqu'à Malaucène, puis nous commencions l'ascension.

Tout en parlant, il avait gardé le bras tendu. Il avait, les yeux mi-clos, décrit la marche au milieu des arbres dans le froid souvent vif de la nuit, jusqu'à ce désert de pierres et de graviers, sans une touffe d'herbe. C'est à cet instant-là que l'aube se levait, éclairant le sommet du Ventoux puis tout l'horizon, de la Méditerranée aux Pyrénées, du mont Blanc au Massif central.

L'adjudant de gendarmerie avait rappelé qu'il fallait retourner au château, car ils devaient se présenter au palais de justice de Valence avant neuf heures trente.

— L'aube, avait murmuré Joseph, il faut aller la chercher. Elle ne se donne pas. Il y a des gens qui n'ont jamais vu l'aube de toute leur vie.

Il avait remué la tête.

— Pauvres gens ! avait-il ajouté.

Puis il s'était tourné vers les gendarmes.

— On va y aller… Mais laissez-moi voir le soleil arriver jusqu'ici.

Il avait frappé la terre du talon.

— C'est mon premier souvenir, à ce croisement. C'était dans les années 30, j'avais cinq ou six ans. Avec mon grand-père, nous nous levions à l'aube. Il chassait. J'allais devant, je lui échappais. Tout à coup, ici, je me suis heurté à quelqu'un que je n'avais pas vu. Je me souviens encore aujourd'hui de son odeur de tabac, d'alcool et de sueur. Il m'a touché la joue, sa main était rêche. J'ai levé la tête. La sienne était cabossée et difforme, la bouche tordue, le front, le menton brisés, et à la place de l'œil gauche un trou. Il a voulu me parler : « Tu es le petit-fils d'Antoine, je suis le frère de ta pauvre grand-mère Marguerite, je suis Gustave Novera. » J'ai poussé un cri d'effroi, j'ai détalé. Il n'est plus jamais venu au château quand j'étais là. Si injuste, si cruel tout ça ! Mais plus tard, beaucoup plus tard, trente ans après, dans les années 50-60, quand on a su ce que c'était que ce siècle, les camps, le goulag, les guerres pourries, j'ai compris que j'avais vu ici, à l'aube, tout enfant, le visage du siècle, un visage de douleur et d'horreur… Une gueule cassée, comme on disait.

Il avait commencé à marcher vers le château.

— Je n'ai revu le visage de Gustave Novera qu'à la fin du mois d'août 1944, quand je suis arrivé à Mazenc avec mon groupe de maquisards. Il était là-bas – Joseph avait montré les grilles du cimetière – avec Rigout, l'ancien maire, avec mon grand-père Antoine. Et lui, Novera, la tête contre la terre. C'est en retournant le corps que je me suis rappelé notre rencontre, ici. Mon premier souvenir.

Devant le porche du château, Joseph s'était retourné.

— Voilà, avait-il dit en montrant le vignoble noyé dans la lumière douce et un peu rousse de ce début de matinée de septembre. Ce n'est plus l'aube. J'aime moins, Messieurs. J'aime la nuit où tout se concentre et aussi l'aube, ce moment où quelque chose naît.

Il avait haussé les épaules.

— Mais on ne naît que de la mort. L'aube tue la nuit.

Il avait franchi le porche, traversé la cour jusqu'à la tour, puis s'était effacé pour laisser les gendarmes entrer dans la salle du rez-de-chaussée. Il avait montré la grande table placée devant la cheminée, s'en était approché, l'avait caressée du plat de la main.

— Maximilien Forestier, le maréchal, on l'a couché mort, là, sur cette table, le 24 décembre 1848. C'est ce que prétend la tradition familiale. Et mon grand-père Antoine, celui que les Allemands ont fusillé, est né sur cette même table, le 6 janvier 1860. C'est si bref un siècle, deux siècles, un ou deux millénaires… Est-ce que le troisième sera une aube ? Et pour qui ?

Il s'était dirigé vers la porte, s'était arrêté sur le seuil, avait dit qu'il allait s'absenter quelques minutes. Il avait ajouté :

— Pour moi, le troisième millénaire ne sera pas une aube, c'est sûr.

Il avait souri, parcouru la pièce des yeux.

— Ici, c'est le cœur de la maison. On y naît. On y meurt.

Et baissant la tête, il avait conclu :
— Ce que j'ai fait, il fallait bien qu'un jour un Forestier le fasse.
On l'avait entendu monter l'escalier et lancer :
— Je reviens.

Puis il y avait eu le claquement sec d'une détonation dont l'écho avait rempli la tour, comme un bref cri rauque.

PREMIÈRE PARTIE

1.

“C’était une Polonaise, disait-on à l’heure du thé dans ces villas qu’occupaient les officiers de la garnison…”

La fête qu’avaient donnée Henri et Maria Forestier pour la naissance de leur fils Joseph, aucun de ceux qui y participèrent ne l’oublia.

C’était une soirée de la fin du mois de juin, au bord de la Moselle. Maria portait une longue robe blanche, très ample, ne laissant pas deviner sa taille qu’elle devait avoir encore forte, à quelques semaines de l’accouchement.

Elle allait à pas lents d’un bout du parc à l’autre, s’arrêtant auprès de chaque invité, riant parfois bruyamment.

Henri se retournait, délaissant un instant son interlocuteur, comme si tout à coup l'inquiétude l'avait saisi.

Quand il regardait à nouveau le général Robert de Taurignan, qui commandait la place de Trèves et le corps d'armée qui y avait pris ses quartiers, occupant ainsi l'une des villes fortes de la Rhénanie, on le sentait distrait. Il suivait Maria des yeux.

Elle passait au milieu des uniformes bleu foncé des chasseurs à pied, à peine relevés par le liseré jonquille des coutures, silhouette blanche aux cheveux blonds dénoués tombant jusqu'au milieu du dos. Et, dans cette assemblée où les femmes des officiers étaient vêtues de robes sombres, de tailleurs strictement ajustés, et portaient presque toutes de petits chapeaux de paille, souvent noirs, qui cachaient leurs cheveux rassemblés en chignon, l'audace, la singularité de Maria avaient des allures de provocation.

Cela n'en était qu'une de plus.

Elle s'était présentée une fois, à cheval, à l'entrée de la caserne Sidi-Brahim affectée au 19e bataillon de chasseurs. Elle avait demandé à voir son mari, le capitaine Forestier, puis, sans attendre qu'on soulevât la barrière, elle avait éperonné son cheval et franchi l'obstacle. Ensuite, les rênes tendues, très droite sur sa selle, elle avait ri lorsque des sous-officiers s'étaient précipités comme si elle avait donné l'assaut à la caserne.

C'était une Polonaise, disait-on à l'heure du thé dans ces villas qu'occupaient les officiers de la garnison, tout au long de la Nordallee et de la Martinstrasse.

On assurait qu'elle était issue de l'une des familles les plus illustres de Pologne, les Kovalewski, médecins, professeurs, écrivains de génération en génération.

— Catholique ? interrogeait quelqu'un à voix basse.

— Voyons, voyons, ma chère, elle s'appelle Maria, leur fils Joseph vient d'être baptisé !

Mais on ne la voyait jamais à la messe, et son mari non plus.

Ce capitaine Forestier, brillant officier, d'une famille glorieuse, un arrière-grand-père maréchal d'Empire, un père proche collaborateur de Clemenceau, avait eu cependant un grand-père, Jules, fusillé comme communard en mai 1871 au Père-Lachaise.

On murmurait.

— Elle n'est peut-être que convertie. Ils sont nombreux en Pologne.

Et l'on ajoutait un peu plus haut qu'Antoine Forestier avait été, avec son patron Clemenceau et toute la clique, Zola, Péguy, et même l'avocat Maurice Chrétien de Taurignan – le père du général –, mais oui, dreyfusard !

On se taisait. On disait en soupirant :

— C'est de l'histoire ancienne, la guerre a effacé tout cela, heureusement.

Mais Maria Forestier, cette apparition blanche aux longs cheveux blonds, si délurée alors qu'elle relevait à peine de couches, avait choqué le soir de cette fête.

Elle s'était arrêtée auprès d'un homme jeune d'à peine trente ans, qui se tenait un peu à l'écart, regardant s'assombrir le crépuscule dont les teintes de plus en plus rouges ensevelissaient les quartiers de Trèves situés sur la rive droite de la Moselle, alors que les vignobles, sur les pentes de l'autre berge, restaient encore éclairés, et que la grande statue de la Vierge dressée au sommet de la colline de la Mariensaule flamboyait dans la lumière dorée.

On avait entendu à nouveau le rire de Maria.

On l'avait vue secouer la tête, ses cheveux volant d'une épaule à l'autre, et elle avait pris la main de ce jeune homme, l'entraînant vers le fond du parc où, sur une estrade, se trouvaient une dizaine de musiciens, des chasseurs de la musique du bataillon qui, tête nue, jouaient en sourdine.

Maria s'était approchée, leur disant quelques mots, et l'un d'eux, un violon, s'était levé, jouant les premières mesures d'une valse, accompagné bientôt par tous ses camarades.

Maria avait commencé à danser avec le jeune homme qui, d'abord raide, s'était mis à tourner de plus en plus vite, léger, souple, joyeux. Des couples les avaient rejoints sur la piste de danse.

On avait reconnu le cavalier de Maria. C'était un médecin de Trèves, le meilleur, assurait-on. Peut-être était-ce lui qui avait accouché Maria ? En tout cas, il s'appelait Elie Meyerhold et on le disait d'origine polonaise.

Mais ces gens-là n'ont pas vraiment de nationalité définitive, ajoutait-on. Ils sont d'abord ce qu'ils sont, n'est-ce pas ?

Quand la nuit était tombée, les serveurs, dont la veste blanche tranchait sur le pantalon d'uniforme, avaient allumé les lanternes et servi du champagne et du vin de Moselle.

Les invités s'étaient pressés devant les tables dressées de chaque côté du parc, non loin de la berge. Dans la pénombre, elles dessinaient deux bandes blanches sur lesquelles brillaient le cristal, l'argent et la porcelaine.

De rares couples avaient continué à danser, car c'était le moment des conversations sérieuses autour de quelques invités auxquels le ton, l'allure, la fonction donnaient de l'autorité.

Henri Forestier était resté un moment aux côtés du général Robert de Taurignan.

— Le capitaine Forestier et moi, avait dit le général – tout en se tournant vers un autre groupe aggloméré autour d'une haute silhouette qu'il avait désignée d'un mouvement de tête –, et de Gaulle, nous avons combattu les bolcheviks en Pologne. Mais étaient-ce réellement des bolcheviks ou simplement des Russes, ultime visage de l'impérialisme slave qui veut depuis Pierre le Grand s'étendre vers l'ouest, et naturellement avaler la Pologne ? Et, s'il s'agit d'abord de Russes plus que de bolcheviks, la France ne peut pas les ignorer ou les exclure de son système d'alliance. Si nous voulons contrôler l'Allemagne, il nous faut l'autre mâchoire de la pince, et ce sera toujours la Russie. Quel que soit son régime !

Henri s'était écarté, avait fait quelques pas vers la piste de danse où Maria continuait de danser sous les regards de plusieurs jeunes lieutenants qui paraissaient attendre leur tour. Il avait détourné la tête, aperçu Elie Meyerhold au milieu d'un groupe de civils, ces députés français qui séjournaient depuis plusieurs jours à Trèves, se rendant dans les casernes, interrogeant les soldats. Ils avaient été mandatés par la Chambre des députés pour s'assurer que l'armée française d'occupation en Rhénanie n'était pas commandée par des soudards et des « brutes galonnées » qui martyrisaient les pauvres conscrits.

On avait déploré quelques morts dans les régiments à la suite d'une épidémie de grippe, et l'opinion s'était émue, la commission de la Défense de la Chambre avait été saisie. On avait entendu dans l'hémicycle les réquisitoires des députés communistes et socialistes, de Marty, ce mutin de la flotte de la mer Noire, de Cachin, de Doriot, avec sa voix grasse de tribun de banlieue. Marcel Déat, un socialiste plus mesuré, qui lui aussi devait compter avec les sentiments des électeurs, était intervenu.

Henri Forestier avait déjà reçu à dîner, au mess, en compagnie de De Gaulle qui était chef de bataillon, ces députés.

L'un d'eux, Michel Dussert, était élu de la Drôme. Il avait parlé avec l'autorité déplaisante que lui donnaient à la fois son passé d'ancien combattant qui avait laissé son bras droit dans les tranchées et sa fortune, puisque chacun savait qu'il était l'héritier de la banque Dussert-Speicher et Fils, et que son père, Olivier Dussert, peut-être l'un des hommes les plus riches de France, finançait son journal, *La Voix nationale*.

Dussert avait été ironique, sarcastique même, critiquant le gouvernement des radicaux, ce pauvre Édouard Herriot, cette politique étrangère qui, même sous Poincaré, conduisait à occuper puis à évacuer la Ruhr, pour faire payer l'Allemagne, pendant qu'Aristide Briand lançait, d'une voix caverneuse qui se voulait émouvante : « Arrière, les canons ! » et invitait l'Allemagne à entrer dans la Société des Nations.

— Notre pays n'est plus gouverné, avait dit Dussert. Il nous faudrait un autre Clemenceau quand nous n'avons que des Tardieu, des Doumergue, des Herriot, et même ce Léon Blum dont on ne sait pas s'il est vraiment français !

Marcel Déat avait protesté. Lui aussi avait été un combattant des premières lignes. Et il n'admettait pas que l'on critiquât les socialistes qui avaient montré leur patriotisme.

— C'est une question de caractère, cher collègue, avait répondu Dussert. Vos intentions ne sont pas mauvaises, mais la politique, la guerre, c'est d'abord l'ordre et l'autorité, et votre philosophie est celle de la compassion. Ce n'est pas ainsi qu'on conduit une nation.

Maintenant, sous les saules du parc non loin de la berge de la Moselle, Dussert, en compagnie de Jacques Machecoul qui était député de Neuilly et professeur à la faculté de médecine, interpellait Meyerhold, s'étonnant qu'il parlât parfaitement le français.

— Mais, avait expliqué Meyerhold, j'ai fait mes études à Paris, j'ai même suivi vos cours de pathologie générale, avait-il ajouté, tourné vers Machecoul.

— Que faites-vous ici, à Trèves ? Je vous croyais allemand, avait interrogé Dussert.

Meyerhold avait haussé les épaules.

— Je suis européen. Regardez.

Il avait montré du doigt le monument qui se dressait au bout de la Nordallee et que l'on distinguait comme un bloc noir dans la nuit transparente de juin.

— C'est la Porta nigra, construite au IVe siècle, à la fin de l'Empire romain. Mais Jules César, dès 56 avant Jésus-Christ, a construit un pont sur la Moselle, après avoir battu les Trévires – il avait écarté les mains – une tribu gauloise ! Et le pont d'aujourd'hui, que l'on emprunte chaque jour, a pour fondation la construction de Jules César. Je suis ici chez moi autant qu'à Lutèce ou à Rome, et vous aussi. Les frontières en Europe sont absurdes…

— Allez dire cela aux familles des poilus, ou même des soldats allemands, qui se sont battus pour cent mètres carrés de terrain, avait bougonné Dussert. Je ne peux entendre proférer de tels propos !

Il s'était éloigné.

— Si j'osais, sans agressivité, comme un constat, avait murmuré Machecoul, vous refusez les frontières et vous êtes ici chez vous parce que vous n'êtes de nulle part.

Elie Meyerhold avait souri, en penchant un peu la tête.

— Vous me rappelez ce qu'on disait à propos de Dreyfus. Que nous étions un peuple nomade, le peuple du Livre mais sans racine, donc un peuple voué à la trahison.

Il avait haussé les épaules.

— Peut-être en effet notre patrie est-elle autre chose, et s'appelle-t-elle les principes moraux, l'humanité, les droits.

Un homme plus âgé, la tête ronde, corpulent, s'était avancé.

— Je suis Léon de Boissier, avait-il dit, député de Paris. Je fais partie de la mission parlementaire d'enquête avec ces messieurs – il avait montré Machecoul, Michel Dussert et Marcel Déat, qui était resté silencieux. J'ai été vigoureusement, et je le suis encore, antidreyfusard. Mais soyons généreux, quelle est actuellement votre nationalité, cher monsieur, allemande ou française, polonaise ? La nationalité européenne n'existe que dans la tête d'Aristide Briand. Mais – il avait ricané – peut-être êtes-vous russe, ou communiste ? C'est un peu la même chose, même si ces derniers se prétendent, comme ils disent, internationalistes !

— Je suis allemand, avait répété Meyerhold d'une voix lasse, et médecin. Je mets au monde des enfants, et pour moi la médecine est aussi ma nationalité…

Il avait salué.

— Je vais faire deux ou trois valses, si vous le permettez.

Il s'était dirigé vers l'estrade et la piste de danse.

Henri l'avait vu peu après s'incliner devant Maria et lui offrir son bras avant de l'entraîner dans une nouvelle valse.

— Ils sont terribles, avait poursuivi Léon de Boissier, ils vous filent entre les doigts. Vous ne tirez jamais d'eux rien de net, de précis. Meyerhold est allemand aujourd'hui, il était polonais hier, il sera français demain et fauteur de désordre partout ! Il faut le dire et d'ailleurs il l'a, à sa manière, reconnu, c'est un peuple nomade. Et naturellement, le communisme ne peut que séduire ce peuple. Sans juifs, pas de bolchevisme, Marx, Trotski, prenez-les les uns après les autres, ils le sont tous.

— Et Staline…, avait dit Henri.

— Un métèque qui s'associe à d'autres métèques pour mener les moujiks avec le knout, c'est banal, avait répondu Boissier. Mais ce qu'ils veulent, c'est conquérir l'Allemagne, puis nous. Et si nous n'y prenons garde, c'en sera fait de l'Europe.

Il s'était tourné vers Henri.

— Vous ne sentez pas leur influence sur la troupe ? Pendant l'occupation de la Ruhr, nous sommes sûrs que des agitateurs communistes se sont infiltrés dans certains régiments. J'ai mes entrées au 2e Bureau… Nos services de renseignements ont repéré dix, vingt envoyés communistes, sous la direction d'un déserteur, Vincent Mercœur, un cheval de retour, anarchiste, etc. Et comme par hasard, pendant la guerre, savez-vous qui l'a caché ? Mme la baronne Mathilde Salomon de Wiener ! Vous voyez, tout est lié.

— Je sais, je sais, avait soupiré Machecoul. Elle a autrefois assassiné mon père, mais qui s'en souvient ? Le temps efface. C'est la grande amnistie. Et l'amnistie générale est notre maladie nationale.

— Mais non, mais non, avait répété Dussert, nous sommes simplement un vieux peuple, où tout se mélange. L'affaire Mercœur n'est pas si simple, nous le savons bien, n'est-ce pas capitaine ?

Il avait pris Henri par le bras et avait fait quelques pas avec lui.

— Je suis député de la Drôme. Je sais que votre père a hérité, avec maître Maurice de Taurignan, de la collection de tableaux de Salomon de Wiener, de grande valeur, n'est-ce pas ? Et qu'en échange, si j'ose dire, il a recueilli au château de Mazenc le fils de ce Mercœur, Roland Mercœur. Il doit avoir une vingtaine d'années. Il est, dit-on, à la tête de toute la fortune des Wiener que lui a léguée notre baronne Mathilde.

Dussert s'était arrêté et, dans une demi-obscurité – les lanternes commençaient à être secouées par une brise fraîche qui glissait le long de la Moselle –, avait fixé Henri.

— Cela m'inquiète, avait-il repris. Imaginez que ce Roland Mercœur partage les idées de son père… Après tout, ce serait naturel, et digne en un sens. S'il met toute sa fortune dans les caisses du désordre, que ce soit celles du parti communiste ou de l'Internationale, ou même du journal *L'Humanité*, vous imaginez quel apport ! Et je ne parle pas au hasard. Votre père a, paraît-il, fait de ce jeune homme un esprit brillant, tenté, dit-on, par les lettres. Vous le voyez journaliste à *L'Humanité*, dandy rouge, pourquoi pas ? Comment pouvez-vous accepter ça, mon capitaine ? Vous devez avertir votre père des responsabilités qui sont les siennes, s'il est encore temps.

Henri avait incliné la tête.

— Je suis un officier républicain, monsieur le député, je fais confiance aux institutions de mon pays, au patriotisme des citoyens, et en particulier à celui de mon père.

Puis il avait claqué les talons, et s'était tourné vers la piste de danse.

Maria dansait encore avec Elie Meyerhold, et parfois elle appuyait la tête sur son épaule.

Henri avait préféré s'éloigner, avec ce sentiment de malaise et de gêne qu'il avait déjà éprouvé dès leurs premières semaines de vie commune. Après leur mariage à Varsovie, en présence de Robert de Taurignan qui lui avait servi de témoin et qui n'était alors que colonel, et de Charles de Gaulle qui enseignait avec le grade de chef de bataillon à l'école militaire de Rembertow, ils avaient passé près d'un mois au château de Mazenc.

Il avait été surpris par l'exubérance de Maria, son insouciance aussi, sa vitalité. Elle avait voulu goûter tous les crus, n'écoutant pas les conseils de modération de son beau-père, puis elle s'était mise à chanter d'une voix aiguë, à danser dans la grande salle du rez-de-chaussée de la tour, à sortir du château, à marcher dans le vignoble. Et tout en riant aux éclats, elle avait commencé à se dévêtir, criant qu'elle voulait le soleil, que la chaleur devait embrasser tout le corps, que c'était un miracle que ce pays, avec ce ciel, ce vin !

Il avait fallu que Henri se précipite, l'étreigne, la couvre, la reconduise au château.

Devant le porche, il avait croisé Gustave Novera qui avait secoué la tête, regardant Maria qui maintenant se laissait porter, ses cheveux blonds dénoués glissant sur la terre.

Novera avait murmuré, avec cette voix sifflante, cette torsion affreuse de la bouche qu'il lui fallait faire pour prononcer quelques mots :

— Henri, tu sais, les étrangères…

Henri n'avait pas répondu, mais il avait deviné dans les yeux de son père la même pensée. Et quand il était redescendu, après avoir couché Maria, Antoine Forestier avait murmuré :

— Elle est différente. Il faut qu'elle s'habitue. Le soleil, le vin, ceux qui ne savent pas n'imaginent pas.

Il avait soupiré, ajouté :

— Et puis, quand elle aura un enfant…

Maria avait depuis accouché de Joseph, mais elle riait encore si fort que l'on avait entendu son rire dans tous les coins du parc, même les plus éloignés de la piste de danse.

Henri avait voulu l'oublier. Il avait écouté de Gaulle qui, sans regarder les jeunes officiers qui l'entouraient, prononçait à sa manière habituelle, détachée, un peu méprisante, des phrases ciselées qu'il paraissait avoir longuement méditées.

De Gaulle avait hoché la tête en apercevant Henri. Il s'était interrompu, avait dit d'une voix traînante :

— Très belle soirée, mon cher, madame Forestier est de fort joyeuse humeur.

Puis il avait repris son propos :

— Messieurs, malgré la victoire et les apparences, nous n'avons plus d'armée. Nous faisons des efforts, ici, mais la vie de l'intelligence est en veilleuse à l'armée du Rhin. Il faudrait un Louvois à la République.

Il avait commencé à marcher, entraînant à sa suite les officiers, expliquant que, à l'évidence, le gouvernement allait décider d'abandonner l'occupation de la Rhénanie.

— L'armée du Rhin n'en a plus pour longtemps !

Il s'était arrêté, s'était tourné vers Henri.

— Le traité de Versailles est déjà miné. L'Allemagne veut Vienne, l'Anschluss est pour bientôt. Et puis elle reprendra de gré ou de force ce qui lui a été arraché au profit de la Pologne. Mais oui, Forestier, vous qui avez des attaches intimes avec ce pays, il faut vous persuader de cela.

Il avait repris sa marche.

— Après quoi, on nous réclamera l'Alsace, cela me paraît écrit dans le ciel, mais – il avait levé les bras – qui lit ce qui est écrit ? On préfère écouter les bêlements pacifistes de Briand ! Voyez-vous, messieurs, pas un siècle ne s'est écoulé sans que le monde ait reçu plusieurs fois la détestable visite de la guerre.

Il avait brandi son index.

— Pas une nation n'a pu naître, grandir, vieillir, mourir en paix. L'histoire des hommes, hélas, est celle de leurs armes.

De Gaulle et ceux qui le suivaient avaient rejoint le groupe qui s'était constitué autour du général de Taurignan. Les députés Boissier, Dussert, Machecoul, Déat étaient là, interrogeant le général.

Boissier affirmait que le péril n'était plus allemand mais bolchevik, parce que le communisme menaçait les fondements mêmes de la civilisation chrétienne qui était le socle des nations européennes.

— Vous n'avez jamais entendu parler d'Adolf Hitler ? avait questionné Taurignan. En 1923, il a déjà essayé de s'emparer du pouvoir, à Munich. Il est habile, il a du magnétisme.

Boissier avait haussé les épaules.

— Un agitateur.

— Avez-vous lu son livre, *Mein Kampf* ? avait demandé à son tour de Gaulle.

Il avait toisé Boissier.

— Vous devriez, monsieur le député. Et connaissez-vous l'ouvrage de Moeller Van Den Brück, *Le IIIe Reich* ? L'expansion allemande y est déjà dessinée. Et les groupes nationalistes sont à l'œuvre partout en Allemagne. On reconstitue la Reichswehr autour des Corps francs qui ont combattu contre les Russes en Poméranie. Nous sentons même ici, à Trèves, ce réveil germanique. On souhaite, on prépare, on attend notre départ.

Il avait désigné du doigt les députés, l'un après l'autre.

— Car, messieurs, vous avez décidé l'évacuation de la Rhénanie, j'en suis persuadé.

Michel Dussert s'était récrié, Déat, Machecoul et Boissier étaient restés silencieux.

— Voyez-vous, avait ajouté de Gaulle, tourné vers les officiers, nous dirions volontiers, comme Œdipe à Colone : « *Accepte le destin mais sache le maudire.* »

Puis il avait invité Henri à le suivre, et ils avaient marché côte à côte le long de la berge de la Moselle, dans la partie mal éclairée du parc.

Sur l'autre rive, les lumières de Trèves formaient un pointillé qui se reflétait en longues traînées jaunes sur l'eau du fleuve.

De Gaulle avait soupiré.

— Nos politiciens sont incapables, avait-il dit, si médiocres, si myopes. Ils ne lisent rien. Ils parlent, ils flattent, ils se lamentent. Ils ne pensent qu'à leur réélection. Et puis il y a les communistes, au service de la Russie. Pour eux, la France est une puissance ennemie ! Et pendant ce temps-là, ici – il avait montré l'autre côté du fleuve – on se prépare déjà, et cela ne fait même pas dix ans que la paix a été signée.

De Gaulle s'était arrêté.

— Ah, Forestier, toute l'amertume qu'il y a de nos jours à porter le harnais ! Mais il le faut pourtant. Dans quelques années, on s'accrochera à nos basques pour sauver la patrie… et la canaille par-dessus le marché !

Tout à coup, on avait entendu le son d'une voix rauque et un peu hésitante.

De Gaulle avait observé Henri, qui s'était excusé avant de s'éloigner à grands pas.

Il avait vu sur l'estrade Maria qui, au milieu des musiciens, chantait.

Debout, seul au milieu de la piste, Elie Meyerhold la regardait.

2.

“ On l’avait attendu, un soir devant chez lui, pour le frapper à coups de barre de fer… ”

Elie Meyerhold avait vu l’enfant sortir de l’hôtel Forestier.

Quand le garçon s’était retourné, levant la main vers quelqu’un qui devait se trouver au fond de la cour de l’hôtel particulier, loin des grilles qui longeaient la rue de l’Estrapade, Meyerhold avait cru entendre une voix de femme, et il avait été ému, imaginant qu’il s’agissait de celle de Maria qui saluait son fils.

Car, il n’en avait pas douté, cet enfant qui s’éloignait, c’était celui qu’il avait mis au monde dans cette grande villa de la Nordallee, celui dont il avait fêté la naissance, en dansant avec Maria, dans le parc des bords de la Moselle, celui dont le pas rapide scandait toutes ces années qui avaient passé, près de dix ans.

L'émotion et le désespoir avaient saisi Meyerhold.

Il s'était avancé. Il avait regardé la façade ocre de l'hôtel Forestier, la cour pavée au centre de laquelle se trouvait une fontaine.

Il s'était immobilisé quelques secondes, puis il avait commencé à descendre la rue de l'Estrapade qui se rétrécissait jusqu'à devenir la rue des Fossés-Saint-Jacques, une sorte de venelle, un goulot étroit et sombre en ce début d'après-midi de février 1933.

Il avait marché de plus en plus lentement, se souvenant de cette soirée de fête, de la voix de Maria, grave et frêle, audacieuse, libre. Il avait eu le sentiment, ce soir-là, alors qu'il était seul sur la piste de danse et qu'elle était devant lui, blanche silhouette aux cheveux blonds, debout sur l'estrade, entourée de ces hommes bleus, qu'elle chantait pour lui.

Il avait eu peur pour elle, pour lui qui n'était qu'un jeune médecin juif, allemand mais aussi polonais, mais aussi français, parce que sa famille avait erré d'un bout à l'autre de l'Europe avant de se fixer à Trèves.

Il avait quitté la villa sans la saluer et, alors qu'il habitait non loin de la Nordallee, sur la Martinstrasse, il avait durant des mois fait un détour afin de ne pas rencontrer la jeune femme, d'oublier qu'il l'avait vue d'abord nue, haletante de douleur, les jambes repliées, donnant naissance à cet enfant sanguinolent. Il avait poussé un cri en même temps que le nouveau-né, parce que chaque naissance était pour lui un miracle, une joie sacrée.

Il ne l'avait retrouvée que des semaines plus tard, lorsqu'elle l'avait reçu à l'entrée du parc et qu'elle l'avait fixé en souriant, disant en polonais, comme si elle voulait qu'il soit seul à comprendre :

— Vous voilà, docteur Meyerhold ! Vous êtes l'homme qui me connaît le mieux.

Et elle avait ri, s'était retournée vers son mari qui se tenait près d'elle pour accueillir les invités.

— C'est le docteur Meyerhold, dont les mains ont touché Joseph avant tout le monde, avant les miennes, avant les tiennes, Henri.

Le capitaine Forestier s'était incliné et avait murmuré :

— Merci, docteur.

Meyerhold l'avait donc évitée des mois, des années.

Il avait cru que son souvenir, même son nom, s'étaient estompés.

Il avait tant changé durant cette période. Il avait eu conscience de n'être qu'un grain dans la grande meule de l'histoire qui s'était mise à tourner si vite, emportée par les événements qui bouleversaient des millions de vies.

On l'avait attendu, un soir devant chez lui, pour le frapper à coups de barre de fer. Pendant qu'on lui martelait le visage, qu'il avait essayé de protéger de ses mains – on lui avait ainsi brisé les phalanges –, il entendait ces enragés crier qu'il devait quitter Trèves, lui le juif, le traître, l'ami des Français, ces occupants, ces nègres. Qu'il était pire que ces tirailleurs sénégalais qui venaient souiller la noble, la grande, l'immortelle patrie allemande.

Il n'avait pas cédé.

On avait arrêté ces jeunes gens, trois ouvriers et un étudiant, qui avaient clamé à l'audience du tribunal qu'ils étaient des patriotes, qu'ils refusaient le diktat de Versailles, qu'ils luttaient contre l'occupation française et qu'ils combattaient les traîtres qui aidaient l'ennemi et qui étaient favorables au morcellement de l'Allemagne.

Le juge les avait accusés d'être membres de ce nouveau parti, le parti nazi, dont le chef, Adolf Hitler, avait été emprisonné.

On avait trouvé chez eux des brassards, des livres, des poignards, des revolvers, des baudriers, des uniformes. Ils étaient étalés là, sur une table devant le juge, comme autant de pièces à conviction.

Meyerhold avait découvert ces chemises brunes, ces svastikas et ce livre, *Mein Kampf*.

Il avait eu l'intuition qu'il lui faudrait un jour, s'il voulait survivre, quitter Trèves.

Mais il s'était avancé à la barre, avait prêté serment et avait dit qu'il reconnaissait ses agresseurs. Le public dans la salle d'audience avait murmuré des menaces.

À la sortie du tribunal, il avait eu l'impression d'être suivi, et il avait imaginé que, bien qu'on fût au milieu de la journée, on allait l'abattre, comme d'autres déjà, bien plus importants que lui, ministres, députés, chefs de partis, avaient été assassinés dans la rue.

Il s'était tout à coup senti apaisé, comme si l'inquiétude et la peur venaient, à cette pensée qu'il allait mourir, de l'abandonner. Il n'aurait plus à se soucier de la vie, à craindre un guet-apens, la vengeance des nazis. Il s'était cru au bout de son chemin.

Il s'était retourné, avait attendu l'homme qui marchait derrière lui et qui hésitait.

Ce dernier avait une cinquantaine d'années, le visage énergique, les cheveux grisonnants tirés en arrière, il portait un costume sombre.

— Vous êtes courageux, docteur Meyerhold, avait-il dit en français. Vous étiez déjà sur leur liste noire, maintenant votre nom va être souligné de deux traits rouges.

Il avait souri.

— Ça ne semble pas vous inquiéter.

— Si, avait répondu Meyerhold en faisant une moue.

Puis il avait haussé les épaules.

— Que voulez-vous que j'y fasse ? La police est avertie. Elle a promis de me protéger.

— Vous le croyez ?

Meyerhold avait secoué la tête, murmuré plusieurs fois :

— Non, non.

— La police est nazie, avait repris l'homme. La prochaine fois, ce sont peut-être des schupos qui vous frapperont. Et pour vous empêcher de témoigner contre eux, ils vous tueront.

Meyerhold avait regardé sa montre.

— Excusez-moi, j'ai une consultation.

Mais l'homme était entré avec lui dans l'hôpital, expliquant qu'il voulait un rendez-vous, qu'il était français, représentant en produits de papeterie pour toute l'Europe.

Et Meyerhold avait cédé, lui donnant son adresse, son téléphone.

Dans les minutes qui avaient suivi, il se l'était reproché, mais l'homme, sans qu'il sût pourquoi, lui avait inspiré confiance. Il émanait de lui une énergie, une conviction à laquelle il avait été incapable de résister.

Ils s'étaient donc revus, dans des petites tavernes de la vieille ville de Trèves, ou bien dans des auberges des bords de la Moselle. Mais de plus en plus souvent dans la villa de la Martinstrasse, chez Meyerhold.

L'homme avait dit s'appeler Vincent. Il ne fixait jamais de rendez-vous. Il surgissait au côté de Meyerhold, il disait :

— Vous êtes libre, n'est-ce pas ? On va déjeuner, j'ai trouvé sur la berge de la Moselle un petit hôtel dont le restaurant est tenu par une Française. Mais ne craignez rien, il n'y a pas un client français.

— Je ne crains pas les Français, s'était étonné Meyerhold.

— Moi si, avait murmuré Vincent.

Ils s'étaient installés sous une tonnelle, à quelques mètres du fleuve. Le temps était beau, c'était l'été. Vincent à voix basse avait annoncé que les troupes françaises allaient continuer d'évacuer la Rhénanie, mais que, loin de favoriser la paix, ce retrait, au moment où la crise économique commençait à jeter sur le pavé des millions de chômeurs, ne pourrait que favoriser la montée du parti nazi, et que la guerre ainsi menacerait à nouveau l'Europe.

— Vous savez, avait-il ajouté en allumant une cigarette, regardant les grappes qui pendaient aux vignes de la tonnelle, je suis un déserteur. Je ne crois pas aux patries, aux frontières... Vous non plus, à ce que l'on m'a dit.

Il avait souri devant l'air étonné de Meyerhold.

— Vous le proclamez devant vos confrères, vos infirmiers. Dès que vous ouvrez la bouche, vous dites ce que vous pensez. C'est sympathique, Meyerhold, et imprudent !

— Et vous, vous venez de me faire une confidence dangereuse, non ?

Vincent avait vidé son verre de vin, parlé plusieurs minutes des crus de la vallée rhénane, de ceux de la Moselle.

— Je cherche des hommes comme vous, avait-il lâché enfin, des pacifistes, des antifascistes qui ne veulent pas d'une nouvelle boucherie et qui sont prêts à prendre quelques risques pour ça.

Meyerhold avait ri.

— Vous êtes représentant en quoi ? En produits de papeterie ou en idées politiques ?

Il n'avait pas obtenu de réponse.

Et pourtant il avait fait confiance à Vincent, acceptant de remettre à des soldats français soignés à l'hôpital de Trèves des paquets qui devaient contenir des journaux et des tracts, accueillant dans sa villa de la Martinstrasse des inconnus dont il reconnaissait l'accent russe, hongrois ou polonais, avec lesquels parfois il jouait aux échecs. Il ne leur posait aucune question. Vincent venait les chercher en voiture au milieu de la nuit, et se contentait de dire :

— Merci, Meyerhold, l'histoire vous est reconnaissante.

Un soir, il y avait eu des cris étouffés, des bruits de lutte dans le jardin, puis le silence.

Vincent était arrivé, essoufflé, le prévenant qu'il était en danger, qu'il faudrait bientôt qu'il pense à quitter Trèves, l'Allemagne sans doute. Vincent avait une filière pour rejoindre la France. Il pourrait être accueilli à Paris. Il avait répété : « Roland Mercœur, hôtel de Wiener, 12 avenue Hoche », exigeant que Meyerhold ne note ni cette adresse ni ce nom.

Il suffisait de se présenter là-bas de la part de Vincent.

Quelques mois encore, Meyerhold avait vécu à Trèves. Les rues étaient souvent parcourues par des manifestants qui déferlaient, levant le poing ou le bras.

Il avait essayé de se convaincre qu'il était un trop petit personnage pour que, dans cette tempête qui se levait, on se souvînt ou on se souciât de lui, alors qu'il tentait d'empêcher les gens de mourir, quelles que fussent leurs idées, ou bien aidait les femmes à mettre leur enfant au monde, sans s'inquiéter de savoir ce qu'ils allaient devenir.

C'est ainsi que l'image de Maria Forestier lui était revenue, violente, inattendue.

Une fin d'après-midi, rentrant de l'hôpital, il avait pris la Nordallee et avait aperçu devant la villa des Forestier deux camions de l'armée française.

Des soldats y chargeaient des meubles.

Meyerhold était resté là, immobile, à quelques dizaines de mètres sous les arbres de l'avenue, puis il s'était éloigné. Soudain, il avait vu venir vers lui cette cavalière menant son cheval au trot, se dressant sur les étriers, les cheveux blonds au vent.

Elle chevauchait sur le côté de la chaussée, et les sabots s'enfonçaient avec un bruit sourd, comme un battement de tambour, dans la terre herbeuse.

Il avait, sans même réfléchir, levé la main, et il avait cru d'abord que Maria ne l'avait pas vu ou bien qu'elle l'avait oublié. Mais elle avait mis son cheval au pas, s'était penchée, souriante, presque allongée sur le col de l'animal.

— Docteur Meyerhold, avait-elle murmuré.

Elle avait paru ravie.

— Cette promenade, c'était mon adieu à Trèves, avait-elle dit.

De sa badine, elle avait montré les camions.

— Nous sommes les derniers à partir. Vous le savez, il n'y a plus de troupe depuis longtemps. Le 19e bataillon de chasseurs a été dissous. Mais il restait un petit état-major, que mon mari dirigeait. Nous rentrons aussi.

Elle s'était redressée.

— J'ai souvent pensé à vous, cette soirée un peu folle, et puis mon fils est là pour que je me souvienne de vous.

Elle avait ri, aussi fort, aussi joyeusement que lors de cette fête.

— Une femme ne devrait pas dire ça, n'est-ce pas ? avait-elle repris. Un médecin, on doit oublier qu'il est un homme.

Elle avait sauté à terre, et elle avait commencé à marcher, non pas dans la direction de la villa, mais vers la Martinstrasse.

— Je sais que vous habitez tout prêt d'ici. Je me suis renseignée. J'ai été tentée à deux ou trois reprises de vous appeler à l'hôpital, ou même chez vous, mais vous n'avez guère semblé désireux de nous revoir, moi et votre nouveau-né. Alors nous avons eu recours à un médecin français, le docteur Machecoul, le fils d'un personnage important, Jacques Machecoul, député et professeur à la faculté de médecine.

— Je connais, avait répondu Meyerhold, j'ai été l'un de ses étudiants. Il était invité à votre soirée. J'ignorais qu'il avait un fils…

— Et vous, pas de fils ?

Il avait secoué la tête.

La liberté de cette femme, le mouvement de son corps, cette manière qu'elle avait de secouer ses cheveux, de les soulever d'un geste rapide de la main, l'avaient enchanté. Pourquoi avait-il eu si peur durant toutes ces années de la revoir ?

Elle s'était arrêtée, s'appuyant au flanc du cheval, cette masse noire et vivante.

— J'ai appris que l'on vous a agressé, avait-elle ajouté. J'ai suivi le procès. Vous croyez pouvoir rester en Allemagne, avec…

Elle était restée silencieuse plusieurs secondes avant de reprendre :

— … ces gens, les nazis, qui deviennent de plus en plus puissants ? Ils ne vous aiment pas.

Elle s'était mise tout à coup à parler en polonais, et il avait aimé cette voix devenue grave, qui lui avait semblé pleine de roucoulements.

Elle avait insisté, il devrait s'installer à Paris. La France était un pays où…

Elle s'était de nouveau interrompue, recommençant à s'exprimer en français.

— On ne se sent pas exilé à Paris.

Elle avait donné son adresse, rue de l'Estrapade, hôtel Forestier. Elle avait toujours été sûre qu'ils se reverraient, avait-elle poursuivi. Cela venait de se produire, par hasard, comme elle l'avait imaginé. Mais il ne fallait pas qu'il attende encore des années.

Avait-il compris ? S'il venait à Paris, ils devraient se voir. Il pourrait ainsi découvrir Joseph, qu'il avait mis au monde.

Elle se souvenait. Elle avait entendu à la fois le cri de Joseph, le premier cri, et celui de Meyerhold.

— Vous avez crié, Elie !

Elle s'était penchée vers lui, elle lui avait effleuré la joue avec sa bouche entrouverte. Il avait senti son haleine, là, au coin des lèvres, puis elle était remontée à cheval. En la regardant s'éloigner rapidement, le cheval ayant repris le trot, il s'était lentement caressé la joue, comme si elle avait laissé une trace, une perle de rosée qu'il eût pu recueillir au bout de ses doigts.

Quelques mois plus tard, Trèves, comme toutes les autres villes d'Allemagne, avait ouvert ses rues, les portes de ses bâtiments officiels, aux hommes en chemise brune et bottes noires. La vieille cité romaine s'était couchée, offerte. Et les Sections d'assaut s'étaient vautrées sur elle.

Adolf Hitler, à Berlin, était devenu chancelier. Et l'on avait célébré la nuit des épousailles, le 30 janvier 1933, par un grand cortège d'hommes brandissant des torches et hurlant, le bras tendu vers le Führer.

D'autres avaient parcouru les couloirs de l'hôpital de Trèves, en criant : « Montre-toi, Meyerhold, qu'on te le coupe jusqu'au bout ! »

D'autres encore avaient encerclé la villa de Meyerhold, ils avaient lancé des chiffons enflammés, et les pompiers n'avaient pu intervenir que pour éteindre les décombres de la maison, qui continuaient de brûler et qui risquaient de mettre le feu aux arbres parce que le vent s'était levé, à l'aube, courant sur la Moselle.

Elie Meyerhold avait vu l'incendie depuis la berge du fleuve.

Il n'avait quitté les buissons derrière lesquels il s'était réfugié que lorsque le jour s'était levé. Il avait marché jusqu'à la Porta nigra, avait passé le pont construit sur les fondations de celui jeté par les légions de César.

Qu'est-ce qui avait changé dans le comportement des hommes depuis les temps antiques ?

On détruisait encore le Temple.

Meyerhold avait donc gagné Paris.

Mais avant de se rendre avenue Hoche, chez Roland Mercœur dont Vincent lui avait donné l'adresse, il s'était installé place du Panthéon, hôtel des Grands Hommes, à quelques pas de la rue de l'Estrapade.

L'après-midi, en ce mois de février 1933, était gris et humide.

Il était passé une première fois devant les grilles de l'hôtel Forestier. Il avait vu la maison de trois étages aux murs ocre, la cour pavée, la fontaine en forme de tour.

Il s'était adossé à la façade de l'immeuble qui fermait ce petit espace, presque une place, constitué par le croisement de trois rues.

Il avait relevé le col de son manteau, car une pluie fine avait commencé à tomber. Une plaque rappelait sur la façade de la maison qui lui faisait face que Diderot avait rédigé là une bonne part de l'*Encyclopédie*.

Meyerhold s'était senti tout à coup désespéré.

À quoi avait servi ce temps des Lumières, l'*Aufklärung*, si un siècle et demi plus tard la barbarie, la nuit resurgissaient ?

Ernst Röhm, le plus proche des compagnons de Hitler, disait que le nazisme incarnait les forces de l'instinct, du sang et de la virilité, face aux impuissances de la pensée.

Meyerhold avait eu envie de mourir.

Puis il avait vu cet enfant sortir de l'hôtel.

C'était Joseph, le fils de Maria, l'enfant qu'il avait mis au monde.

3.

“ Maria avait haussé les épaules. Qu’y pouvait-elle ? Était-elle responsable de la folie des hommes, de la guerre ? ”

Antoine Forestier, de la fenêtre du salon, avait vu s’éloigner son petit-fils dans la rue de l’Estrapade.

Il avait observé Maria. Elle s’était penchée, avait plusieurs fois crié « Joseph ! Joseph ! », puis elle avait agité la main.

Elle était restée un moment immobile, attendant que l’enfant disparaisse au-delà des grilles, et d’un geste nerveux, presque brutal, elle avait fermé la fenêtre et s’était tournée vers lui.

— Votre fils…, avait-elle commencé.

Et comme chaque fois qu’ils se retrouvaient seuls, soit ici, dans ce petit salon de l’hôtel Forestier, soit au château de Mazenc, elle avait accumulé les accusations contre Henri.

À Trèves, avait-elle dit, il passait la plupart de ses nuits à faire manœuvrer ses compagnies de chasseurs à pied. Il avait été fasciné par de Gaulle qui commandait le bataillon. Les hommes rentraient au quartier à l'aube, musique en tête, réveillant toute la ville. Et le maire de Trèves avait souvent protesté, si bien qu'à la fin on avait dissous le bataillon.

Et maintenant que Henri avait été affecté à Paris, au secrétariat général de la Défense nationale, il était encore plus souvent absent ! Il y avait retrouvé de Gaulle, ils multipliaient ensemble les inspections sur la frontière de l'Est. Ils demeuraient des soirées entières à rédiger des rapports pour des ministres de la Guerre indifférents, soucieux seulement de leur avenir politique, et qu'une crise ministérielle renversait après trois mois de fonction !

— Je n'aime pas cette vie, avait répété Maria. Joseph ne voit jamais son père et, quand Henri est avec nous, il lit ou il nous donne une leçon d'Histoire de France. Pourquoi s'est-il marié ? C'est un moine soldat, votre fils !

Antoine avait une nouvelle fois essayé de lui faire comprendre que certains hommes avaient le sens du devoir, que Henri était de ceux-là, que comme de Gaulle et des milliers d'autres officiers il avait souffert pendant quatre ans dans les tranchées, qu'ils avaient perdu des proches.

— Son frère Charles a été tué, vous le savez…

Maria avait haussé les épaules. Qu'y pouvait-elle ? Était-elle responsable de la folie des hommes, de la guerre ?

Elle n'avait qu'une vie, elle avait déjà trente-cinq ans, elle n'avait qu'un fils, et elle et lui étaient malheureux. Elle n'avait pas épousé l'armée ou la

France, mais un homme qui, à Varsovie, était gai, presque insouciant. Fallait-il vivre à l'étranger pour qu'il redevienne tel qu'elle l'avait connu dans les années 20 ?

Antoine n'avait pas été d'humeur à défendre son fils.

Assis sur le canapé, il avait laissé son regard errer sur ce grand tableau qu'il avait toujours vu, depuis son enfance, à cette place, occupant toute une cloison. Il en avait toujours aimé les teintes ocrées, et ces silhouettes à l'horizon, sans doute les Rois mages en route dans le désert.

On lui avait raconté que Maximilien Forestier, l'ancêtre, avait rapporté ce tableau d'Italie, qu'il l'avait vendu à Talleyrand, et que celui-ci l'avait offert à Mariella di Clarvalle, l'épouse de Maximilien.

Peut-être avait-elle été infidèle ?

Antoine s'était demandé si Maria l'était.

Elle avait plusieurs fois évoqué ce médecin de Trèves, un homme si sensible, avait-elle dit, dont le sort l'inquiétait. C'était un juif, un antinazi. Comment pouvait-il survivre en Allemagne, maintenant que ceux qui l'avaient persécuté étaient au pouvoir ?

Antoine aurait pu expliquer que Henri, précisément, tentait de donner à la France l'armée capable de résister à Hitler. Mais peut-on raisonner avec une femme mécontente ?

Il s'était senti blessé. Il avait regretté ce voyage à Paris.

Rien ne s'était déroulé comme il l'avait espéré. Il avait à peine vu Joseph ; son petit-fils avait joué dans la cour de l'hôtel Forestier avec des camarades et s'était montré indifférent. Quant à Henri, il se trouvait avec de Gaulle à Metz !

Pourquoi donc avait-il quitté le château de Mazenc ?

Il avait voulu revoir les lieux de sa vie passée, faire, comme il l'avait confié à son beau-frère Gustave Novera qui l'avait accompagné en voiture jusqu'à la gare de Montélimar, l'un de ses derniers voyages. Il allait avoir soixante-quatorze ans. Il était temps qu'il accepte de n'être qu'un vieux qui s'assied, le dos contre la façade de sa maison chauffée par le soleil d'hiver.

Novera avait eu un mouvement d'impatience, secouant ses épaules, tordant sa bouche comme chaque fois qu'il parlait, laissant glisser un filet de salive. Il aurait eu honte, avait-il répondu, de penser ainsi, ou alors ce n'était que de la comédie, des phrases de Parisien pour donner de l'air aux dents.

Vieux, Antoine Forestier ? Il possédait vingt hectares de vignoble, un château, un hôtel rue de l'Estrapade, et les propriétés, ça vous aide à vieillir ! Il y a toujours des gens qui viennent pour picorer dans votre main et vous laver les pieds.

Vieux, on l'était quand, comme lui, on ne possédait qu'une masure, et surtout quand on ne pouvait pas gonfler sa bouche avec les mots de fils, de petit-fils, de belle-fille, qu'on était une vieille souche sans surgeon. Lui, Antoine, avait Henri, commandant maintenant. Et Joseph, son petit-fils, et Maria. Ce n'était certes pas une belle-fille facile ! Les étrangères, elles sont toujours un peu particulières, mais enfin, une jeune femme dans une maison, ça la chauffe ! Et Roland Mercœur, ce garçon qu'Antoine avait couvé comme si c'était son propre fils, il le comptait pour rien ?

Lycée du Parc, à Lyon, École normale supérieure, et maintenant que Mathilde de Wiener était morte, un jeune homme de vingt-cinq ans à la tête d'une fortune, qui habitait l'hôtel de Wiener, avenue Hoche. Et qui sûrement serait reconnaissant à Antoine, qui serait heureux de l'accueillir comme son père, l'autre, Vincent Mercœur, le père de sang, ne devant guère compter… Alors Antoine n'avait qu'à choisir entre la rue de l'Estrapade et l'avenue Hoche, entre fils, petit-fils, belle-fille, et Roland, presque un autre fils !

Vieux comme ça, lui, Gustave Novera, il aurait voulu l'être.

En longeant lentement les quais pour se rendre place Dauphine, chez Maurice de Taurignan, Antoine avait repensé aux propos de Novera et avait décidé qu'à sa mort il léguerait une part de ses biens à son beau-frère, pour qu'en effet la vieillesse de Gustave ne soit pas accablée par la plus dure des maladies, la misère. Qu'est-ce que c'était maintenant qu'une pension d'ancien combattant, même pour une gueule cassée ? Juste de quoi acheter du pain chaque jour !

Il avait expliqué ses projets à maître de Taurignan qui, tout en préparant les actes à soumettre au notaire, avait évoqué ce temps d'avant 1914 quand, à la demande d'Antoine et de Clemenceau, il avait défendu la baronne Mathilde de Wiener.

Taurignan avait fermé à demi les yeux. Il avait obtenu l'acquittement de Mathilde, mais cela remontait si loin… Même la Grande Guerre – la « der des der », n'est-ce pas ! – paraissait repoussée dans le temps alors que l'on croisait tant de mutilés partout, dans les prétoires, juges, avocats, et qu'il y avait ce parti des Croix-de-Feu du colonel de La Rocque qui rassemblait des centaines de milliers d'anciens combattants de première ligne !

Maurice de Taurignan s'était levé.

On parlait de la prochaine guerre, avait-il dit, le visage creusé par l'inquiétude. Mais ce ne serait plus l'Union sacrée, il n'y aurait pas de Clemenceau ! Qu'était la République aujourd'hui ? Les gouvernements ne duraient pas plus de quatre ou cinq semaines ! Les grands hommes s'appelaient Daladier, ce taureau à cornes d'escargot, ou Herriot, ou Doumergue, ce radical-socialiste tendance cassoulet, tous des politiciens sans caractère. Ou bien alors il y avait les maquignons, tel Laval, chemise et cravate blanches et âme noire. Et dans l'armée, selon ce qu'en rapportait son fils, le général Robert de Taurignan qui avait été affecté à l'état-major du maréchal Pétain, beaucoup d'officiers suivaient avec sympathie ce qui se passait à Rome et à Berlin ! Là-bas, estimaient-ils, l'ordre régnait, l'armée était honorée, considérée comme la clé de voûte de la nation. Ici, les banques faisaient faillite, les députés, les ministres étaient contraints à démissionner parce que compromis dans les « affaires ».

— Nous avons connu cela au temps du scandale de Panamá, avait murmuré Antoine.

— C'était notre jeunesse, avait répondu Taurignan en fermant son dossier. Et c'étaient les crises d'adolescence de la République. Aujourd'hui, nous sommes vieux, et le régime est aussi impuissant que nous ! Ce ne sont plus des maladies de croissance qui frappent, mais les stigmates de la sénilité.

Il s'était penché vers Antoine.

— Savez-vous quel sera notre sauveur, selon certains ? Pétain ! Mon fils le côtoie chaque jour à son état-major. C'est un vieillard avide, qui rêve de tous les pouvoirs, qui veut tout contrôler alors qu'il n'a que quelques heures de lucidité par jour ! Et tout le monde le sait. Mais c'est notre gloire nationale. Maréchal, membre de l'Académie française, ministre de la Guerre, vainqueur de Verdun, etc. Il espère être notre maréchal Hindenburg. Et je ne sais pas qui sera notre Hitler…

L'avocat avait raccompagné Antoine Forestier jusqu'au Pont-Neuf.

— Quelque chose de déplaisant se prépare, avait-il repris. Je ne sais pas comment nous terminerons nos vies, mon cher Forestier.

— Les fins ne sont jamais gaies, avait conclu Antoine.

— Mais elles doivent être dignes, avait ajouté doucement Maurice Chrétien de Taurignan en s'éloignant.

Qu'est-ce que c'était qu'une fin de vie digne ? Aller jusqu'au bout de son énergie sans renoncer à rien ?

Antoine, dans le taxi qui se dirigeait vers l'avenue Hoche, s'était interrogé.

Fallait-il pour finir dignement sa vie rester à n'importe quel prix dans le jeu des hommes, souffler sur les dernières braises de son énergie, et ressembler à Pétain ? Le général Robert de Taurignan n'était pas le seul à s'indigner des ambitions du Maréchal. Son fils Henri avait plusieurs fois évoqué ces réseaux qui se constituaient dans l'armée. Leurs membres, proches de Pétain, prétendaient s'organiser pour lutter contre un complot communiste, alors qu'ils ne pensaient qu'à étrangler « la gueuse », cette République qu'ils méprisaient pour son impuissance et sa corruption.

Il manquait un Clemenceau…

Antoine s'était souvenu des dernières années du Tigre, de sa volonté de ne plus se mêler des affaires publiques, mais aussi de la passion qu'il avait éprouvée pour une femme de près de trente ans plus jeune que lui. Puis sa mort, un jour de pluie et de boue, à quatre-vingt-huit ans.

Il avait accompagné le cercueil jusqu'à ce cimetière du Colombier où on l'avait enfoui, il y avait près de cinq ans déjà, le 25 novembre 1929, dans cette fosse ouverte près de la tombe du père. Il avait fallu jeter une poignée de terre humide de Vendée sur la caisse. Antoine entendait encore le bruit de grêle résonnant sur le bois.

Il avait fermé les yeux.

Combien de temps avant qu'on ne dépose son corps près de ceux des siens au cimetière de Mazenc, au côté de Marguerite, sa femme ? Et manquerait toujours le corps du fils Charles, disparu en Argonne. Antoine avait hâtivement calculé que s'il atteignait l'âge de Clemenceau, il mourrait en 1946 ! Il ne pouvait l'imaginer.

Une jeune femme lui avait ouvert la porte de l'hôtel de Wiener.

Elle était petite et brune, les cheveux coupés court.

Elle l'avait regardé d'un œil soupçonneux. Il avait dit qu'il était Antoine Forestier, qu'il séjournait à Paris quelques jours, qu'il voulait voir Roland Mercœur, qu'il aurait dû prévenir, mais que…

Il s'était excusé en levant la main d'un air humble, comme pour se faire pardonner.

Elle avait souri, murmuré :

— Je vous connais. Je suis Louise Véran. Je vous ai rencontré chez Jean Revest, qui a été votre professeur. Il m'a parlé de vous à la fin de sa vie, de vos fils, Henri, Charles, du château de Mazenc. J'ai été sa secrétaire.

Elle l'avait prié d'attendre, et elle s'était éloignée dans le vestibule.

Antoine avait fait quelques pas, la regardant monter si vite le grand escalier de marbre. Et il avait eu l'impression, en s'avançant vers la statue de Vénus qui se trouvait comme autrefois, bien avant 1914 quand il venait ici avec Clemenceau, au centre du vestibule, qu'il s'enfonçait dans sa mémoire.

Il avait été si ému tout à coup qu'il s'était arrêté.

C'était bien le décor de sa vie passée, mais c'était comme l'intérieur d'une noix sèche.

Pas une lumière, alors qu'au temps de Mathilde et de Salomon de Wiener des dizaines de lampes éclairaient le vestibule et la loggia du premier étage.

Pas un bruit, pas une voix, alors que, jadis, lors de ces réceptions du dimanche soir, ce n'était que brouhaha que dominait parfois la voix de Mathilde priant ses invités à se rendre aux buffets dressés tout le long de la loggia.

Combien de survivants parmi ceux qui avaient fait l'éclat et la réputation de ces réceptions du baron et de la baronne ?

Mort Clemenceau. Morte Mathilde. Mort Salomon. Mort Aristide Briand. Mort le général Boulanger. Épuisée cette IIIe République, et si loin ses combats pour Dreyfus, pour la laïcité, pour le pouvoir !

Plus rien.

D'autres luttes aujourd'hui, communisme, nazisme, aussi fugaces que celles qu'il avait connues, que ceux qui les menaient imaginaient creusées dans le marbre alors qu'elles n'étaient que sillons dans le sable, bientôt recouverts, effacés par le flot — ces années et ces générations qui se succédaient.

Antoine Forestier avait levé les yeux vers cette lumière poussiéreuse qui tombait de la verrière.

Il avait pensé qu'il ne devait plus quitter Mazenc, se contenter de recevoir au château ceux qui voudraient bien lui rendre visite, son fils Henri, accompagné, si elle continuait de vivre avec lui, de Maria, du petit Joseph. Et qui sait, peut-être même viendrait Roland Mercœur s'il se souvenait des années passées à Mazenc ?

Si personne ne faisait le voyage, eh bien il se limiterait à marcher dans le vignoble, à tâter les grains de raisin pour décider de la date des vendanges et, levant la tête, à admirer les Dentelles de Montmirail et le Ventoux qui, par mistral, semblent si proches qu'on a l'impression, en étendant le bras, de pouvoir les toucher. Le passé, les souvenirs, ce serait pour les nuits blanches, le lot des vieillards qui ont trop vécu et ont les yeux pleins de souvenirs.

On avait pris Antoine aux épaules. Il avait sursauté, tenté de se dégager, puis il s'était laissé aller contre Roland Mercœur, cet adolescent sur lequel il avait veillé à Mazenc et qui était maintenant un homme jeune aux cheveux flous, au visage maigre, qui souriait, s'écartait, le regardait, s'écriait qu'il était si heureux, qu'il avait voulu plusieurs fois se rendre là-bas mais que le journal qu'il avait lancé, *Le Citoyen*, l'avait entièrement absorbé, tous les jours, toutes les nuits.

Il avait entraîné Antoine vers l'escalier.

— Vous avez vu Louise Véran ? Elle travaille à mes côtés au journal. Mais je ne sais pas si vous connaissez…

Ils étaient entrés dans l'un des salons, et Antoine avait vu, assis dans la pénombre, un homme d'une cinquantaine d'années, aux cheveux noirs tirés en arrière.

L'homme s'était levé, avait tendu la main tout en ne quittant pas Antoine du regard.

— Je crois que nous ne nous sommes jamais rencontrés, avait-il dit.

Et Antoine, au même moment, avait eu la certitude qu'il avait vu cet homme. Autrefois. Il ne lui avait pas répondu, lui serrant la main, écoutant Roland présenter Vincent Gallois, qui avait de nombreux contacts en Europe parce qu'il avait représenté pendant plusieurs années une société qui fabriquait des produits de papeterie, et qui se passionnait aujourd'hui pour la presse, le lancement du *Citoyen*, et mettait ses relations internationales au service du journal.

Roland avait tendu à Antoine un exemplaire du *Citoyen*. Tout en le feuilletant, en découvrant les titres : « Le nazisme annonce la guerre », page suivante un reportage sur « L'URSS, bastion du socialisme et de la paix », Antoine avait observé Vincent Gallois qui avait repris sa place dans le coin le moins éclairé du salon, comme s'il avait voulu cacher son visage.

Et il s'était souvenu de cette silhouette, aperçue en 1914 aux côtés de Mathilde de Wiener, celle de ce déserteur, de ce gigolo qu'elle cachait, dont on avait dit plus tard qu'il avait réussi à fuir, à passer à l'étranger pour rejoindre les bolcheviks. On avait repéré sa trace à Petrograd, à Odessa, en Pologne.

Il était devenu, avait-on assuré, membre de la direction de l'Internationale communiste, l'un de ces clandestins aux identités multiples qui s'étaient mis au service de la révolution, c'est-à-dire de l'URSS.

Cet homme-là était Vincent Mercœur, le jeune amant de Mathilde et le père de Roland !

— Vincent Gallois…, avait-il murmuré.

Roland s'était interrompu, l'interrogeant du regard. Louise Véran avait lancé un coup d'œil à Vincent. Et Antoine avait cru comprendre qu'il était seul à connaître la véritable identité de ce Vincent Gallois.

— On ne peut rien sans un faisceau de relations, avait-il affirmé en posant l'exemplaire du *Citoyen* sur la table basse placée au centre du salon. J'ai appris ça durant toutes ces années où j'ai vécu auprès de Clemenceau, dirigé avec lui ses journaux, *La Justice*, *L'Aurore*, *L'Homme libre* et même, quand la censure nous a bâillonnés, *L'Homme enchaîné*. Plus tard, en 1917, j'ai découvert que le pouvoir, ce n'était que ça, et d'abord ça, une toile d'araignée.

Il était resté silencieux quelques secondes, puis il avait demandé d'un ton brusque :

— Vous étiez sur quel front, monsieur Gallois ?

Vincent avait souri.

— Un peu partout. Je n'y pense plus. Ce qui me plaît dans l'entreprise de Roland, c'est qu'il est tourné vers l'avenir. Vous, monsieur Forestier, et moi, nous sommes déjà des vieux, des anciens combattants, mais il faut éviter à la jeunesse une nouvelle guerre, n'est-ce pas ?

D'un geste de la tête, Antoine avait approuvé.

— Ainsi, vous êtes passé de la papeterie à la presse ?

— C'est un interrogatoire ! s'était exclamé Roland Mercœur en riant.

— Simple curiosité, je cherche toujours à comprendre, à connaître. J'ai été avec Clemenceau au ministère de l'Intérieur, c'était il y a plus d'un quart de siècle… On l'avait appelé le « premier flic de France » ! J'étais dans son ombre. Clemenceau avait pour règle de ne jamais rien négliger, de lire avec attention les fiches que lui fournissaient chaque matin les Renseignements généraux. Nous en avons tous une, pour peu que nous soyons sortis, ne fût-ce qu'un jour, de l'anonymat. Moi, toi Roland, vous mademoiselle, et vous aussi monsieur Gallois. Elles sont toujours intéressantes à lire.

— Pourtant, en fin de compte, avait dit Roland, ce ne sont pas les policiers qui décident, mais les peuples, les citoyens ! C'est pour eux que nous faisons ce journal.

Antoine avait salué, puis s'était dirigé vers l'escalier, lançant depuis la loggia :

— Vous devez être bien intéressant à connaître, monsieur Gallois !

— Nous sommes tous des fétus de paille, avait répliqué ce dernier en se levant, c'est le courant qui nous porte, qui nous donne de l'importance.

Dans le vestibule, Antoine avait hésité. Peut-être aurait-il dû dire à Roland que ce Vincent Gallois n'était autre que son père ? Mais peut-être Roland ne l'ignorait-il pas… Il avait de la tendresse pour ce garçon devenu un homme. Mais à quoi bon arracher les masques, à quoi bon rendre la vue à ceux qui ne veulent pas voir ?

Antoine s'était contenté de dire :

— Je rentre à Mazenc, et je n'en bouge plus.

4.

“ C’est cela
la politique,
tu l’apprendras,
faire se battre
l’un contre l’autre
tes ennemis.
Et quand
ils se sont tués,
tu restes
le maître... ”

Louise Véran savait bien qu’il ne s’appelait pas Vincent Gallois.

Elle le regardait dormir. Il était couché en chien de fusil, drapé dans la lumière rouge de la petite lampe de chevet qui laissait toute la chambre dans la pénombre.

Même endormi, il l’impressionnait. C’était une masse de chair dont les replis enveloppaient la taille et le ventre. Sa peau était claire, mais celle du sexe était plus foncée.

Louise s’était levée et s’était adossée au mur, contemplant cet homme qui la dominait.

Elle n'avait plus osé bouger, comme si elle avait craint qu'il ne la punisse d'avoir ainsi quitté le lit pour l'observer. Elle était restée là, émue de découvrir son bras gauche qui pendait, abandonné, la main touchant le parquet. Elle avait frissonné quand il avait étendu ses jambes et soupiré.

— Tu m'obéis, avait-il déclaré dès la première nuit.

C'était dans une chambre de l'hôtel Bristol.

Il l'avait convoquée parce qu'il avait besoin, avait-il prétendu, d'une interprète, et qu'il savait qu'elle était une « camarade » en qui l'on pouvait avoir confiance. Elle avait été la collaboratrice de Jean Revest, elle avait traduit des textes pour *L'Humanité* et pour le Bureau politique du parti communiste.

Il avait dit qu'il se nommait Vincent Miller, qu'il était banquier à Liège. Durant quelques minutes, elle l'avait cru. Puis il lui avait pris le bras, lui expliquant qu'il l'invitait à dîner au *Poisson d'Or*, une boîte tzigane où il devait rencontrer quelques amis.

Déjà elle s'était soumise. Il lui avait serré le bras.

— Tu te tais, avait-il dit. Mais tu souris. Pour ces gens-là, tu es ma compagne, ma femme si tu veux. Un homme accompagné d'une femme, ça rassure. Tu es jeune, belle, on n'imagine pas que tu aies une cervelle, des idées. Comporte-toi comme une femme qui aime séduire.

Dans le taxi qui les conduisait à Montparnasse, Vincent avait posé sa main sur le genou de Louise. Il avait déjà perdu l'accent belge, dont durant les premiers instants de leur rencontre il avait coloré ses propos.

Elle avait osé demander en repoussant sa main :

— Vous êtes français, n'est-ce pas ?

Il avait enfoncé son pouce et son index dans sa cuisse, si violemment qu'elle avait étouffé un cri.

— Ne pose pas de question !

Puis il avait retiré sa main, expliqué qu'ils allaient rencontrer deux anthropophages, mais de races différentes. L'un, Olivier Dussert, était un roi, l'un des banquiers les plus importants de Paris, et qui aimait s'encanailler, jouer, c'est pourquoi il avait accepté de dîner avec l'autre, Alexandre Stavisky.

— Lui, avait continué Vincent en baissant la voix, c'est un hors-la-loi qui rêve de devenir roi, comme l'autre, mais qui n'y réussira pas. Tu imagines ce que je veux faire ?

Elle avait secoué la tête. Cet homme l'effrayait. Il était si différent de ceux qu'elle avait connus, de Jean Revest auprès duquel, bien qu'il fût âgé de quatre-vingts ans, elle avait appris qu'elle était une femme, qu'elle avait le pouvoir de rendre un homme gai, et qu'il suffisait pour cela qu'elle se laisse regarder nue, caresser. Et elle l'avait fait, autant par compassion que par curiosité.

Revest, en échange, lui avait enseigné tout ce qu'il savait, tout ce en quoi il croyait, l'histoire, la révolution, le socialisme. Et elle avait rencontré grâce à lui des hommes qui donnaient l'impression de vouloir changer le cours des choses, le destin de l'humanité, afin d'instaurer le règne de la justice et del'égalité.

Elle avait été convaincue par leurs idées.

Elle ne les avait jamais craints. Ils étaient enthousiastes et confus, généreux et courageux. C'était les autres, leurs adversaires, qui lui semblaient des tueurs, des cyniques, des rapaces.

Mais il avait suffi de quelques minutes passées aux côtés de Vincent, qui l'appelait pourtant « ma chère camarade », pour qu'elle se sente dominée, et qu'elle ait peur de lui.

— Ce que je veux faire, avait-il repris, c'est que Dussert et Stavisky se dévorent. C'est ça, la politique, tu l'apprendras, faire se battre l'un contre l'autre tes ennemis. Et quand ils se sont tués, tu restes le maître. On ne peut prendre le pouvoir que quand ceux qui le détiennent sont divisés. Ce soir, Louise, nous allons faire se rencontrer deux bêtes féroces. Nous les pousserons l'une contre l'autre. Nous applaudirons. Toi, tu les exciteras, et tu les distrairas pour qu'ils ne se méfient pas de moi. Il faut que le sang coule, et comme l'empereur romain nous abaisserons le pouce pour qu'ils soient sans pitié.

Il avait accompagné ces derniers mot d'un mouvement vif de la main droite, de haut en bas, pouce tendu. Puis il s'était passé les doigts dans les cheveux pour dégager son front.

Louise avait pensé en le regardant qu'il ressemblait à Roland Mercœur.

Au moment où ils pénétraient au *Poisson d'Or*, se frayant un passage dans l'escalier étroit qui conduisait à des caves voûtées, frôlant le corps de femmes aux épaules nues sous des châles rouges, alors que déjà les voix stridentes d'un chœur tzigane les enveloppaient, Louise avait chuchoté, plus pour elle-même que pour Vincent :

— Qui êtes-vous ?

Il avait ri, la tête en arrière, montrant ses dents, blanches.

— La révolution en marche, petite camarade !

Ils s'étaient assis à une table ronde située loin de la scène sur laquelle virevoltaient des danseurs exaltés.

Vincent avait commandé de la vodka.

— Il faut aimer ce qui est russe ! avait-il dit, vidant d'un seul coup son verre, invitant Louise à l'imiter.

Comme elle hésitait, les lèvres et la langue en feu au seul contact de l'alcool, il l'avait forcée à renverser la tête, appuyant d'une main sur son front cependant que, de l'autre, il pressait le verre sur sa bouche. Et la flamme avait explosé dans la gorge et la poitrine de Louise.

Elle avait fermé les yeux, et, quand elle les avait rouverts, un homme grand, un ample costume gris flottant autour de sa silhouette, une chemise aussi blanche que la peau de son visage rond, lisse, où brillaient deux yeux noirs comme lustrés, la regardait en souriant.

Il avait le front légèrement fuyant, des lèvres minces, ce qui donnait à sa physionomie qui pouvait sembler avenante un air de fausseté et de dureté.

— Monsieur Alexandre Stavisky, le plus grand financier de Paris, avait dit Vincent.

L'homme s'était incliné, continuant de fixer Louise.

— Louise, avait murmuré Vincent, ma chère Louise, qui découvre la brûlure de la vodka.

— La vodka, c'est comme l'amour, avait répliqué Stavisky en s'asseyant en face d'elle, comme le jeu, comme la révolution, c'est une petite mort !

Il avait refusé d'un geste qu'on lui remplisse un verre, demandé du champagne. Il avait levé sa coupe dans la lumière.

— De l'or léger, des paillettes ! Ici, dans ce pays, on n'aime plus, on ne joue plus, on ne fait plus la révolution, on ne meurt plus.

Il s'était tourné vers la scène, où les danseurs continuaient de bondir, certains traversant des cerceaux enflammés.

— On ne danse plus non plus, avait-il repris, c'est seulement la valse, ou bien le tango.

— Méfiez-vous de la France, avait murmuré Vincent. Vous connaissez la carmagnole ?

— Je sais, je sais, avait fait une voix derrière eux. Mes ancêtres l'ont dansée…

Ils s'étaient retournés. Vincent s'était levé, accueillant Olivier Dussert.

C'était un vieil homme, au corps lourd mais aux cheveux étonnamment noirs, sans doute teints, sur un visage empâté et rose. Il portait un costume sombre dont la veste ouverte laissait voir un gilet boutonné très haut.

Il était suivi par un chauffeur en gants blancs, qui tenait sa casquette à la main. Dussert respirait bruyamment, le souffle court.

— Vous m'avez tenté avec ce spectacle, avait-il ajouté. De toute ma vie, je n'ai vu des danseurs tziganes.

Il s'était tourné vers l'escalier où les femmes aux grosses boucles d'oreilles, aux châles rouges, semblaient attendre que d'un geste on les convie à venir s'asseoir à une table.

— Les femmes sont belles, avait poursuivi Dussert.

Il avait refusé la vodka et le champagne, dit qu'à son âge – bientôt quatre-vingts ans, avait-il confié en regardant Louise – il ne buvait plus et mangeait à peine.

— Je n'ai plus de besoin. Je me nourris avec les yeux, et avec les narines. Ce sont les derniers sens qui me restent.

— Desquels vous servez-vous pour diriger votre banque ? avait demandé Vincent.

Dussert avait ri.

— Vous lancez la balle, avait-il répondu en regardant Stavisky. Vincent Gallois me dit que vous avez des idées extraordinaires, qui pourraient intéresser ma banque. Pourtant – il avait écarté les mains – je ne suis plus le maître, j'ai un fils, Michel, il est député mais il garde un œil sur ce que je fais. Et puis je dois penser à mon petit-fils. Xavier a quinze ans, je l'initie déjà. Je suis condamné à la prudence.

— Dans ce que je vous propose, je suis le seul à prendre des risques, avait affirmé Stavisky. Donnez-moi votre garantie bancaire, et je vous verse dix pour cent de tous mes bénéfices. En prime, je vous cède quelques milliers d'actions et de bons gagés sur des banques locales, Bayonne, etc. Elles sont discrètes, et sûres.

Dussert, tout en chipotant, en posant de brèves questions, avait paru de plus en plus distrait.

Sans attendre la fin du dîner, il s'était tourné vers son chauffeur, qui s'était incliné vers lui, puis s'était éloigné, se dirigeant vers l'escalier, parlant à une femme, la plus grande, aux cheveux noués par un ruban doré. Ils avaient ensemble gagné la sortie.

— Pourquoi ne m'accompagnez-vous pas, avait lancé Dussert à Stavisky, nous discuterons de tout cela chez moi…

Il avait souri, montré les femmes.

— Je vous attends dans ma voiture.

Il s'était levé avec peine, en appuyant ses deux paumes à la table.

— Charmante, avait-il dit, penché vers Louise. Mais à mon âge, il me faut des alcools un peu frelatés, sinon je ne sens plus rien. Vous m'excusez, Gallois.

Il avait remonté lentement l'escalier, grosse masse grise qui semblait se laisser entourer, presser avec complaisance, par ces corps de jeunes femmes aux épaules nues, aux corps enveloppés de couleurs ardentes.

Stavisky s'était levé à son tour, s'était incliné devant Louise.

— Mourez, mourez souvent, avait-il chuchoté. Vous avez l'âge.

Il avait remercié Vincent Gallois, puis il avait d'un pas rapide rejoint Dussert, et il l'avait suivi, entraînant l'une des femmes.

— Ces deux caïmans vont s'entendre au lieu de se dévorer, avait maugréé Vincent. La pire des situations politiques.

Il avait bu silencieusement, puis ajouté :

— Mais cela ne peut pas durer. Il n'y a pas assez d'eau dans le marigot et les proies sont rares. Crois-moi, petite camarade.

Elle avait été surprise de l'entendre dire au chauffeur de taxi qu'il voulait être conduit à l'hôtel Bristol, rue du Faubourg-Saint-Honoré.

— Stavisky y habite. Et je ne veux pas le lâcher. Je veux le piquer jusqu'à ce qu'il morde Dussert. Je veux un duel à mort.

Puis il avait enlacé Louise.

— Tu n'as jamais dormi au Bristol, n'est-ce pas ? Tu ne peux pas imaginer le plaisir qu'il y a à se glisser entre des draps en satin, c'est une caresse légère sur tout le corps. C'est comme l'ouverture dans un opéra, cela annonce les plaisirs de la nuit.

Elle avait tenté de se dégager.

Il l'avait serrée plus fort.

— Tu obéis, avait-il dit.

Elle avait compris qu'elle ne saurait jamais lui résister.

5.

“ Nous disposons avec Stavisky d’un levier important, je dirais d’une bombe à retardement… ”

Rapport de Vincent Gallois au KRO
Centre de renseignement et de contre-espionnage
Direction de la Tcheka, Moscou
– chiffré –

« En application des directives du Centre, j’ai quitté Trèves et me suis replié sur Paris.

« Je suis resté en contact avec le docteur Elie Meyerhold.

« C’est un homme précieux.

« Il entretient les meilleures et les plus intimes relations avec Maria Kovalewska, épouse du commandant Henri Forestier, affecté à Paris, au secrétariat général de la Défense nationale. Ce commandant Forestier est l'un des plus proches collaborateurs du lieutenant-colonel de Gaulle, dont les réflexions stratégiques autour de l'idée d'armée de métier – c'est le titre de l'un de ses livres – ont suscité un vif débat.

« Meyerhold agit par conviction et par antifascisme. Sa famille a été arrêtée à Trèves, et sans doute envoyée dans un camp de concentration (Dachau ?).

« Sa liaison avec Maria Kovalewska-Forestier est récente. Elle devrait nous permettre d'obtenir des renseignements sur l'activité du secrétariat général de la Défense nationale.

« Maria Kovalewska peut en effet se procurer certains des rapports rédigés par son mari. Et peut-être la menace de dévoiler ses liens avec Elie Meyerhold la poussera-t-elle à agir dans ce sens.

« Mais elle peut aussi refuser. Maria Kovalewska est une personne fantasque d'origine polonaise.

« Par Meyerhold et le commandant Forestier, il doit être possible d'approcher certains collaborateurs des ministres liés à la Défense nationale : ministre de la Guerre, ministre de l'Air. Ce dernier, Pierre Cot, et son entourage, notamment son chef de cabinet, Jean Moulin, sont violemment antinazis et partisans d'une alliance franco-soviétique.

« Il faut exercer une pression sur l'opinion publique, afin de les aider à faire triompher leur ligne politique.

« Le journal *Le Citoyen*, que j'anime aux côtés de Roland Mercœur et de Louise Véran – deux intellectuels antifascistes –, doit être utilisé à cette fin.

« Son propriétaire, Roland Mercœur, dispose d'une fortune personnelle qui lui a été léguée par Mathilde de Wiener, veuve de Salomon de Wiener, l'une des personnalités en vue au début du siècle.

« Louise Véran a été l'assistante et la collaboratrice du professeur Jean Revest, lié à Jaurès. Revest, à sa mort, a légué à Louise Véran toutes ses archives et différents biens immobiliers.

« La pénétration des milieux financiers est plus difficile.

« Ils nous sont hostiles. Mais ils sont intéressés par les profits faciles.

« J'ai rencontré Olivier Dussert.

« Cet homme de quatre-vingts ans a conservé toute son énergie. Je l'ai mis en relation avec Alexandre Stavisky, un spéculateur habile qui a des amitiés dans le monde politique.

« Bien qu'Olivier Dussert m'ait répété que la banque Dussert-Speicher et Fils ne pourrait jamais participer à un montage réalisé par Stavisky – Dussert a qualifié Stavisky d'escroc –, je sais qu'il a donné l'ordre de racheter certaines des actions – plus ou moins douteuses – possédées par Stavisky, et lui a consenti un prêt.

« Nous disposons avec Stavisky d'un levier important, je dirais d'une bombe à retardement.

« Car l'homme est un aventurier, un "pirate", qui ne peut que sombrer.

« Il entraînera avec lui ceux qui l'auront aidé ou côtoyé.

« Il y a là, à moyen terme, un scandale qui peut ébranler le régime en touchant les milieux politiques.

« Des députés de gauche et de droite, Michel Dussert, Léon de Boissier, Jacques Machecoul, se sont compromis avec Stavisky, et s'il tombe, il parlera.

« Ce peut être l'occasion pour les forces révolutionnaires d'intervenir et de prendre le pouvoir.

« J'attire votre attention sur la crise prérévolutionnaire que connaît la France.

« Dans l'armée, selon des sources convergentes, des officiers s'organisent en vue d'une action violente pour résister à ce qu'ils nomment “le complot communiste”.

« Les milieux économiques et bancaires – notamment Olivier Dussert et sa banque, l'une des plus importantes de Paris – financent de nombreuses “ligues” qui plus ou moins ouvertement visent à renverser la République.

« Le parti communiste hésite.

« L'un de ses leaders les plus populaires, Jacques Doriot, vient de le quitter pour constituer son propre parti, le Parti Populaire Français, qui a reçu immédiatement des fonds considérables de la part d'Olivier Dussert.

« Le fils de ce dernier, Michel Dussert, député de la Drôme, avec quelques autres députés, a adhéré à ce parti.

« Il faudrait que le Centre donne rapidement des directives claires.

« Je les attends.

« Vincent Gallois. »

6.

“ Nous constituons des stocks d’armes, monsieur le maréchal, nous serons bientôt prêts à prendre d’assaut les bâtiments officiels… ”

Michel Dussert avait regardé fixement le fauteuil vide placé en face de lui, à l’autre bout de la longue table rectangulaire autour de laquelle venaient de s’asseoir les membres du directoire de la banque Dussert-Speicher et Fils.

Il avait dit, sans baisser les yeux, sans paraître même s’adresser à quelqu’un, comme s’il se parlait à lui-même :

— Notre président, mon père, est mort.

Il s’était levé, et tous l’avaient imité.

Il avait eu l'impression, comme chaque fois qu'il éprouvait de l'émotion, de la colère ou du plaisir, que ce moignon de bras droit, ce bout de chair que l'éclat d'obus allemand n'avait pas arraché, se mettait à brûler, à frémir.

Il n'avait pas pu s'empêcher de se saisir l'épaule droite avec sa main gauche, de la serrer, comme s'il devait retenir, contenir, cette extrémité rouge.

Souvent, quand il était couché, nu, à côté d'une femme, il lui demandait de le gratter là, longtemps, de le griffer, de le mordre. Et il le savait, elles préféraient encore lui sucer le sexe plutôt que de toucher ce bras mutilé, cette peau flasque.

Mais il les payait pour ça aussi, elles devaient bien s'exécuter.

Il avait tout à coup pensé à Gustave Novera, cette gueule cassée qui se plaçait au premier rang à chacune de ces réunions publiques qu'un député devait tenir dans sa circonscription. Il était naturellement là, au Cercle républicain, à Mazenc, avec toutes ses décorations et sa gueule déformée, trouée, martelée, qui en disait plus que n'importe quel discours.

Il venait aussi à Grignan et à Saint-Paul-Trois-Châteaux. Il levait la main pour demander la parole, et parfois il montait sur une chaise.

— Regardez-moi, citoyens ! lançait-il. Regardez ce que m'a fait le capitalisme. Je suis vivant, mais ils ont tué mon visage et mutilé ma vie. Ce député-là, Michel Dussert, oh ! il a perdu son bras droit et je le plains, mais il a gardé sa banque. Son journal, *La Voix nationale*, défend les gros, les faiseurs de guerre. Sa politique, elle est contre les gens comme moi, comme vous. Il faut s'unir, citoyens, si on veut arrêter le fascisme dont Dussert est l'allié ! Si nous sommes unis, le fascisme ne passera pas, et monsieur Dussert s'occupera de sa banque, si le peuple la lui laisse.

Communiste, ce Novera !

Est-ce qu'il payait plus cher, à cause de sa gueule, les putains qui voulaient bien monter avec lui ?

Tout le monde paie, chaque chose a son prix.

Michel Dussert s'était assis.

Il avait jeté un coup d'œil à son fils Xavier, placé à sa droite.

Qu'avait-il dû penser, ce garçon de quinze ans, des circonstances de ce décès ?

C'est lui qui avait découvert le corps de son grand-père, écrit ensuite le message qu'il lui avait fait porter alors qu'il était en séance à la Chambre.

Michel Dussert s'apprêtait à intervenir, pour dénoncer une fois de plus la politique de ce Pierre Cot, ministre de l'Air, qui révélait à l'URSS nos derniers modèles d'appareils militaires, ainsi l'avion Block 260 ! Et pourquoi ? Pour favoriser cette alliance, ce rêve d'entente entre l'URSS et la France, qui ne pouvait que conduire à la guerre en Europe ! Mais Cot voulait cette guerre, par idéologie, pour satisfaire ses amis juifs et tenter de renverser le nouveau chancelier allemand, Adolf Hitler, qui déplaisait à ces messieurs de la finance juive. Que la France succombe, que les banques françaises soient dévorées par les banques anglo-américaines, importait peu à ce va-t-en-guerre, à cet agent des judéo-bolcheviks !

Mais Dussert n'avait pu prononcer ce discours, qu'il était en train de relire au moment où un huissier lui avait remis le message de Xavier : « Viens d'urgence quai de l'Horloge. Xavier. »

Michel Dussert avait aussitôt pensé à son père qui, à plus de quatre-vingts ans, n'avait renoncé ni à la présidence du directoire, ni à ces dîners dont les affaires bancaires n'étaient que le prétexte, et dont il revenait souvent avec une femme.

Parfois, il l'hébergeait quelques jours chez lui et des odeurs de parfum bon marché, entêtant, flottaient dans tout l'hôtel particulier du quai de l'Horloge.

Il s'était demandé à plusieurs reprises s'il ne devait pas éloigner Xavier de son grand-père.

Il avait essayé d'expliquer à celui-ci que Xavier devait faire de nouveaux stages à Londres ou à New York, et Olivier avait répondu d'un ton violent :

— Attends que je sois mort !

Michel Dussert n'avait pas osé exiger de son fils qu'il quitte l'hôtel de Mirmande du quai de l'Horloge. Mais cette complicité entre Xavier et son propre père, qui s'était toujours montré distant et presque méprisant avec lui, l'avait irrité.

Il avait eu l'impression que son fils lui échappait et qu'Olivier favorisait à dessein cette évolution. Lorsque, en rentrant de la Chambre, il évoquait devant eux les débats politiques, ou bien Jacques Doriot et ce Parti Populaire Français que cet ancien communiste venait de créer, Xavier se rangeait de plus en plus du côté de son grand-père, qui proférait avec dédain :

— On utilise les hommes politiques, on ne devient pas l'un d'eux quand on est banquier. C'est comme avec certaines femmes. On couche avec elles, mais on ne les épouse pas. Souviens-toi de ces préceptes, Xavier.

Lorsque Michel Dussert était arrivé à l'hôtel de Mirmande, le majordome lui avait annoncé que Monsieur avait succombé à un arrêt cardiaque.

— Monsieur le président repose dans sa chambre, avait-il ajouté.

Il avait paru hésiter, puis s'était éloigné rapidement, hochant la tête.

Dans l'antichambre, Michel avait découvert Xavier, debout, les bras croisés, le visage fermé. Puis, tournant la tête, il avait vu, assise à califourchon, les bras appuyés au dossier de la chaise, une grande femme au corsage rouge, les cheveux noués par un ruban doré. Elle fumait.

Elle avait levé la tête en le voyant.

— Vous, vous êtes le fils !

Elle portait des boucles d'or.

— Il n'a pas souffert, avait-elle repris, je peux vous le dire. Il s'est couché. Il m'a demandé de m'approcher. Il a posé sa main là – elle avait glissé sa main sur son sein par le décolleté de son corsage – et puis il a ouvert la bouche, et il s'est cambré.

Elle avait allumé une autre cigarette.

— J'ai cru qu'il… À son âge… Mais non, il était mort, comme ça. J'ai dû retirer sa main.

Elle s'était approchée de Michel Dussert.

— Des choses comme ça, on ne les oublie pas. Ça vous marque à vie. Vous comprenez ?

Il avait eu de la peine à sortir son portefeuille avec sa main gauche, cependant que le moignon de son bras droit le faisait souffrir.

Il avait donné trois billets puis, parce que la femme restait là, près de lui, immobile, il en avait tendu deux autres.

Elle était aussitôt partie, sans même le remercier, et il avait dû se frotter l'épaule au cadre de la porte tant la brûlure, les démangeaisons étaient vives.

Puis il était entré dans la chambre, et il l'avait vu.

On achevait de le rhabiller, et il avait donc su que son père s'était couché nu devant cette femme.

Et il en avait éprouvé un sentiment de colère, de dégoût même, comme si l'âge devait naturellement interdire certains comportements, certains désirs, qu'il y allait de la dignité de l'homme.

Le médecin avait chuchoté que c'était la mort qu'il souhaitait à tous ses patients, et à lui-même.

— Une grâce, avait-il dit.

Puis, une fois sorti de la chambre, il avait ajouté :

— À croire que Dieu a une attention particulière pour ceux qui aiment la chair. Une mort de roi, ou de président de la République !

De son bras gauche, Michel Dussert avait serré son fils contre lui, mais Xavier s'était dégagé, disant d'un air buté qu'il voulait continuer d'habiter ici, quai de l'Horloge, et qu'il voulait au plus tôt, dès maintenant, assumer des fonctions réelles dans la banque.

— Grand-père l'avait décidé ainsi.

Xavier, alors que tous les autres membres du directoire de la banque paraissaient émus, semblait indifférent, affichant une moue dédaigneuse et soutenant le regard de son père, lorsque celui-ci s'était de nouveau levé, pour annoncer les modifications qu'entraînait la mort du président.

Michel Dussert avait eu, dans les heures qui avaient suivi, la tentation d'abandonner la vie politique pour se consacrer à la direction de la banque.

Il avait parcouru les salles de réunion, les bureaux du siège, boulevard Saint-Germain, dans ce qui avait été autrefois, avant que l'arrière-grand-père Guillaume Dussert ne se l'approprie pendant la Révolution, l'hôtel de Taurignan. Mais il avait été saisi par l'ennui qui se dégageait de ces pièces ordonnées, silencieuses, de cette atmosphère feutrée, de la politesse obséquieuse des chefs de service, des employés.

Était-ce le souvenir des tranchées, cette promiscuité avec les hommes de troupe, la brutalité, la violence même des rapports humains qui l'avaient changé à ce point ? Il s'était rendu compte qu'il ne pourrait plus vivre dans cette atmosphère de serre.

Il avait dit à Martin de Boissier, fondé de pouvoir de la banque, le fils de son collègue de la Chambre, l'ancien ministre de l'Intérieur Léon de Boissier, qu'il n'était pas fait pour être un officier d'état-major, mais un officier de troupe.

— Peut-être à cause de cela, avait-il ajouté, remuant l'épaule droite et faisant ainsi se balancer la manche vide de sa veste.

Il avait besoin de l'atmosphère des meetings, et même des injures que plus d'une fois lui avait lancées Gustave Novera.

— Il faut des couilles pour faire de la politique, avait-il dit une fois à son père, comme au front.

Olivier Dussert s'était contenté de répondre que tous les animaux en avaient, et que bien peu savaient réfléchir pour autant.

Et puis Michel Dussert avait le sentiment qu'on s'approchait du moment décisif, quand il faudrait, peut-être les armes à la main, faire sauter ce régime d'impuissance et de corruption.

Il avait été reçu par le maréchal Pétain, étonné de trouver à son état-major ce général Robert de Taurignan qui, malgré sa superbe d'aristocrate, n'en était pas moins l'un de ces officiers respectueux des lois de la République.

Ceux-là n'avaient pas encore compris que, depuis 1917, on était entré dans une autre époque. Mussolini, dès 1922, Hitler, en 1923 – mais cette année-là, son putsch à Munich n'avait pas réussi et il avait fallu qu'il attende dix ans –, en avaient au contraire tiré toutes les leçons. La politique désormais était affaire de coup d'État.

Pourtant, en France, la lâcheté l'emportait ! On discourait, mais qui s'engageait vraiment ? Pour un Laval, un général Duseigneur, un Deloncle et, à sa manière pusillanime, un colonel de La Rocque avec ses Croix-de-Feu, que de pleutres !

Dussert avait voulu faire comprendre à Pétain qu'avec son autorité morale de vainqueur de Verdun, de maréchal de France, il pouvait devenir l'étendard de tout ce que l'armée d'abord, les partis politiques, puis le pays, comptaient de patriotes désireux de réaliser une vraie révolution nationale.

Pétain l'avait reçu dans le grand bureau qu'il occupait à l'hôtel des Invalides, et Michel Dussert s'était tu, jusqu'à ce que le Maréchal comprenne qu'il lui fallait ordonner au général de Taurignan de quitter la pièce.

— Vous avez fait une belle guerre, courageuse, je le sais, Dussert, avait dit Pétain.

Dussert avait bousculé les convenances, pris la parole sans attendre que Pétain la lui donne.

Le Maréchal savait-il que se mettait en place un Comité social d'action révolutionnaire ? Que ce Comité dressait la liste de tous les patriotes décidés à nettoyer ce régime, à se dresser contre le communisme ?

— Nous constituons des stocks d'armes, monsieur le maréchal, nous serons bientôt prêts à prendre d'assaut les bâtiments officiels, les centres névralgiques.

— C'est ce Comité, dont on me dit qu'il s'appelle la Cagoule ? avait chuchoté Pétain comme il avait craint d'être entendu.

— Oui, on nous appelle des cagoulards, avait-il répondu d'un ton provocateur. Mais ce sont les gens de l'Action française ou les Croix-de-Feu, les fidèles de Maurras et du colonel de La Rocque, qui nous ont affublés de cette appellation qu'ils estiment infamante ou ridicule... Nous l'acceptons ! Croyez-moi, monsieur le maréchal, il n'y a aujourd'hui en France que cinq forces réelles : l'armée, le Parti Populaire Français de Doriot, la Cagoule, et puis le parti communiste et enfin les agents du Komintern, qui sont discrètement en relation avec Moscou et qui mènent leur propre jeu. Le reste ne représente plus rien. Il s'agit de politiciens qui se disputent un maroquin ministériel, et le régime n'est plus qu'un décor où des ombres jouent la comédie du gouvernement. Les communistes et les agents du Komintern veulent évidemment détruire d'abord l'armée... Et c'est pour cela que les officiers, plus lucides, s'organisent ! Monsieur le maréchal, ils attendent de vous un geste.

Pétain n'avait même pas répondu, se contentant de hocher la tête, le regard vide, mimant l'absence, à moins que réellement il n'ait été saisi par l'aboulie des vieillards.

— C'est un fourbe, avait dit Dussert à Léon de Boissier qu'il savait dévoué au Maréchal.

— Ne confondez pas la prudence d'un grand stratège avec la fourberie. Le Maréchal est un homme de guerre, réfléchi. Il passe à l'offensive après une longue préparation. Vous et vos cagoulards n'êtes que des impatients, vous serez décimés si vous attaquez trop tôt ! Le régime a du ressort. Et vous oubliez le peuple... Il lui faut une figure pour se rassembler autour d'elle. Vous ne lui offrez que des conspirateurs, en cagoule ! Pourquoi voulez-vous qu'il suive ?

— On prend le pouvoir d'abord, mon cher Boissier, on se fait approuver après. La foule applaudit ceux qui lui parlent du balcon des palais officiels. Entrons dans le palais, passons sur le balcon, on nous acclamera.

— Peut-être, avait ricané Léon de Boissier. Ou bien on vous défenestrera.

C'était cette incertitude, ce risque qui plaisaient à Michel Dussert. Et il avait donc décidé de confier la présidence du directoire de la banque au fils de Boissier.

Il avait fait asseoir à sa gauche cet homme maigre, au long visage osseux, à l'allure ascétique. Il avait regardé les membres du directoire, puis il s'était retourné vers Martin de Boissier.

Il avait hésité comme si, au dernier moment, il avait eu au fond de lui-même un regret à l'idée de ne pas succéder à son père, puis il s'était serré l'épaule mutilée avec sa main gauche, dans un geste instinctif, et d'une voix rageuse, qui peu à peu pourtant s'était adoucie, il avait dit qu'il souhaitait que la banque Dussert-Speicher et Fils restât une banque de tradition. En cela, il était fidèle aux dernières volontés de son père. Il soumettait donc au directoire l'élection à la présidence de Martin de Boissier, déjà fondé de pouvoir, et dont la famille était depuis les origines associée à la banque, puisqu'en 1796…

Il s'était interrompu.

— … c'était la Révolution, avait-il repris, et peut-être sommes-nous à la veille d'événements aussi graves, aussi terribles. Donc, en 1796, notre ancêtre, le fondateur de cette banque, Guillaume Dussert, avait épousé Julie de Boissier, réalisant ainsi une union non seulement fructueuse pour la banque, comme l'avenir allait le montrer, mais aussi symbolique de sa volonté de rassembler les familles françaises. Qui peut penser qu'aujourd'hui l'enjeu n'est pas le même, alors que notre société est menacée ? À la Chambre des députés, je siège au côté de Léon de Boissier, le père de Martin, et ici, mon père a voulu que son petit-fils Xavier…

D'instinct, il avait voulu poser sa main sur l'épaule de son fils, puis la douleur lui avait rappelé qu'il était amputé du bras droit, et il avait ajouté d'une voix étranglée :

— Mon fils sera donc aux côtés de Martin. Il terminera sa formation ici, dans cette banque qui est encore celle de nos familles.

Il avait longuement fixé le fauteuil vide en face de lui, qu'avait si longtemps, des décennies, occupé son père.

Et la douleur dans ce bras qui n'existait plus avait été encore plus vive.

7.

“ Ce brasier
lui avait rappelé
l’incendie
qui avait détruit
sa maison
et ceux que
les nazis avaient
allumés
dans toutes
les villes
d’Allemagne… ”

Meyerhold, le coude enfoncé dans l’oreiller, sa joue reposant sur sa paume droite, avait murmuré :

— L’épidémie se répand, personne ne sera épargné.

Il avait essayé de se retourner, mais Maria se tenait collée à lui.

Elle avait soupiré, et il avait renoncé à bouger.

Il ne souhaitait pas mettre fin à ce moment de grâce, à cette comédie aussi, qui suivaient l’amour.

Maria était la femme comblée qui s’assoupit, qui ne veut pas se séparer du corps de son amant. Ou bien elle jouait ce rôle… Mais peut-être était-elle à la fois sincère et rouée ? Et Elie Meyerhold aimait tant ce corps chaud, alors que lui-même avait toujours froid, qu'il se laissait aller contre elle qui appuyait ses seins à son dos, lui embrassait la nuque, tenait serrées ses jambes entre ses cuisses.

Et souvent, après quelques instants, le désir revenait.

Meyerhold se redressait, se retournait, commençait à lécher ces seins, si doux, dont il ne se lassait pas. Il avait l'impression, en plaçant son visage entre eux, de s'enfoncer tout entier dans une épaisseur crémeuse, blanche, satinée, et il n'était plus rien qu'une langue, une bouche, oubliant les limites de ce corps qu'il enlaçait et qui était aussi ample que le monde, et que cependant il pouvait contenir entre ses bras, pénétrer.

C'était quelques minutes, ou quelques secondes, d'oubli – le temps ne se mesurait pas selon le rythme d'une horloge –, jusqu'à ce qu'ensemble ils se cambrent, ils crient.

Souvent aussi Meyerhold sentait monter en lui, après qu'il avait joui, un rire irrépressible, un rire qui semblait jaillir d'un autre que lui.

Il fallait longtemps pour qu'il se retrouve en lui-même, dans la grise réalité.

Il étendait le bras, tirait sur le lit les journaux posés sur le fauteuil.

Maria était à nouveau appuyée à son dos, et sa respiration lui caressait la nuque.

Il dépliait les journaux, cette *Voix nationale* dont la première page comportait chaque jour un éditorial du député Michel Dussert. Au centre de l'article, encadré d'un large trait noir, comme un faire-part de deuil, il y avait le visage de cet homme que, sans l'avoir jamais rencontré, Meyerhold considérait comme son ennemi personnel.

Au lendemain des émeutes du 6 février 1934, quand la foule avait déferlé place de la Concorde, qu'elle avait essayé de traverser le pont afin d'envahir la Chambre des députés, et de jeter ces derniers à la Seine, quand les gendarmes, affolés, débordés, agressés, avaient ouvert le feu, tuant plus d'une vingtaine de personnes, en blessant des centaines, c'était Michel Dussert qui avait écrit :

« Je demande que tous ces ministres à la solde des juifs, que tout ce fumier rouge et semé de débris humains, Daladier, Cot, Blum, et tous les autres qui obéissent aux ordres de Moscou et réclament le « Front popu », que tous ces responsables de la tuerie de mardi dernier soient passés au plus tôt par les armes ! »

L'émeute avait échoué. Mais le régime était ébranlé.

On avait retrouvé le corps de cet escroc, de ce chevalier d'industrie, Alexandre Stavisky, mort, suicidé ou assassiné, dans un chalet de Chamonix. On avait ainsi fermé la bouche de ce hors-la-loi qui aurait pu donner les noms de ceux qui l'avaient aidé, peut-être des personnages aussi notables que les dirigeants de la banque Dussert – on avait vu le vieil Olivier Dussert peu avant qu'il meure en compagnie de Stavisky dans une boîte tzigane de Montparnasse – et des députés dont certains, aujourd'hui, tel Michel Dussert, dénonçaient les « voleurs ». Mais ils faisaient partie de la même espèce, simplement il y avait des bandes rivales qui se disputaient le pouvoir.

Meyerhold avait ouvert le second quotidien, *Le Citoyen*, son journal, Vincent Gallois lui ayant offert de tenir chaque jour la chronique de politique étrangère puisqu'il pouvait lire dans leur langue la plupart des journaux européens, et une rubrique médicale hebdomadaire puisqu'il était médecin.

Elles étaient payées plusieurs centaines de francs chacune, à croire qu'au-delà de la fortune personnelle de Roland Mercœur, que Vincent Gallois mettait toujours en avant, *Le Citoyen* avait d'autres sources de financement.

Meyerhold avait acquis la certitude que ce Gallois – ou l'homme qui se cachait derrière cette identité et qui n'avait rien d'un représentant, même international, en papeterie – devait être l'un de ces envoyés du Komintern, propagandistes habiles qui disposaient pour leur action des fonds de l'État soviétique.

Mais il avait décidé de ne pas s'interroger sur les raisons de l'amitié et de l'attention que lui portait Gallois, des confidences qu'il sollicitait :

— Avez-vous revu les Forestier ? C'est vous, n'est-ce pas, qui avez mis leur fils au monde... Vous sembliez très attaché à Maria Forestier. Mais peut-être le commandant est-il jaloux ?

Il lui paraissait même évident que si Vincent Gallois lui avait prêté cet appartement rue de Bourgogne, au quatrième étage sur une cour ombragée par un immense chêne, c'était pour lui permettre de rencontrer Maria.

Là encore, il avait voulu écarter cette idée de son esprit, sans même essayer de l'analyser. Pourtant, malgré lui, chaque fois qu'il ouvrait la porte de cet appartement à Maria et juste avant que l'un et l'autre, enlacés, ne basculent sur le lit, il ne pouvait s'empêcher de démonter le jeu de cet homme qui se servait de lui pour approcher sa maîtresse, et au-delà d'elle le commandant Forestier… Puis ils s'aimaient.

Elle était généreuse, spontanée, audacieuse, libre. Ce mot qu'il avait employé dès qu'il l'avait entendue chanter à Trèves, seule sur l'estrade au milieu des soldats, s'imposait à lui à chacune de leurs rencontres.

Elle semblait n'avoir aucun préjugé, aucune pudeur ni aucune prudence.

— Je ne dirai rien à Henri, avait-elle murmuré, assise nue au bord du lit, les jambes croisées, fumant une cigarette de tabac blond qui parfumait la pièce d'une senteur de pain d'épice. Mais s'il m'interroge, je ne lui mentirai pas. Je hais la fausseté. Je veux bien me taire, même si le silence est une forme de mensonge. Je le sais, et je ne peux pas aller au-delà. D'ailleurs, je crois que Henri n'a pas le temps de se soucier de ce qui m'arrive, ou de ce que devient son fils ! Lui, c'est le sort de la France qu'il a en tête. L'armée, l'armée, il ne pense qu'à elle ! Quand il dîne avec nous, il nous parle de chars d'assaut, de divisions blindées. Il explique tout ça à Joseph, comme si ce gamin de dix ans pouvait comprendre.

Elle gardait la cigarette entre ses lèvres, s'appuyait des deux mains au matelas, et se penchant en arrière faisait jaillir ses seins.

Elle était belle et puissante comme une statue de marbre blanc.

— Le plus étonnant, avait-elle poursuivi, c'est que Joseph est passionné et qu'il pose des questions qui enchantent son père ! Naturellement, je suis entre ces deux hommes la femme futile et muette, la Polonaise ! À peine si Henri me voit.

Elie Meyerhold n'en croyait rien.

Il songeait parfois à toutes ces nuits que Forestier partageait avec son épouse. Il ne pouvait concevoir que cet homme se contente d'un baisemain ou d'une furtive caresse, comme le laissait entendre Maria.

Sachant qu'elle n'aurait pas menti s'il l'avait questionnée, il avait fait mine de croire que Henri était le plus souvent en inspection, dans les forts et les casemates des Alpes ou de la ligne Maginot, le long du Rhin.

Et puis Meyerhold avait à ce point le sentiment de la précarité de ce qu'il vivait, de la brièveté de ce moment de paix, comme un court sursis avant le déferlement de la barbarie, qu'il avait accepté de ne pas voir, de ne pas savoir, pour ne pas déranger ce qui de toute manière, il en était sûr, allait être balayé.

Il avait entendu, le 6 février 1934, les cris de « À bas les voleurs ! » hurlés par ces groupes d'hommes qui brandissaient sur les Champs-Élysées et la place de la Concorde des drapeaux et des barres de fer.

Il avait vu la grande avenue abandonnée aux manifestants sans qu'un seul agent, un seul gendarme, soit présent, comme si on avait voulu laisser à la foule la liberté de tout saccager.

Sans doute Chiappe, le préfet de police que le gouvernement venait de destituer, bénéficiait-il de complicités, de sympathies parmi les forces de l'ordre. Et puisque la manifestation avait pour prétexte de protester contre sa nomination au Maroc, manière de masquer qu'on le chassait de Paris, ses subordonnés avaient peut-être pris la décision de laisser faire.

Mais la foule, à laquelle Meyerhold s'était mêlé, s'était contentée de crier « Vive Chiappe ! » ou de répéter sans fin « À bas les voleurs, les députés à la Seine ! », ignorant les devantures closes des boutiques, ne commettant aucune déprédation.

Ce n'est que le soir, place de la Concorde, après que les gendarmes avaient tiré, que les manifestants avaient incendié des autobus dans l'obscurité, les ampoules des lampadaires ayant été brisées.

Ce brasier lui avait rappelé l'incendie qui avait détruit sa maison et ceux que les nazis avaient allumés dans toutes les villes d'Allemagne, sur lesquels ils avaient jeté, à grandes brassées, les « mauvais livres ». Livres des philosophes des Lumières, œuvres du temps de l'*Aufklärung*, romans d'écrivains juifs, socialistes ou communistes. Il fallait que brûlent ces créations de la raison, *autodafé*, acte de foi dans la nouvelle religion brune.

En observant plus longuement les flammes qui s'élevaient à la Concorde, en découvrant le sang qui maculait le sol au bas de l'obélisque puis tout autour de la place, et ces lampadaires arrachés, ces ébauches de barricades, ces kiosques renversés, ces pavés, ces grilles, ces boulons, ces bancs tordus, il avait compris que l'incendie se propageait depuis l'Allemagne, et que rien ne pourrait l'arrêter. Tout au plus pourrait-on le retarder.

C'était bien comme une maladie qui devait aller jusqu'au bout, épuiser sa force maléfique puisqu'elle n'avait pas été combattue à temps.

Couché sur le lit, la respiration régulière de Maria lui effleurant le dos, Meyerhold avait lu dans *Le Citoyen* l'article de Roland Mercœur intitulé « Soyons prêts à résister au fascisme par tous les moyens ».

Que signifiait cette phrase, sans doute dictée ou en tout cas approuvée par Gallois, c'est-à-dire par Moscou, sinon que chacun se préparait à la guerre ?

Et que la violence était acceptée comme l'inéluctable recours !

Il avait voulu se lever, Maria l'avait retenu.

Elle avait longuement soupiré.

Pouvait-elle imaginer ce qui allait survenir ? Entendait-elle cette vague qui grondait déjà ? Avait-elle choisi de ne pas savoir, de ne pas dire ?

Peut-être était-ce parce qu'elle avait conscience de cet avenir sombre qui approchait qu'elle était là, étendue près de lui, et qu'elle semblait avoir de plus en plus de mal à le quitter pour rejoindre l'hôtel Forestier, son fils et son mari.

Peut-être fallait-il profiter de ces derniers moments ?

Mais Elie Meyerhold, refermant les journaux, se laissant aller, la tête enfoncée dans l'oreiller, n'avait pu s'empêcher de répéter, la voix étouffée :

— Personne ne sera épargné, ce sera la plus grande épidémie de tous les temps. On ouvrira partout des fosses, et on y enfouira les corps des innocents.

8.

« Ces hommes
n'ont plus
en commun
que la volonté
de tuer l'autre.
Français ?
Allons donc,
ils se disent
communistes
ou fascistes
d'abord... »

Henri Forestier avait essayé de ne plus penser à Maria, et pendant une partie de la soirée il avait cru y parvenir.

Il était debout dans le grand fumoir de cet appartement de la place du Palais-Bourbon où, après le dîner, les invités de Paul Reynaud s'étaient retrouvés.

L'ancien ministre, vif, sautillant, paraissait incapable de rester immobile, allant de l'un à l'autre, disant de sa voix criarde que lorsque, la veille, il avait lancé à la tribune de la Chambre des députés : « Nous sommes le seul grand peuple du monde qui soit menacé dans sa vie ! » il avait eu le sentiment de ne pas être compris.

Pierre Laval avait levé les bras, comme s'il s'agissait là d'une exagération ridicule.

— Parce que nous avons signé un pacte d'assistance avec Moscou, Laval et la majorité des députés s'imaginent que nous sommes à l'abri de toute agression allemande, que la guerre est impossible, avait continué Paul Reynaud.

Il s'était dirigé vers le colonel de Gaulle qui, adossé à la cheminée, fumait, les yeux plissés.

— Ils sont inconscients ! avait ajouté Paul Reynaud.

De Gaulle avait fait un pas, se plaçant ainsi au centre du salon, puis il avait regardé Forestier, Martin de Boissier, le président du directoire de la banque Dussert-Speicher et Fils, le général Robert de Taurignan qui était à l'état-major du maréchal Pétain, et le père du général, Maurice Chrétien de Taurignan, dont les dernières plaidoiries en faveur des accusés du procès qui avait suivi la mort d'Alexandre Stavisky avaient fait sensation.

L'avocat n'avait cependant pas pu éviter la prison à quelques comparses, bien qu'il ait montré que les vrais complices de Stavisky, dans le monde des affaires et dans les milieux politiques, restaient à démasquer. Mais les journalistes, les députés, les ministres, et donc les juges, avaient souhaité enterrer l'affaire.

Ne cherchons pas à savoir qui avait intérêt à la disparition de Stavisky ! Suicide ? C'était une thèse commode. Et personne n'avait vraiment enquêté sur la mort du conseiller Prince, magistrat du parquet de la Seine, dont le corps avait été déchiqueté par la locomotive du train 4805, au kilomètre 311, au lieu-dit La Combe-aux-Fées.

Prince avait été drogué, attaché à la voie ferrée. Sa serviette avait disparu alors que le lendemain il devait témoigner sur l'affaire Stavisky devant le premier président de la Cour de cassation.

Ne cherchons pas à savoir !

La commission d'enquête avait conclu qu'elle n'était en mesure « ni d'infirmer ni de confirmer la thèse de l'assassinat, ni celle du suicide ».

C'est le temps de la mauvaise foi, avait dit Maurice de Taurignan. Mais il fallait à tout prix oublier l'affaire Stavisky.

N'avait-elle pas fait suffisamment de mal ?

Les morts du 6 février 1934, puis ceux de la contre-manifestation communiste du 12, les cris de « Le fascisme ne passera pas ! » répondant à ceux de « À bas les voleurs ! » et pour finir cette constitution d'un Front populaire autour du radical Daladier, du socialiste Léon Blum et du communiste Thorez, qui allaient se présenter unis aux élections de mai 1936, dans quelques semaines, tout cela, c'était la mort de Stavisky qui l'avait déclenché.

Le scandale provoqué par l'escroc n'était pas la seule cause, avait répété Maurice de Taurignan au début du dîner, mais il avait été le détonateur.

Martin de Boissier était alors intervenu, parlant lentement, d'une voix presque fluette, pour suggérer que peut-être certains avaient volontairement déposé cette bombe au milieu du jeu politique français pour qu'il soit détruit par l'explosion, et qu'on puisse après le reconstruire sur d'autres bases.

— Que voulez-vous dire ? avait demandé Paul Reynaud.

— Peut-être avait-on intérêt, avait continué Boissier, à faire naître le désordre en France de manière à nous pousser à l'alliance franco-soviétique parce que nous nous sentirions affaiblis, et à voir surgir ici le complément intérieur de cette politique étrangère, je veux parler du Front populaire.

— Quel est ce « on », ce démiurge ? avait interrogé de Gaulle sur un ton ironique.

Martin de Boissier avait répondu, sans lever la tête :

— Lisez *Le Citoyen*... C'est un journal intéressant puisque c'est Moscou qui le finance et qu'on trouve à sa tête un Vincent Gallois que nos services de renseignements tiennent pour un agent du Komintern. Il n'y a pas plus ardent partisan du pacte franco-russe et du Front populaire.

— Nous verrons les résultats des élections législatives dans quelques jours, avait conclu Reynaud en entraînant ses invités au fumoir.

Face à de Gaulle, Paul Reynaud paraissait encore plus petit. Comme pour compenser sa taille minuscule, il virevoltait autour du colonel, se tenant sur la pointe des pieds, le menton levé, les épaules rejetées en arrière, le torse bombé.

— La plupart de nos députés ne se soucient que de ces élections, avait-il commencé. Ils ne mesurent même pas l'importance de ce qui vient de se produire En réoccupant la zone démilitarisée de la Rhénanie, Hitler a montré qu'il est déterminé à ne respecter aucun accord, et donc qu'il choisit le risque de guerre. Cette date du 7 mars 1936 est selon moi le jour le plus important depuis le 11 novembre 1918.

Il s'était immobilisé devant de Gaulle :

— Qu'en pensez-vous, colonel ?

De Gaulle s'était mis à marcher au milieu du salon, agitant ses longs bras, fumant une cigarette après l'autre, disant combien il avait été impressionné par les unités motorisées allemandes qui avaient envahi la Rhénanie. Il avait pu même constater avec amertume que Hitler avait créé des Panzerdivisionen, inspirées directement de son livre *Vers l'armée de métier*.

Il s'était tourné vers le général de Taurignan.

Il avait envoyé son livre à tous les chefs de l'armée, et donc au maréchal Pétain, et il n'avait eu en réponse que des sarcasmes, des condamnations. On avait suscité des articles hostiles. Robert de Taurignan se souvenait sûrement de celui qui accusait *Vers l'armée de métier* d'exposer des idées qui « avoisinent l'état de délire »…

De Gaulle avait récité lentement : « Disons simplement que monsieur de Gaulle a été devancé, il y a nombre d'années, par le père Ubu, grand technicien lui aussi, avec des idées modernes ! »

Le général de Taurignan avait eu un geste de la main, comme pour marquer qu'il n'attachait aucune importance à cette polémique.

— Le maréchal Pétain croit à la défensive, il est vrai, avait-il dit. Mais c'est le cas de tous les hommes politiques de ce pays, mon cher de Gaulle. Vous ne trouverez personne pour soutenir votre idée d'armée de métier, de divisions blindées. Nous avons investi des centaines de millions dans la construction des forteresses de la ligne Maginot. Parce que la guerre nous a saignés, de Gaulle, et vous le savez, vous étiez en première ligne, comme le commandant Forestier – il s'était tourné vers Henri – ce peuple est épuisé, exsangue, et vous lui proposez une stratégie offensive ! Il n'en veut pas.

Paul Reynaud s'était précipité vers le général de Taurignan, rappelant que lui, Reynaud, avait défendu, et soutenait, les idées de « notre cher de Gaulle ». Et même s'il était le seul à le faire, il ne changerait pas d'avis !

— Tout notre système d'alliance avec les pays de l'Europe de l'Est, la Tchécoslovaquie, la Pologne, et maintenant l'URSS, s'effondre si nous ne pouvons donner un coup d'épée à l'ouest, et pour cela, c'est ce que propose de Gaulle, il nous faut des divisions blindées, une armée de cent mille professionnels.

Il était allé se placer en face de Martin de Boissier, qui allumait une cigarette, les yeux mi-clos, son long visage maigre impassible, affichant un ennui poli.

— Il faut avoir l'armée de sa politique, avait répété Reynaud. Nous devons être capables d'intervenir en Europe. Dites cela à votre père.

Reynaud s'était tourné vers les autres invités.

— Léon de Boissier a fait à la Chambre une intervention remarquable, mais tout entière dominée par l'idée que Hitler ne représentait pas une vraie menace. Et comme il est proche du maréchal Pétain, j'imagine qu'il exprime aussi sa pensée.

Reynaud avait poursuivi, de nouveau face à Martin de Boissier.

— Quant à Michel Dussert, lui, il n'a qu'une obsession, le complot communiste, le Front populaire. Je vous en prie, cher ami – il s'était penché vers son interlocuteur – rassurez-le, dites-lui que nous sommes là, que nous ne sommes pas communistes, mais que nous ne voulons pas d'une France soumise à l'Allemagne et à cet illuminé d'Adolf Hitler !

De Gaulle était revenu s'appuyer à la cheminée.

— Il est bien tard, avait-il soupiré. Je ne dis pas trop tard… Un homme d'action et de foi doit toujours penser qu'il peut encore agir, mais le 16 mars 1935, nous avons laissé sans réagir Hitler rétablir le service militaire obligatoire. Nous savons bien, je lis les revues militaires allemandes, j'ai lu *Mein Kampf*, ce qu'est le plan du Reich : une offensive foudroyante, avec une aviation ultramoderne et une armée rapide à grand rendement. Et la réoccupation de la Rhénanie confirme mon analyse. La méthode allemande : surprise, brutalité, vitesse. Face à cela, avait-il poursuivi, fixant le général de Taurignan, nos plus hautes autorités militaires nous assurent que nous sommes à l'abri derrière la ligne Maginot, et nos ministres nous parlent de pacte d'assistance avec Moscou.

De Gaulle avait eu une expression de mépris.

— Un peuple qui veut vivre, avait-il repris, doit organiser sa propre force, de manière à pouvoir réagir dans les mêmes conditions que l'agresseur agira.

Il s'était interrompu.

— Or, nous n'en avons pas les moyens !

Maurice de Taurignan avait appuyé ses mains sur les accoudoirs de son fauteuil, et lentement s'était hissé, le visage exprimant la fatigue.

— Tout cela est sinistre, avait-il murmuré.

Il était enfin debout.

— Et non seulement le pays n'est pas uni, mais il est déchiré en factions qui préfèrent un étranger de leur couleur à un compatriote dont ils ne partagent pas les idées. Je suis désespéré, avait-il confié à voix basse. Les divisions, les haines sont aussi profondes qu'aux pires époques de notre histoire, guerre de Cent Ans, guerres de religion ou, je pense souvent à cela, affaire Dreyfus, mais avec en plus le péril extérieur, bien réel. Et puis il y a ces réseaux que nous connaissons tous, cette Cagoule, ces Croix-de-Feu, on parle maintenant de Volontaires nationaux. En face se dressent les rouges, les cellules communistes, sans compter les agents du

Komintern, qui s'opposent à ceux de Berlin et de Rome. Tout cela prolifère sur le corps de la patrie. Ces hommes n'ont plus en commun que la volonté de tuer l'autre. Français ? Allons donc, ils se disent communistes ou fascistes d'abord. Ce que je crains, c'est une Saint-Barthélemy, une Commune de Paris, quelque chose d'aussi tragique, d'aussi cruel. Vous lisez *La Voix nationale*…

Il s'était approché de Martin de Boissier, qui lui aussi s'était levé.

— C'est, dit-on, la banque Dussert qui finance ce journal. Vous savez ce que chaque jour y écrit Michel Dussert ? J'imagine que vous lisez ses éditoriaux ? Il ne rêve que de voir Blum, Thorez, Daladier, Cot fusillés !

Boissier s'était incliné, pour indiquer qu'il s'apprêtait à partir.

— C'est la même musique avec *Le Citoyen*, avait-il répondu. On veut guillotiner Dussert, mon père, quelques autres…

— Et pendant ce temps, Hitler équipe des Panzerdivisionen, avait maugréé de Gaulle. Notre peuple est étrange, mobile, incertain, contradictoire. Il est jacobin, et il crie « Vive l'empereur ! ». Il est fervent du jardin royal, mais il se débraille et il salit les pelouses. Il est pacifiste, mais il sait se battre héroïquement. Il lui faut à sa tête un homme qui sera le serviteur du seul État, un homme dépouillé de préjugés, dédaigneux des clientèles, assez fort pour s'imposer, assez habile pour séduire, assez grand pour une grande œuvre…

— Je ne le vois pas, avait marmonné Maurice Chrétien de Taurignan.

Henri Forestier avait eu un instant la certitude que de Gaulle pouvait être cet homme-là, mais sa pensée s'était brouillée, les épouses des invités s'étaient avancées et il s'était senti honteux, humilié, blessé, d'être le seul à ne pas être accompagné de sa femme.

Et Henri n'avait plus pensé qu'à cela, revivant ces moments de violence dans le petit salon de l'hôtel Forestier, quand Maria lui avait dit qu'elle avait décidé de ne pas sortir avec lui.

Elle en avait assez de ces soirées ennuyeuses, à parler de la décoration des appartements ou bien de l'éducation des enfants, ou pire encore, à ne rien dire, attendant que ces Messieurs, au fumoir, en aient terminé avec leurs palabres. Toujours les mêmes depuis des années.

Bien sûr, Mme de Gaulle, Mme de Taurignan, Mme de Boissier acceptaient ce rôle, toutes dévouées et soumises à leur mari ! Mais elle, elle était différente, et ce que lui apportait Henri n'était pas suffisant pour qu'elle se plie à ces règles !

— Donc, mon cher Henri, je ne viendrai pas ce soir chez votre Paul Reynaud, ce petit coq ! Téléphonez-lui. Dites-lui que j'ai la migraine, c'est ce qu'on donne comme excuse en général. Ou bien…

Elle s'était placée entre le grand tableau et le canapé sur lequel Henri était assis.

Il l'avait vue ainsi comme une silhouette s'avançant dans les dunes. Et il avait éprouvé un profond désespoir, parce qu'elle lui était apparue aussi inaccessible que ces Rois mages qu'on devinait au fond de la toile.

— … ou bien, avait-elle repris, dites à Paul Reynaud que j'ai décidé de passer la soirée avec un amant.

Elle l'avait fixé.

— Vous annoncez tous que la guerre est à nos portes, qu'Adolf Hitler après avoir réoccupé la Rhénanie va s'en prendre à la Tchécoslovaquie, à la Pologne, et pour finir à la France ! Nous allons donc connaître des années terribles ! Et vous voudriez que je renonce à vivre, que je brode en sirotant une infusion avec ces dames. Vous vous êtes peut-être mépris sur moi, Henri, ou moi sur vous ! Et peut-être avons-nous changé !

Maria avait quitté le salon.

Henri n'avait pas eu le courage de la suivre, de l'interroger.

Il était entré dans la chambre de son fils, et l'avait embrassé.

Puis il s'était rendu chez Paul Reynaud, avec le sentiment de n'être pas plus courageux que ces personnalités politiques ou militaires qui refusaient, alors que grondaient les moteurs des Panzerdivisionen de Hitler, d'ouvrir les yeux, de voir l'avenir.

9.

“C’était bien
cela, Deloncle,
une masse
de muscles,
une tête énorme,
des yeux noirs,
fixes,
un nettoyeur
de tranchées,
au couteau... ”

— Savez-vous avec qui elle couche ? avait demandé Michel Dussert.

Il s’était penché, avait saisi de sa main gauche un exemplaire du *Citoyen* qui était posé devant lui sur la table. Maladroitement, une douleur traversant, comme chaque fois qu’il écrivait, le moignon de son bras droit, il avait entouré au crayon rouge la chronique de politique étrangère qui se trouvait en première page du quotidien. Puis, le crayon entre le pouce et l’index gauches, il avait souligné le nom d’Elie Meyerhold.

— Ce monsieur a été naturalisé français dès le lendemain de la victoire du Front populaire. C'est – il avait eu un ricanement – l'un des premiers actes de Blum. Naturellement il est juif, de nationalité allemande, mais ses origines sont polonaises. Comme celles de Maria Forestier.

Sa manche droite, vide, avait balayé la table. Il avait fait glisser le journal vers Léon de Boissier, assis en face de lui.

— Je vous rappelle que le commandant Forestier est affecté au secrétariat de la Défense nationale, qu'il a ainsi accès à tous les documents essentiels. Il prépare le travail des ministres de la Guerre, de l'Air et de la Marine. C'est lui aussi qui, avec de Gaulle, inspecte nos unités, nos forteresses.

Il avait de sa main gauche serré son épaule droite tout en respirant bruyamment, comme on le fait après un effort, pour retrouver un souffle régulier. Il avait fixé tour à tour les quatre hommes assis autour de la table. Son fils Xavier, assis près de lui, avait posé les deux mains à plat, doigts écartés, sur le bois noir. Il se tenait raide, regardant droit devant lui. De l'autre côté, Léon de Boissier, corpulent, chauve, le visage rasé, ne cessait au contraire de se dandiner, s'éloignant puis se rapprochant du bord de la table. Les deux autres étaient assis dans la pénombre. L'un, maigre, se tenait les jambes croisées. C'était Filliol, le chef du service action de la Cagoule. L'autre, Eugène Deloncle, le corps massif, dirigeait cette organisation secrète.

Michel Dussert avait toussoté, puis repris :

— De Gaulle va commander le 507e régiment de chars, à Metz. Et Forestier est inscrit sur le tableau d'avancement. Peut-être suivra-t-il de Gaulle ? Nous aurons ainsi à la tête de l'une de nos unités les plus modernes un officier dont la femme couche avec un métèque, sans doute un agent de Moscou !

Il s'était redressé et s'était mis à marcher dans la cave voûtée dont la table occupait le centre.

— Lisez l'article, Elie Meyerhold est devenu la voix officieuse du gouvernement du Front populaire. La voix de la France, en somme…

Boissier avait commencé à parcourir la chronique, mais il s'était vite interrompu.

Ce Meyerhold reprenait les thèmes habituels des judéo-communistes. Depuis que le général Franco s'était dressé contre le gouvernement de Front populaire espagnol, toute la propagande des agents de Moscou martelait qu'il fallait aider l'Espagne républicaine, abandonner la politique de non-intervention dans la guerre civile espagnole, acceptée par Blum et les grandes puissances sous la pression de Londres.

— Meyerhold n'est pas qu'un chroniqueur, avait repris Michel Dussert.

Il s'était assis, avait tiré de sa poche une fiche, dit que cet homme faisait partie d'un petit groupe qui n'avait qu'un seul but : favoriser Moscou. Leur premier objectif était de briser le soulèvement nationaliste de Franco.

Pendant que Dussert parlait, Boissier avait poussé le journal vers Eugène Deloncle. L'homme, au visage rond, à la peau très brune, avait posé près de lui, sur la table, un chapeau melon dont, de temps à autre, il caressait le bord. Il avait les mains épaisses, les doigts larges, et toute sa personne donnait une impression de brutalité. Il était mal rasé.

Il avait pris le journal, l'avait replié.

— Nous savons tout cela.

Sa voix était grave, son ton méprisant.

Léon de Boissier avait ressenti pour Deloncle une antipathie instinctive. Il s'était un peu penché sur le côté, de manière à s'éloigner de lui.

Cet homme était un reître, et Boissier s'était félicité de n'avoir jamais voulu adhérer à la Cagoule, et d'avoir conseillé au maréchal Pétain la même attitude.

Quand le Maréchal avait paru convaincu par Michel Dussert qu'il fallait aider l'organisation secrète, que c'était la seule manière de lutter contre les communistes qui, sous couvert de Front populaire, pénétraient les rouages de l'État, Boissier lui avait transmis toutes les informations rassemblées par le 2e Bureau de l'armée. La Cagoule était bien dirigée par cet homme-là, Eugène Deloncle, un ingénieur général de génie, un organisateur hors pair, mais un fanatique qui avait noué des liens avec l'OVRA et le SIM, la police politique de Mussolini et le service secret de l'armée italienne. Deloncle avait rencontré à plusieurs reprises, à Menton, à Grenoble, un agent italien, Amedeo Roatta. Il avait passé un marché avec lui : en échange d'armes et de fonds, les hommes du service action de la Cagoule, Filliol donc, avaient poignardé deux réfugiés italiens antifascistes, les frères Rosselli.

Par ailleurs, Deloncle était entré en relation avec Klaus Gensher, un officier de l'Abwehr, le service secret allemand.

La Cagoule renseignait ainsi les Italiens et les Allemands sur l'aide qu'apportait le gouvernement Blum au Front populaire espagnol.

— C'est de bonne guerre, avait murmuré Pétain.

Léon de Boissier avait dû insister sur les ambitions personnelles de Deloncle. Cet homme voulait être le Duce ou le Führer français. Et pour lui – il l'avait confié à des proches – le maréchal Pétain n'était qu'une potiche, une sorte de maréchal Hindenburg ou de roi d'Italie, qu'il prétendait servir et qu'en fait il voulait utiliser pour ses fins personnelles.

Pétain était resté longtemps silencieux, puis avait conclu qu'en effet il fallait rester en dehors de l'organisation, mais sans rompre le contact.

— Je vous charge d'une mission de patrouille, Boissier, avait conclu le Maréchal. Je veux savoir ce que prépare Deloncle. Nous ne devons pas être surpris par ses initiatives, afin de pouvoir les exploiter si l'occasion s'en présente.

Pétain avait levé la main, comme pour bénir Boissier.

— Après tout, nous avons les mêmes adversaires.

Il s'était repris.

— Ennemis, ennemis, avait-il répété. Voyez ce Michel Dussert, votre collègue à la Chambre. Votre fils est président de la banque Dussert, n'est-ce pas ? Vous êtes en situation de tout connaître. Approchez ce Deloncle. Un personnage intéressant, il me semble. Il me fait penser, d'après tout ce que l'on me dit, à un officier de corps franc.

C'était bien cela, Deloncle, une masse de muscles, une tête énorme, des yeux noirs, fixes, un nettoyeur de tranchées, au couteau.

— Vous avez raison, Dussert, d'attirer notre attention sur Meyerhold, avait dit Deloncle. C'est une vieille relation de Vincent Gallois, que le 2e Bureau surveille depuis longtemps. Ils se sont connus en Allemagne, à Trèves, où Meyerhold a été médecin jusqu'en 1933.

Deloncle avait souri, dévoilant des dents petites et serrées.

— Après, Meyerhold a préféré, question de climat peut-être, s'installer à Paris. Mais c'est à Trèves qu'il a connu Maria Forestier, née Kovalewska, polonaise, peut-être russe.

Deloncle avait allumé une cigarette.

— Vincent Gallois est un agent du Komintern, un déserteur, un révolutionnaire efficace. Il a opéré à Odessa, en Pologne, contre les troupes françaises. Son vrai nom est Vincent Mercœur, mais il s'est successivement appelé Miller, Vallès, sans doute en souvenir de Jules Vallès et de son père, Auguste Mercœur, qui a été communard. Les temps changent, cependant c'est toujours le combat des mêmes contre les mêmes. Son fils, Roland, a hérité de la fortune de Salomon de Wiener, un escroc, une sorte de Stavisky des années 1900. Et qui a connu le même sort que le bel Alexandre !

Il avait ouvert le journal, ajouté :

— Roland Mercœur finance ce torchon, mais l'argent vient surtout de Moscou. Et tout ce petit monde gravite autour de Pierre Cot et de son directeur de cabinet, Jean Moulin. Vincent Gallois peut, quand il veut, voir le ministre de l'Air, et même Blum. Ce sont nos camarades du 2e Bureau de l'armée de l'Air qui nous ont fourni ces renseignements. Et nous avons pu ainsi démonter toute l'organisation qu'ils ont mise sur pied pour faire passer des avions et des armes en Espagne. Je tiens à votre disposition toutes ces données. Le groupe a envoyé là-bas une jeune femme, Louise Véran – Deloncle avait agité le journal – qui signe des reportages. Elle est, m'a-t-on assuré, la maîtresse de Gallois. Et Meyerhold, comme vous l'avez dit, Dussert, est l'amant de Maria Forestier. Tout ce monde couchaille entre soi. Quant à Meyerhold, est-il directement en liaison avec Moscou ? Nous ne pouvons le dire. Il n'est peut-être qu'un agent recruté par Gallois, qui, lui, est la pièce la plus importante. Que faire contre cela ?…

Deloncle s'était levé, avait commencé à marcher dans la cave, baissant la tête car il était grand et le plafond bas. Et tout à coup, il avait haussé le ton.

— Un Cot, un Blum, un Moulin, un Gallois, un Meyerhold, tous se rendent coupables d'actes de trahison qui relèvent de la Haute Cour ! Ils préfèrent Moscou à la France. Mais peut-on compter sur un gouvernement judéo-communiste pour les traduire en justice et les faire condamner ?

Il s'était immobilisé, avait secoué la tête.

— Allons donc ! Ils sont tous complices. C'est une chaîne qui va de cette Louise Véran à Blum, et de Madrid à Moscou. Ils nous ont déclaré la guerre, et si nous n'employons pas toutes les armes dont nous disposons, la France disparaîtra, mais aussi la civilisation européenne.

— Vous me proposez quoi ? avait demandé Léon de Boissier.

— Aider nos camarades espagnols par tous les moyens, en empêchant que ces salopards livrent des armes aux républicains, et le meilleur moyen c'est évidemment d'en finir avec ce gouvernement judéo-communiste !

— Les élections sont encore loin…

Deloncle avait secoué la tête d'un air plein de commisération.

— Les élections, mon cher, ne sont pas le seul moyen d'arriver au pouvoir. Lisez *Technique du coup d'État*, de Curzio Malaparte, un livre admirable ! C'est toujours la vieille méthode du cheval de Troie. Hitler, quoi que vous en pensiez, n'a pas agi différemment. Les élections viennent après, pour consacrer la victoire ! C'est cela que nous devons mettre en œuvre à Paris. Le peuple suit ceux qui gagnent. Toujours. Soyons donc aux aguets pour nous introduire dans la forteresse.

Il s'était tourné vers Xavier Dussert.

— Notre jeune ami est à la tête de la banque Dussert, avec votre fils, Boissier, nous ne manquons donc pas de moyens. Vous êtes vous-mêmes députés. Et si ce qui nous manquait, c'était d'abord un peu de détermination ?

— Même Hitler..., avait murmuré Boissier.

— Mussolini a marché sur Rome, il y a quinze ans déjà, avait répliqué Deloncle.

Dussert s'était levé, serrant son épaule droite avec sa main gauche.

— Ce sont là des bavardages de café du commerce, avait-il dit sur un ton irrité.

— Vous voulez que je sois plus clair ? avait lancé Deloncle.

Dussert avait fait un signe approbateur.

— Il faut tuer, Messieurs, il faut tuer !

Et Deloncle avait posé sa main sur l'épaule de Filliol.

10.

> “ Quoi qu’elle ait pensé, quoi qu’elle ait fait, elle était une cible. En la tuant, on vous frappe… ”

Elie Meyerhold avait levé la tête. Était-ce d’avoir si longtemps appuyé ses poings sur ses yeux, comme pour écraser les larmes qui les emplissaient, pour les empêcher de jaillir, mais il avait vu, dans une sorte de brouillard qui en rendait les traits indécis, le visage du commissaire Delsol.

Et la brûlure sous ses paupières s’était faite plus vive.

Meyerhold avait détourné son regard. La fenêtre qui donnait sur le quai des Orfèvres était entrouverte. Il avait aperçu la bande noire du fleuve puis, après le blanc de la rive gauche, les façades de guingois, et au sommet de l'un des immeubles une vaste verrière que le soleil par instants transformait en brasier flamboyant.

— Racontez-moi, avait dit Delsol.

Dès que cet homme était entré dans la chambre de l'appartement de la rue de Bourgogne, Meyerhold avait eu confiance en lui. Delsol s'était approché, lui avait posé la main sur l'épaule, et l'avait laissée longtemps, ne disant rien.

Meyerhold avait pu fermer les yeux, écraser ses doigts sur ses paupières au risque d'enfoncer ses pupilles, de les faire éclater et d'effacer ainsi ce qu'il avait vu quand il avait ouvert la porte.

Quelques secondes avant, il avait entendu un bruit sourd, comme si on avait heurté le battant de la porte avec une lourde masse, puis il y avait eu ce cri aigu, long, qui s'était planté en lui. Il avait reconnu la voix de Maria. Elle l'avait appelé « Elie ! Elie ! », puis plus fort encore « N'ouvre pas ! ». Et brusquement ce choc, et le martèlement des pas dans l'escalier qu'une ou deux personnes devaient dévaler.

C'était le début de l'après-midi.

Meyerhold était resté un instant, peut-être une ou deux secondes, figé, paralysé en entendant ces cris, puis il s'était précipité vers la porte, jetant en passant un regard dans la cour. Il avait aperçu deux silhouettes d'hommes qui la traversaient en courant, passant sous les frondaisons du chêne, s'engouffrant dans le porche qui débouchait dans la rue.

Enfin il avait ouvert avec difficulté la porte, en partie coincée par le corps recroquevillé de Maria. Il s'était agenouillé, il l'avait reçue dans ses bras. Il n'avait pas pu croire qu'elle était morte. Il l'avait traînée dans l'appartement, la trouvant si lourde, inerte, la tête ballant d'une épaule à l'autre. Et il avait vu ses yeux révulsés, petites billes blanches dans le visage blafard.

Il avait voulu la retourner, et à ce moment seulement il avait découvert les trois déchirures rouges qui formaient comme les sommets d'un grand triangle, deux trous au-dessus des reins, et le sang avait déjà coulé, imprégnant le tissu de cette veste cintrée, bleue, la dernière blessure entre les omoplates. Celle-là était longue, comme si les tueurs avaient voulu d'un coup de poignard, de haut en bas, ouvrir le dos, ainsi que les bouchers le font, plantant profond leur lame et entaillant afin de séparer les chairs qu'ensuite ils écartent, les deux mains plongées dans la plaie.

Elie Meyerhold avait soulevé Maria et l'avait posée sur le lit, la laissant ainsi, à plat ventre. Il était demeuré debout près d'elle.

Puis il y avait eu ces voix, les voisins qui entraient dans l'appartement, qui disaient qu'ils avaient entendu des cris.

Meyerhold était allé vers eux. Il avait hurlé qu'il fallait appeler un médecin et la police.

Il s'était entendu ajouter :

— On a tué mon amie.

Et il avait ainsi pris conscience qu'elle était morte.

Alors, il avait écrasé ses poings contre ses yeux.

On avait retrouvé dans l'escalier le poignard des tueurs, il ressemblait à celui avec lequel on avait achevé, sur une route de Normandie, les frères Nello et Carlo Rosselli. Ces antifascistes avaient fondé le mouvement *Giustizia e Libertà* et avaient réussi à s'échapper des prisons de Mussolini. Ils avaient combattu en Espagne contre les troupes de Franco.

On avait également poignardé une femme, Laetitia Tureau, avec la même arme dans le métro.

— Ce dernier crime est peut-être une méprise, avait dit le commissaire Delsol en lui montrant une photo de la victime.

Meyerhold avait eu envie de crier : cette femme semblait la sœur jumelle de Maria ! Elle avait le même grand front, les cheveux longs rassemblés en chignon, les yeux très écartés, le nez droit, une bouche aux lèvres ourlées.

— Étonnant, n'est-ce pas ? avait murmuré Delsol en reprenant la photo.

— Nous avons fouillé tous les coins de sa vie, avait-il continué. L'existence de Laetitia Tureau est exemplaire. Pas une ombre, pas une ambiguïté. J'ai tout retourné dans ce destin, je n'avais rien trouvé jusqu'à hier, jusqu'au meurtre de…

Il n'avait pas prononcé le nom de Maria Forestier, et Meyerhold l'avait regardé pour la première fois depuis qu'il avait pris place en face de lui, dans ce bureau du premier étage du quai des Orfèvres.

Delsol avait été depuis le meurtre plein d'une vraie compassion, évitant à Meyerhold une confrontation avec Henri Forestier, tenant les journalistes à l'écart, ne leur communiquant aucun détail sur les circonstances du meurtre, si bien que les journaux n'avaient consacré à la disparition de Maria que de courts articles.

— … jusqu'à hier, avait repris Delsol. La ressemblance m'a aussitôt frappé, non seulement le visage, mais la taille, au millimètre près. Laetitia Tureau portait elle aussi une veste de couleur bleue. Mais il y a surtout cela.

Delsol s'était levé.

Il était grand, maigre, avec des épaules étroites, un visage long, ses cheveux rasés haut sur les tempes lui conférant un aspect sévère. Il donnait l'impression de quelqu'un de méticuleux et de réfléchi.

Meyerhold avait même eu le sentiment que Delsol souffrait, qu'il était capable de partager la douleur, de comprendre ce qu'il pouvait ressentir.

Il avait donc répondu à ses questions, ignorant celles qu'avait posées le commissaire Morini, l'adjoint de Delsol. Cet homme petit était plein de morgue et presque de mépris. Il avait dévisagé Meyerhold d'un air soupçonneux, s'adressant à son chef assez fort pour que Meyerhold l'entende, disant avec une assurance dédaigneuse :

— Il ne faut pas écarter l'hypothèse d'un crime passionnel, perpétré par l'amant qui craint peut-être d'être lâché, ou qui exige le divorce que la femme refuse. Ou bien c'est le mari trompé qui suit sa femme et la tue devant la porte de son amant... Et les deux peuvent avoir engagé des tueurs pour cela. Il y a tant de métèques à Paris qui crèvent la faim, qu'on trouve un tueur, et tu le sais, Delsol, pour cinq mille francs !

Delsol avait retenu Meyerhold qui avait voulu se lever, répondre à Morini, puis il avait invité ce dernier à quitter le bureau :

— Je mène l'enquête, Morini.

— On verra, on verra, avait répondu l'adjoint. Tu as peut-être des préjugés, Delsol, et tu vas privilégier la piste qui convient à tes convictions, non ?

Delsol s'était approché de Morini et, dents serrées, lui avait dit :

— Dehors, Morini ! Dehors !

Morini avait quitté le bureau.

Delsol avait déplié devant Meyerhold un plan de Paris sur lequel était tracé en rouge un itinéraire. Il l'avait suivi du doigt, épelant les noms des rues.

— Laetitia Tureau, avait-il dit, habitait rue Lacépède. Elle remontait jusqu'à la place de la Contrescarpe, puis s'engageait rue Blainville et descendait la rue de l'Estrapade, elle passait ainsi devant l'hôtel Forestier.

Il s'était redressé.

— Vous comprenez ?

Il était allé s'adosser à la fenêtre.

— Les tueurs devaient attendre Maria Forestier devant chez elle, afin de la suivre jusqu'au moment propice, avait-il expliqué. Mais Maria, sans le vouloir, a sans doute déjoué leur surveillance. Peut-être est-elle tout simplement entrée dans une boutique de la rue des Fossés-Saint-Jacques, et les assassins ont continué à suivre une silhouette identique, celle de Laetitia Tureau. Ils l'ont poignardée dans le métro puis, les jours suivants, ils se sont rendu compte de leur bévue et ils ont recommencé leur traque.

Delsol s'était appuyé sur le rebord du bureau, face à Elie Meyerhold.

— Ils étaient déterminés. Ils ont pris le risque d'entrer dans l'immeuble à sa suite, puis ils ont agi. D'une certaine manière, ils l'ont tuée deux fois.

Le commissaire avait sorti lentement une cigarette, en avait frappé le bout contre sa main pour tasser le tabac.

— Ils espéraient peut-être rentrer chez vous et vous poignarder aussi. Y avez-vous pensé ?

Il avait présenté son paquet de cigarettes à Meyerhold, qui en avait pris une sans quitter Delsol des yeux.

— Vous savez qui l'a tuée, j'imagine, et qui va essayer de vous abattre ? avait-il demandé en offrant son briquet à Meyerhold.

Se redressant, il avait commencé à marcher dans le petit bureau, observant le sol comme s'il ne s'était pas soucié de savoir si Meyerhold l'écoutait.

Il y avait eu l'assassinat des frères Rosselli, avait-il poursuivi, celui de Laetitia Tureau, dont maintenant il connaissait la raison, puis les attentats rue de Presbourg et rue Boissière contre les sièges du Patronat, pour faire croire à une action communiste ou anarchiste. Cela, c'était ce que la presse avait rapporté. Mais il y avait eu bien d'autres actions. On avait détruit des avions sur l'aérodrome de Toussus-le-Noble…

— Meyerhold, ne me dites pas que vous ignorez que c'est de là que partent les avions à destination de l'Espagne, ceux qu'on expédie à Malraux et aux républicains espagnols. Et vous faites partie de ce petit groupe, monsieur Meyerhold ! Vous agissez avec Vincent Gallois, Roland Mercœur, et vous bénéficiez de l'appui de Pierre Cot et Jean Moulin. Je le sais. Mon collègue Morini, dont vous avez pu apprécier l'état d'esprit, n'ignore rien de votre entreprise, de votre rôle. Et naturellement la Cagoule est avertie. Donc l'OVRA italienne, l'Abwehr et les services de renseignements de Franco sont alertés. Ils fournissent les fonds, les armes, les explosifs à la Cagoule. Plusieurs trains ont déraillé, ils étaient chargés d'armes pour l'Espagne également. Et je n'énumère pas tous les autres sabotages, ou les disparitions suspectes de personnalités espagnoles venues en France pour acheter du matériel de guerre destiné aux républicains.

Delsol était retourné s'asseoir derrière son bureau.

— Pour les cagoulards et leurs complices, et ces derniers sont nombreux, dans l'armée, dans le milieu politique, dans les services de renseignements, et – il avait hoché la tête – au sein de la police, vous et vos amis êtes – il avait pris un dossier, l'avait feuilleté – des névropathes, des individus répugnants, je cite, qui trahissent la France et veulent la soviétiser ! Vous êtes des ennemis qu'ils ont condamnés à mort.

Elie Meyerhold avait fermé les yeux. Il s'était souvenu des rires de Maria, quand il avait essayé d'évoquer la menace qui pesait sur la France et sur la Pologne. Il lui avait dit qu'elle devrait peut-être quitter ce pays, se mettre à l'abri en Angleterre ou aux États-Unis, parce que la barbarie exterminerait d'abord les plus faibles.

Elle avait murmuré :

— Tu parles comme Henri.

Puis, tout à coup, elle avait ajouté :

— Je serai morte avant. Je ne veux pas voir la guerre.

Il l'avait serrée contre lui. Il lui avait interdit de dire, de penser des choses pareilles. Mais elle avait répété :

— Je le sais, je le sens. Mon fils aura bientôt vingt ans, je ne pourrai pas le savoir en danger. Je veux mourir avant que Joseph porte un uniforme.

Meyerhold avait répondu qu'elle était folle, et en même temps il avait compris ce qu'elle ressentait, et son désir de mourir.

Il avait allumé une deuxième cigarette.

— Maria ne s'intéressait pas à la vie politique…

Delsol avait haussé les épaules.

— Elle était l'épouse du commandant Forestier et votre maîtresse. Quoi qu'elle ait pensé, quoi qu'elle ait fait, elle était une cible. En la tuant, on vous frappe, et on atteint aussi Henri Forestier. On veut le discréditer.

Il avait paru hésiter, puis il avait ouvert un tiroir et sorti un journal.

— C'est *La Voix nationale* parue ce matin. Le directeur-propriétaire en est Michel Dussert, héritier avec son fils Xavier de la banque Dussert-Speicher et Fils dont le président du directoire est Martin de Boissier, fils du député et ancien ministre de l'Intérieur Léon de Boissier. Et ce dernier est l'un des conseillers du maréchal Pétain. La boucle est fermée ! Nous soupçonnons Michel Dussert d'être l'un des chefs de la Cagoule, avec Eugène Deloncle. Et nous savons que la banque Dussert finance cette organisation.

Delsol s'était approché de Meyerhold.

— Nous n'avons jamais dévoilé à la presse les circonstances de l'assassinat de Maria Forestier. Mais voilà ce qu'écrit *La Voix nationale*.

Il avait montré le journal. Un titre barrait la première page : « Le scandale que le gouvernement de Front populaire veut étouffer : l'épouse d'un officier français assassinée à coups de poignard devant la porte de son amant, juif et communiste, l'apatride Elie Meyerhold. »

Le commissaire avait replié le journal.

— Eux, ils savent puisqu'ils l'ont tuée, avait-il dit.

Elie Meyerhold avait pressé ses poings sur ses yeux.

Et il avait imaginé que la douleur qu'il ressentait, il l'infligerait un jour aux assassins de Maria.

11.

“ Il avait eu
le sentiment
d’accomplir
un rite sacré,
comme s’il avait
plongé
ses doigts
dans un bénitier
et humecté
les yeux
et les lèvres
des
mourants… ”

Henri Forestier était resté seul dans le cimetière de Mazenc.

Il s’était approché de l’obélisque dressé au bout de la pierre tombale de la famille. Malgré l’averse qui, toute la nuit, avait noyé les vignes et laissé, sur les chemins, dans la terre rouge du vignoble et même dans les allées du cimetière, des flaques d’eau noire, l’obélisque semblait recouvert d’une épaisse couche de poussière. Les noms inscrits sur l’une de ses faces en lettres dorées étaient masqués.

Henri avait attendu que les voix des habitants de Mazenc qui venaient d’assister à la cérémonie du

11 novembre s'effacent, comme étouffées par le ciel d'un gris bleuté, si bas qu'il semblait accrocher ses lambeaux aux ceps luisants d'humidité. Puis il avait regardé vers le château, pour s'assurer que son père et son fils ne l'attendaient pas, ou simplement ne revenaient pas vers le cimetière.

Il les avait vus, marchant l'un près de l'autre, Antoine s'appuyant au bras de Joseph, l'un tassé et l'autre dressé, vif. L'un, vieux corps noueux, et l'autre, jeune et déjà haute pousse. Durant quelques minutes, il les avait suivis du regard, et il lui avait semblé que c'était la première fois depuis des mois, depuis la mort de Maria, qu'il éprouvait un sentiment qui n'était plus ni du désespoir ni de la colère.

Il avait fait un pas, pour mieux voir ces deux silhouettes.

Elles s'étaient arrêtées devant le porche du château. Antoine devait parler, le bras tendu, montrant à son petit-fils le vignoble, lui racontant cette histoire des terres acquises génération après génération par les Forestier, rappelant sans doute – et peut-être Joseph s'impatientait-il parce que son grand-père cent fois déjà avait entrepris ce récit – le destin des uns et des autres, qui avaient fait souche ici, qui étaient nés et morts sur cette terre, dans le château de Mazenc.

Henri était retourné vers l'obélisque et la pierre tombale.

Maintenant le silence l'enveloppait, à peine troublé parfois par le bruit des gouttes tombant d'une branche. Il avait plongé sa main dans l'une de ces flaques, l'eau était glacée. Il avait posé sa paume sur ces noms et il avait commencé à repousser la terre, la boue collée, à faire ainsi surgir cette succession de vies, jusqu'à la dernière, celle de Maria Forestier, née Kovalewska.

Il avait caressé le granit d'un mouvement lent. Il avait trempé plusieurs fois sa main dans l'eau.

Il avait eu le sentiment d'accomplir un rite sacré, comme s'il avait plongé ses doigts dans un bénitier et humecté les yeux et les lèvres des mourants.

Et venant recouvrir le visage de Maria, pour ne plus former avec lui qu'une face inconnue, Henri s'était souvenu de tous ces agonisants dans les tranchées de Champagne, dans les trous d'obus de l'Argonne, puis encore en Pologne, dont il avait fermé les yeux.

Il avait pensé à son frère Charles, l'un de ces disparus que le destin avait même privé de ce dernier geste humain, et que l'acier avait dépecé comme chair sans âme. Il avait pensé à sa mère Marguerite, née Novera, dont il avait fait apparaître le nom, laissant ses doigts suivre chacune des lettres pour tenter de reconstituer le visage de cette femme morte de chagrin.

Il avait eu envie de serrer contre lui, pour partager son émotion, un corps, afin de s'abandonner, de confier qu'à cet instant il avait le sentiment que la vie n'était qu'une sorte de masque mortuaire, et qu'on la passait à essayer de l'oublier, gesticulant, se détournant vite de chaque défunt pour tenter de poursuivre la route.

Il avait ainsi fermé les yeux un moment, sa main allant et venant dans un mouvement instinctif sur le granit noir à nouveau strié par les lettres dorées. Et il s'était répété que la vie n'était qu'une fable racontée par un idiot, pleine de bruit et de fureur, et ne signifiant rien. « *A tale told by an idiot, full of sound and fury, signifying nothing.* »

Il avait rouvert les yeux, fixé droit devant lui cette bande claire d'un bleu étrangement léger, comme une mince lanière de vie entre la masse presque noire des nuages et l'enclume de la terre rouge.

Il avait eu honte tout à coup de sa complaisance et, comme s'il avait eu besoin de ce mouvement du corps pour se dégager du désespoir, s'arracher à la tentation du vide, à ces souvenirs scolaires, Shakespeare ou Nietzsche – « *Rien ne vaut rien. Il ne se passe jamais rien et cependant tout arrive, mais cela est indifférent* », comme aimait à répéter parfois d'une voix narquoise, la cigarette pendant au coin des lèvres, Charles de Gaulle –, Henri avait secoué les épaules et s'était éloigné à reculons, ne quittant pas des yeux l'obélisque de granit noir qui semblait s'enfoncer comme une flèche dans la lointaine clarté du ciel et soutenir les nuages, les empêchant d'écraser la terre.

Il n'avait pas voulu rentrer aussitôt au château, il était remonté vers le village.

Il avait marché lentement. Avait-il jamais pris le temps de flâner ?

Il s'était préparé à la guerre, il l'avait faite, il avait survécu pour s'y préparer à nouveau et elle était là, martelant de ses bottes noires le sol de l'Europe.

Et il avait été encore saisi par le désespoir, puis la colère et l'amertume avaient été les plus fortes.

Voilà des années qu'à quelques-uns ils avaient tenté d'avertir les responsables politiques et militaires de ce qui allait survenir. Mais par inconscience, lâcheté, naïveté, on avait accepté que Hitler viole les traités, remilitarise la Rhénanie, réalise l'Anschluss et rentre à Vienne.

On avait entendu les rodomontades des présidents du Conseil : « Nous ne laisserons pas Strasbourg sous le feu des canons allemands ! », et on s'était couché. Et on avait décidé, quand le général Franco s'était soulevé contre le gouvernement légal, de ne pas intervenir.

« Un roi de France l'aurait fait », avait dit de Gaulle, reprenant la phrase de l'attaché militaire français à Madrid, un monarchiste. Mais non, ces socialistes, ces antifascistes, ces couards du Front populaire qui gouvernaient à Paris avaient préféré – oh, avec de bonnes raisons – pleurnicher devant les foules en expliquant qu'il fallait appliquer la politique de non-intervention, alors que l'Allemagne nazie et l'Italie fasciste déversaient leurs hommes, leurs armes, leurs bombes sur l'Espagne.

Un jour, le chef de cabinet du ministre de l'Air Pierre Cot, le préfet Jean Moulin, l'avait convoqué. L'homme avait paru énergique et lucide.

— Je connais vos sentiments, avait-il dit. Voulez-vous nous aider à faire passer du matériel militaire en Espagne pour les républicains. Nous avons besoin d'un officier sûr, républicain, patriote.

Henri s'était arrêté sur la place de Mazenc, face au Cercle républicain.

Souvenirs amers de ces nuits blanches, passées dans des gares frontières des Pyrénées ou sur les quais du port de Bordeaux, à surveiller et à contrôler le déchargement ou le chargement de caisses d'armes. Et il fallait éviter que les espions de Franco et leurs complices au sein même de l'armée, dans l'entourage de Pétain, au 2e Bureau, ne découvrent le trafic.

Souvenirs amers.

Henri avait rencontré là Elie Meyerhold, Louise Véran, Roland Mercœur, Vincent Gallois, qui constituaient autour de Jean Moulin et de Pierre Cot ce petit groupe qui essayait de compenser une politique aveugle et lâche.

Il s'était confié à de Gaulle.

— C'est l'alibi que se donne Blum, avait-il dit. Il protège sa bonne conscience. Les socialistes pourront dire aux pacifistes et aux Anglais : « Nous avons pratiqué la non-intervention », et ils chuchoteront aux antifascistes : « Nous avons organisé de la contrebande d'armes au service des républicains. »

De Gaulle s'était contenté de plisser les yeux mais souvent, dans les semaines qui avaient suivi, il avait énoncé d'une voix posée, comme s'il ne s'était agi que d'un constat irrécusable :

— Veulerie de politiciens, aveuglement du haut commandement, refus de réformer la politique militaire.

Et à Metz, où Henri avait été affecté auprès de De Gaulle, au 507e régiment de chars, ils avaient au fil des jours poursuivi ce réquisitoire, tant la situation se dégradait vite, Hitler parlant de plus en plus fort, et le commandement et les gouvernements français enfonçant leur tête dans le sable pour ne pas voir.

Souvenirs amers.

Cet Elie Meyerhold, le médecin qui avait accouché Maria, était aussi son amant. Et c'était lui qui écrivait les chroniques de politique extérieure les plus justes et les plus lucides ! C'était cet homme-là, qu'il estimait, qui l'avait trahi et que Maria avait choisi pour amant.

Peut-être était-elle morte pour protéger Elie Meyerhold...

Lorsqu'il avait été interrogé par le commissaire Delsol, il avait eu la certitude que le policier avait écarté l'hypothèse du crime passionnel, ne cherchant même pas s'il avait un alibi.

— Votre femme, mon commandant, a été assassinée pour des raisons exclusivement politiques, avait-il expliqué. Des gens organisés pour agir savent avec toutes les précisions nécessaires, parce qu'on les informe, ce que vous avez fait pour l'Espagne. Ils connaissent parfaitement vos positions. Ils savent qu'avec le colonel de Gaulle vous êtes un partisan de l'alliance avec l'URSS. Ils n'osent pas, commandant Forestier, vous accuser de trahison, ce serait ridicule avec votre passé, alors ils espèrent vous déshonorer, vous neutraliser avec ce meurtre. Les liens de votre femme avec Elie Meyerhold qui, lui, peut être traité de métèque ou d'apatride, et qu'il ait été naturalisé ne change rien à l'affaire, permettent de vous suspecter au moins de naïveté.

Souvenirs amers.

Il avait dû supporter les articles dans *La Voix nationale*, les regards ironiques ou méprisants lorsqu'il croisait certains officiers. Il avait dû écouter le général Robert de Taurignan qui, gêné, lui avait expliqué qu'il ne pouvait l'inscrire au tableau d'avancement.

— Vous imaginez pourquoi, Forestier ? J'ai essayé, mais personne ne vous a défendu. Je dois même vous dire que certains – Pétain puisqu'il faut le nommer – ont exigé votre radiation des cadres de l'armée. J'ai naturellement refusé, et Paul Reynaud m'a soutenu, heureusement ! Mais le ministre de la Guerre, notre courageux Daladier, vous a abandonné.

Daladier !

Henri prononçait le nom du politicien radical sur un ton acide.

Daladier qui venait, à Munich, de trahir ses alliés tchèques, de conclure avec Hitler un accord qui n'était qu'une capitulation !

Daladier qui avait osé dire, de retour à Paris : « Je crois que ce que nous avons fait est raisonnable. Fallait-il faire tuer quinze millions d'Européens pour obliger trois millions de Sudètes qui voulaient être allemands à rester en Tchécoslovaquie ? La guerre a été évitée et une paix raisonnable assurée à tous les peuples. »

Et l'Anglais Chamberlain, autre signataire de l'accord de Munich, avec Hitler et Mussolini, avait ajouté : « C'est la paix pour notre temps. »

Honte, colère.

Henri avait marché avec de Gaulle dans les rues de Metz.

De Gaulle n'avait cessé de s'indigner :

— Nous capitulons sans combat ! L'argent allemand et la monnaie italienne ont coulé à flots, ces jours-ci, dans toute la presse française, surtout celle qui se dit nationale, pour persuader notre pauvre peuple qu'il fallait lâcher et le terroriser par l'image de la guerre.

De Gaulle s'était arrêté au milieu de la rue déserte.

— En ma qualité de Français et de soldat, je suis écrasé de honte par la capitulation sans combat que notre pays vient de commettre, c'est un effroyable effondrement de la France grande puissance !

Henri avait dû affronter, les semaines suivantes au mess du régiment, les ricanements, les injures prononcées à mi-voix par tous ceux qui accusaient les adversaires des accords de Munich d'être « des escrocs et des fous », des membres du « parti de la guerre ».

Et lorsqu'il était arrivé à Mazenc, ce 9 novembre 1938, il avait même dû convaincre son père.

Antoine Forestier avait répété les phrases de Léon Blum : « La guerre nous est épargnée », « La catastrophe recule », « La vie peut redevenir normale ».

Antoine avait lui aussi reproché à son fils d'avoir oublié ce qu'était la guerre. Voulait-il que Joseph, qui allait être bientôt appelé sous les drapeaux, s'enfouisse dans la boue et le sang des tranchées, et connaisse un jour le sort de Charles ou de Gustave Novera ?

— Mais nous aurons la guerre ! avait crié Henri. Dans les pires conditions ! Ils sont prêts à tout. Ce sont eux qui ont tué Maria.

Antoine avait secoué la tête, comme pour excuser son fils auquel le malheur personnel avait fait perdre la raison.

— Les réservistes qu'on avait appelés, avait-il murmuré, ont été renvoyés chez eux. Ils ont banqueté au Cercle républicain, tout le village a passé une nuit blanche.

Nuits blanches.

Depuis la mort de Maria, elles l'étaient presque toutes pour Henri Forestier.

Il restait étendu, raide, les bras collés le long du corps, les yeux fermés comme un gisant.

Il n'était pas un moment de sa vie avec elle qu'il ait oublié, ni leur rencontre dans le salon d'un grand hôtel de Varsovie, où la bonne société polonaise recevait les officiers français venus l'aider à se défendre contre les bolcheviks, ni cette fête donnée dans le parc de leur villa de Trèves pour célébrer la naissance de Joseph. C'est ce soir-là sans doute que Maria avait découvert qu'elle était attirée par ce docteur.

Il n'avait jamais éprouvé au souvenir de ces instants autre chose que de la douleur, du désespoir et le sentiment de n'avoir pas su retenir Maria, elle qui par la joie qu'elle mettait dans chacun de ses gestes lui avait tant donné, et d'abord Joseph, cet enfant qui, avec son visage aux traits réguliers, ses cheveux noirs bouclés, lui ressemblait tant qu'il avait peur souvent de le regarder, la souffrance étant trop grande alors.

Il n'oublierait jamais ce moment où il avait pris son fils par les épaules pour lui annoncer que sa mère était morte. Il avait hésité, fermé les yeux, et Joseph avait murmuré qu'il savait, qu'il ne fallait rien dire. Et c'est Henri qui s'était abattu contre son fils, qui était déjà plus grand que lui, et c'est Joseph qui l'avait soutenu pour parcourir la nef de l'église Saint-Étienne-du-Mont.

Ce jour-là, le jour de la messe, Louise Véran, journaliste au *Citoyen*, s'était approchée de lui timidement. Elle avait gardé sa main dans les siennes, elle avait murmuré :

— Vous ne pouviez rien faire pour empêcher la rencontre d'Elie et de Maria. Je les ai vus ensemble quelquefois. Ils n'étaient plus avec nous, ils vivaient dans une autre dimension. C'était comme si on n'existait plus. J'ai lu ce qu'écrivent les journaux. C'est abject, c'est pour vous détruire. Maria ne vous a pas trompé.

Elle avait secoué la tête.

— C'est un mot horrible, il ne lui convient pas. Vous le savez, n'est-ce pas ? Maria, c'était une femme immaculée.

Henri avait été surpris par ces propos, par cette femme qui s'introduisait ainsi dans sa vie. Mais il ne lui en avait pas voulu. Son visage exprimait de la noblesse, et ce mot qui lui était venu l'avait étonné. Il avait été troublé de l'avoir pensé.

Louise avait ajouté qu'il fallait écraser ceux qui avaient tué Maria. Elle revenait d'Espagne, avait-elle expliqué. Elle avait vu les morts allongés côte à côte à Madrid, à Barcelone, à Guernica.

— Ce sont ceux qui l'ont assassinée qui massacrent là-bas, ce sont les mêmes. Il faut les haïr, les écraser. Il faut la venger !

Elle l'avait regardé longuement.

Elle avait dû comprendre qu'il continuait d'aimer Maria, qu'il ne lui reprochait rien. Mais elle n'avait sûrement pas pu imaginer qu'il voyait Maria s'avancer chaque nuit vers lui, vêtue de blanc, comme elle l'avait été à cette fête dans le parc de la villa de Trèves où elle lui était apparue si présente, et pourtant insaisissable.

Gustave Novera et Joseph Rigout, le maire de Mazenc, étaient sortis du Cercle républicain et s'étaient approchés de lui.

— L'accord de Munich, alors, commandant, qu'est-ce que tu en penses ? avait demandé Novera.

Avec les années, son visage s'était creusé de rides qui accusaient encore la laideur et le chaos des traits.

Il n'avait pas attendu que Henri réponde. Il s'était indigné, crachant les mots, la salive glissant au coin gauche de sa bouche, disant que c'était un crime, qu'on abandonnait les Tchèques, que Daladier et Chamberlain espéraient que Hitler, après avoir bouffé l'Autriche en mars 1938, les Sudètes en septembre, et dans quelques mois ce qui restait de la Tchécoslovaquie, et puis après ce serait la Pologne, serait prêt pour attaquer l'URSS !

Novera avait gesticulé, criant presque, brandissant le poing.

— Parce que c'est ça qu'on veut, avait-il poursuivi, pousser Hitler contre les Soviets, et c'est pour ça qu'on les a laissés à l'écart de l'accord de Munich. Et pourtant Laval a signé un traité avec Staline !

Novera s'était éloigné de quelques pas.

— Mais si on croit que Staline va se laisser prendre au piège, avait-il lancé, on se trompe. Il en a plus d'une dans son sac, Joseph Staline !

Novera avait lentement descendu la rue qui conduisait vers les vignes.

Henri l'avait suivi des yeux. Il n'avait jamais remarqué qu'il se dandinait en marchant, comme si l'éclat d'obus n'avait pas seulement cassé sa gueule, mais avait déséquilibré tout le corps.

— Cet accord de Munich, avait repris Joseph Rigout, c'est quand même la paix, non ? Mon fils est mort en 17 comme votre frère Charles, et ici, il y a en plus de nous les Pallanchard, les Berthommieu, les Gallet, les Fougeyrol, les Chabert qui continuent de pleurer. C'est rien vingt ans pour un fils mort, et ça fait seulement vingt ans !

Rigout avait secoué la tête.

— Il a peut-être raison, Gustave, avait-il continué, mais est-ce qu'il faut recommencer à se tuer tous les vingt ans ? Moi, je dis que pour les parents, pour les soldats, même un jour de paix de plus, ça vaut le coup. Alors Munich… Je préfère voir les jeunes d'ici, et il n'y en a plus beaucoup, passer des nuits blanches à boire plutôt que les imaginer dans une tranchée, attendant le moment où il leur faudra sortir. La gueule de Novera, croyez-moi, elle leur donne à tous des nuits blanches…

Il avait enfoncé la tête dans les épaules.

— Alors, Munich ! Une vie épargnée, mon commandant, une seule vie, vous savez bien ce que ça représente.

Henri s'était contenté de murmurer qu'il le savait.

12.

“ Elle n’avait
pas écrit
que les envoyés
de Moscou,
dans les caves
de Barcelone,
torturaient
et
exécutaient… ”

Louise Véran n’avait pas vu son visage. Il était resté caché dans la pénombre du couloir. Et elle s’était sentie écrasée par cette silhouette sans regard qui se découpait dans l’encadrement de la porte.

Tout à coup, elle avait été persuadée de l’incongruité de sa démarche et elle avait eu envie de s’enfuir.

Elle s’était retournée comme pour évaluer les chances qu’elle avait de pouvoir s’échapper. Il lui fallait traverser la cour pavée, où le soleil de cette fin d’après-midi d’août 1939 avait creusé un fossé large et blanc qui semblait rendre inaccessible le portail et au-delà la rue de l'Estrapade.

Elle avait fait un pas en arrière, et Henri s'était avancé, le visage enfin dans la lumière.

Il l'avait fixée, les sourcils froncés, une interrogation dans les yeux, mais elle n'avait perçu aucune hostilité dans ces traits que le temps, plus d'une année, avait alourdis.

— Vous vous souvenez..., avait-elle commencé.

Elle aurait voulu évoquer la messe à l'église Saint-Étienne-du-Mont, les quelques phrases qu'elle lui avait dites, et la façon dont il l'avait regardée, ému, ne la quittant pas des yeux. Elle n'avait jamais oublié ce moment-là, grave et bref, qui lui avait semblé comme entouré de silence, et qu'elle avait gardé en elle au milieu de la guerre, dans Barcelone en feu, puis sur ces routes encombrées de réfugiés qui tentaient de passer en France, enfants mutilés, vieilles femmes en noir, hommes hirsutes, troupeau de vaincus, hagards, que les gendarmes français triaient à la frontière.

Henri n'avait pas attendu qu'elle rappelle ce jour de deuil, leur rencontre. Il avait baissé la tête et s'était effacé pour lui faire signe d'entrer.

Mais il avait dit :

— Je partais.

Elle avait observé, au fur et à mesure que ses yeux s'étaient habitués à l'obscurité, les deux cantines de métal peintes en vert, déposées dans le couloir. La maison sentait déjà l'abandon, avec ses volets clos qui ne laissaient filtrer que des hachures blanches, dessinant sur le sol une géométrie oblique annonçant le départ.

Henri avait ouvert une porte dans le vestibule. Il avait éclairé un petit salon, et Louise Véran avait aussitôt été attirée par l'immense tableau aux teintes ocre qui occupait toute une cloison, face à un canapé.

Elle avait deviné plus qu'elle n'avait aperçu le geste par lequel il lui avait demandé d'entrer dans le salon, de s'asseoir. Mais elle s'était approchée du tableau. Et elle avait éprouvé le regret de ne pouvoir ainsi marcher, s'enfoncer dans le désert, dans un paysage des origines, quand les hommes n'étaient qu'une poignée, loin à l'horizon, parmi les dunes. Elle avait murmuré quelques mots, étendant le bras vers la toile comme si elle avait voulu qu'une main l'entraîne au-delà du monde où elle vivait.

— J'ai peu de temps, avait prévenu Henri. Une voiture doit venir me chercher. Je rejoins mon régiment.

Il s'était placé entre le canapé et le tableau. Il était en uniforme, mais encore tête nue.

Elle avait dit qu'elle voulait lui parler.

Il avait croisé les bras, la tête un peu penchée, continuant de la fixer.

Louise avait répété :

— Je ne sais pas, je ne sais plus par où commencer.

Elle avait pourtant traversé Paris d'un pas décidé, sûre qu'elle devait parler au commandant Henri Forestier. Il lui avait paru être le seul homme auquel elle pouvait raconter ce qu'elle savait, ce qu'elle avait vu en Espagne, ce qu'elle avait décidé de taire, écrivant pour *Le Citoyen* seulement ce qui était conforme à ce que Vincent Gallois appelait « la vérité utile », parce que tout ce qui n'était pas utile à la lutte et entrait ainsi en contradiction avec la « ligne générale » – c'était aussi son expression – devenait mensonge.

Elle n'avait donc pas écrit que les envoyés de Moscou, dans les caves de Barcelone, torturaient et exécutaient ceux qu'ils appelaient les « anarcho-trotskistes » et bientôt les « hitléro-trotskistes ». Que leur police politique n'était qu'une Gestapo tout aussi cruelle, et que seul l'emblème, là un svastika, ici une étoile ou une faucille et un marteau, les distinguait.

Elle n'avait décrit que les bombardements de l'aviation allemande, de la division Condor.

Elle avait publié une interview de Malraux, qui racontait l'héroïsme des pilotes américains de son escadrille de volontaires. Elle avait chanté les sacrifices des Brigades internationales, et terminé chacun de ses reportages par le « *No pasarán* » qu'avait lancé à Madrid la communiste Dolorès Ibarruri, la femme en noir qui parlait avec tout son corps et exaltait les combattants

Et après l'avoir baisée, Vincent Gallois l'avait félicitée.

Elle avait l'esprit de parti, avait-il dit. Elle savait d'instinct quelle était la ligne générale. Et elle avait accepté la violence et la morgue de Vincent parce qu'elle était épuisée, malheureuse, indignée par tous ces crimes, accablée par le spectacle de ces morts mêlés, de ces fillettes enfouies sous les décombres, de cette guerre civile où, comme le lui avait confié Saint-Exupéry rencontré dans un hôtel de Madrid, « on fusillait comme on déboise ».

Mais elle n'avait voulu voir que les bûcherons franquistes, ces tueurs qui abattaient les vies au nom de l'Ordre et de Dieu. Et elle avait détourné la tête pour ne pas apercevoir les assassins de la Guépéou, qui émondaient au nom de la Révolution et de Staline.

Et puis Madrid était tombé, quelques jours plus tard… Et puis, le 13 mars 1939, Prague avait été occupé par les Panzerdivisionen de Hitler.

Et puis Elie Meyerhold, avec qui elle avait dîné une dizaine de jours auparavant, lui avait dit qu'il voulait s'engager dans la Légion étrangère parce que la guerre allait éclater bientôt et qu'il fallait se préparer au pire, à l'alliance entre Staline et Hitler.

Elle avait hurlé que c'était folie d'imaginer ça ! Et elle avait crié d'autant plus fort qu'elle avait eu l'intuition, se souvenant des caves de Barcelone et de la police rouge, que cet accord entre les nazis et les Soviétiques allait être signé.

Meyerhold lui avait pris le poignet, l'avait serré, avait répété :

— C'est logique, inéluctable, Louise ! Ils vont, comme autrefois le roi de Prusse et le tsar, se partager la Pologne puis, plus tard, quand Hitler aura digéré ses conquêtes, écrasé la France, alors ils s'affronteront. Mais les années qui viennent seront terribles. Les gens comme toi et moi vont être broyés par les rouleaux de cette meule. C'est pour cela que je veux m'engager. Et ils vont me rejeter, trop vieux… peut-être même vont-ils m'interner comme suspect. On enferme déjà les républicains espagnols, on prépare des baraquements pour accueillir les apatrides, les exilés.

Mais il était français, avait murmuré Louise. Vincent Gallois n'avait-il pas obtenu sa naturalisation, l'un des premiers actes du gouvernement Blum ?

Elie Meyerhold avait souri. Bien sûr, il était français, mais un Français de Blum, pour ceux qui avaient assassiné Maria Forestier, ce n'était pas un Français, c'était pire qu'un métèque.

Louise avait alors dit qu'elle allait essayer d'obtenir l'appui du commandant Forestier, et Meyerhold avait répondu qu'elle était folle.

Durant plusieurs jours, elle avait hésité, puis le 23 août, à la fin de l'après-midi, Gallois l'avait appelée au téléphone.

Il fallait qu'elle se rende aussitôt à l'hôtel de Wiener, avenue Hoche.

Elle avait obéi, pris un taxi. Le chauffeur n'avait pas cessé de marmonner, et à la fin il l'avait interrogée :

— Qu'est-ce que vous en pensez ?

Des clients, avait-il expliqué, lui avaient affirmé que la guerre maintenant ce n'était plus qu'une question d'heures, au mieux de quelques jours.

Il lui avait lancé un coup d'œil, puis avait haussé les épaules.

— Vous, vous ne savez rien. Vous vous en fichez, vous n'avez pas de fils ! Vous êtes trop jeune. Et la politique, c'est pas votre parfum. C'est bien, vivez donc comme ça tant que vous le pouvez…

Il lui avait enfin appris que l'on avait annoncé la signature d'un pacte de non-agression entre Hitler et Staline.

Elle s'était tassée. Elle avait fermé les yeux, baissé la tête. C'était comme si on lui avait serré le cou.

Elle avait fait arrêter le taxi au coin de l'avenue Hoche. Elle avait besoin de marcher dans ce soleil indifférent, au milieu de cette foule tranquille que rien ne distinguait de celle des jours précédents. Peut-être les attroupements autour des kiosques à journaux, ces passants qui lisaient les dernières éditions des quotidiens barrés de grands titres noirs, signalaient-ils qu'un événement extraordinaire s'était produit ? Mais ça ne paraissait pas plus important que, dans une longue traînée de fourmis, les quelques-unes qui s'agglomèrent et qui paraissent affolées.

Il allait falloir du temps pour que les gens qui vivaient enfoncés dans leur vie découvrent que ce qui s'était passé aujourd'hui à Moscou allait changer leur destin. Et qu'ils auraient dû placer cette photo qui s'étalait à la une de la presse et où l'on voyait, lors de la signature du pacte, Staline joyeux féliciter Ribbentrop, le ministre des Affaires étrangères du Reich, comme un repère dans un album de famille.

Elle était entrée dans l'hôtel de Wiener. Tout était silencieux et sombre. La statue de Vénus au centre du vestibule lui était apparue comme un corps blessé, enveloppé des teintes noires de l'ombre.

Dans l'un des salons du premier étage, Roland Mercœur était assis auprès de Meyerhold. Vincent Gallois, souriant ironiquement, allait et venait.

— Te voilà ! s'était-il écrié.

Elle l'avait ignoré, s'asseyant près de Meyerhold, et elle savait que Vincent comprendrait aussitôt le sens de ces actes.

— Monsieur Meyerhold, avait-il repris d'une voix dure et sarcastique, a des pudeurs, des émotions…

Meyerhold s'était levé.

— Je n'écrirai plus. Il n'y a plus rien à dire. La mâchoire s'est refermée sur les peuples. Il n'existe qu'une seule solution pour les Français, mais vous êtes des fanatiques, des serviles, vous ne serez pas capables de la mettre en œuvre.

Il avait parlé lentement, sur un ton méprisant.

Louise lui avait saisi le bras. Elle l'avait supplié du regard d'expliquer ce qu'il fallait faire.

— Il suffirait de déclarer que l'URSS agit selon ses intérêts, mais que tout Français, communiste ou pas, n'a qu'un seul devoir, se battre contre le nazisme, et que cette guerre, que le pacte germano-soviétique rend inéluctable, il faut la gagner. Dire que l'URSS n'est qu'un État, cynique comme tous les États, pire sans doute que bien des États, parce que c'est une dictature.

— On ne vous retient pas, monsieur Meyerhold, avait répliqué Gallois. Je n'ai jamais eu vraiment confiance en vous. Vous êtes de ces esprits que le moindre coup de vent bouleverse, une girouette, un opportuniste. Vous n'êtes plus rien !

Et subitement, alors que Meyerhold avait atteint l'escalier, Gallois avait crié :

— Un débris de l'histoire, rien !

En se levant, Louise avait repoussé son fauteuil d'un mouvement brusque, et elle l'avait menacé de la main alors qu'il avait fait un geste pour la retenir.

— L'hypocrisie, le mensonge, le silence, c'est fini ! avait-elle lancé.

De l'escalier, elle avait ajouté :

— Ils ont enlevé leur masque.

Elle avait rejoint Meyerhold, qui remontait lentement l'avenue Hoche.

La lumière était si vive qu'elle incendiait toutes les façades.

Louise avait eu l'impression en avançant vers l'Arc de Triomphe de l'Étoile qu'elle marchait dans une ville en feu. Elle s'était souvenue de Guernica et de Barcelone. Et elle avait imaginé Paris brûlé, détruit.

— Nous sommes seuls, avait dit Meyerhold d'une voix calme. Nous n'avons plus que des ennemis. Nous sommes dans le *no man's land*, toi et moi.

Sans réfléchir, elle avait dit qu'elle devait voir Henri Forestier.

Elle avait embrassé Elie Meyerhold et elle s'était élancée dans la poussière dorée du crépuscule.

13.

“Nous nous
battrons
sur les mers, nous
nous battrons
dans les champs,
et dans les rues,
nous nous
battrons
sur nos plages
et nos collines.”

Henri Forestier avait ouvert la porte du salon et éclairé la pièce.

Il était resté sur le seuil, incapable d’avancer, tout à coup accablé, avec un sentiment de malaise. Il avait frissonné, saisi de vertiges, de nausées. Il s’était appuyé de l’épaule gauche au cadre de la porte. Le tableau qui occupait toute la cloison avait paru osciller, et il avait eu la sensation que le sable des dunes se déversait hors du cadre et s’apprêtait à l’étouffer.

Il avait fermé les yeux.

Il avait pensé que la fatigue et l'épuisement contre lesquels il luttait depuis près d'un mois l'avaient emporté. Et cette idée l'avait rassuré. Ce désarroi, cette panique même qu'il avait sentis monter en lui lorsque, pour la première fois depuis dix mois, il s'était engagé dans la rue de l'Estrapade, puis avait traversé la cour pavée, n'avaient rien de surprenant. Ce n'était pas l'émotion qui l'avait étreint, ni en voyant ce salon, ce canapé, ce tableau, le souvenir de Louise Véran. Leur conversation de l'été dernier avait été vite interrompue, quelques mots à peine échangés et déjà le chauffeur de la 5e armée se présentait, demandait s'il devait charger les cantines qui étaient dans le vestibule. La route jusqu'à Wangenbourg, avait-il dit, était encombrée de convois militaires. Il fallait ne pas tarder à partir si l'on voulait passer le col de Saverne dans la nuit, quand la circulation était moins dense.

Henri se souvenait d'avoir écarté les bras en signe d'impuissance. Louise était déjà sur le pas de la porte du salon.

Il s'était approché d'elle. Il s'était excusé, mais elle avait souri, dit qu'ils se reverraient, elle en était sûre. Il avait été frappé par la sérénité de son visage, le calme de sa voix, la certitude que toute son attitude exprimait.

— Il y a des choses qui doivent se produire, contre lesquelles on ne peut rien, avait-elle ajouté. Elles sont dans la logique du destin. On ne sait pas pourquoi. Pour nous, je le sens ainsi.

Il avait été troublé, ému, par ces propos et ce « nous » qu'elle avait prononcé avec naturel.

Il s'était contenté de répéter :

— Vous croyez ? Vous croyez ?

Il l'avait raccompagnée jusqu'au portail et là, Louise s'était dressée sur la pointe des pieds, avait passé le bras gauche autour de sa nuque, l'attirant à elle, se haussant vers lui. Elle l'avait embrassé sur les deux joues, en chuchotant :

— Bonne chance.

Puis, se séparant de lui, elle avait ajouté qu'elle n'était plus inquiète depuis qu'elle l'avait vu.

Il l'avait regardée s'éloigner. Elle portait un chemisier blanc, une jupe bleue large, et des chaussures à talons plats. Elle avait la silhouette d'une jeune fille aux cheveux flous.

— J'ai chargé les cantines, avait dit le chauffeur.

Henri, avec des gestes lents, avait fermé la maison.

C'était le 23 août 1939. Dix mois avaient passé, on était le dimanche 9 juin 1940.

Il était entré dans le salon, mais après quelques pas il avait dû s'arrêter à nouveau.

C'était comme s'il lui avait été impossible de supporter l'immobilité et l'indifférence des choses figées dans une odeur de cire et de poussière.

Qu'avait-il donc vécu depuis ces dix mois ? Un mirage ?

Cet hiver pluvieux et morne à Wangenbourg, au sud de Saverne, cette amertume qu'il avait partagée avec de Gaulle qui commandait les chars de la 5e armée et à l'état-major duquel il avait été affecté.

Même le général Robert de Taurignan, placé à la tête de cette 5e armée et qui n'avait jamais été hostile, les avait mis en garde contre leurs obsessions.

Les Panzerdivisionen n'étaient pas aussi efficaces que de Gaulle et lui l'avaient imaginé, avait-il dit. Bien sûr la Pologne avait été conquise en quelques jours, mais quels blindés pourraient franchir la ligne Maginot ou bien les forêts des Ardennes ?

Lorsqu'on avait découvert, dans la sacoche d'un officier allemand dont l'avion s'était écrasé, des plans d'invasion de la Hollande, de la Belgique, et des flèches montrant les axes d'attaque des blindés par le massif ardennais, personne n'en avait tenu compte.

— De Gaulle et vous, Forestier, vous êtes fous ! s'était même exclamé un jour Taurignan. Des hommes comme vous nous conduiraient tout droit au désastre.

L'attitude de Taurignan, un homme droit et courageux, avait ébranlé Henri. Il avait conseillé à de Gaulle de ne plus exprimer des opinions hostiles au quartier général, cela ne servait à rien. Mais il avait admiré la détermination de De Gaulle, sa force morale, les risques qu'il prenait pour sa carrière en envoyant en janvier 1940 un *Mémorandum* à quatre-vingts personnalités. De Gaulle avait exposé en quelques pages ses vues stratégiques, la nécessité de constituer des divisions blindées.

Et quand un groupe de députés était venu leur rendre visite à Wangenbourg, Henri avait entendu de Gaulle assener d'une voix forte :

— Messieurs, nous avons perdu la guerre !

Il avait vu les visages effarés de Michel Dussert, de Léon de Boissier et des parlementaires anglais qui les accompagnaient. Ces derniers s'étaient penchés vers leurs collègues français pour leur demander s'ils avaient bien compris le sens des propos de ce colonel étrange, avec son casque de tankiste enfoncé jusqu'aux sourcils et sa veste de cuir serrée par le sac du masque à gaz.

— Il s'agit maintenant d'en gagner une seconde, avait repris de Gaulle. Les chars allemands ne passeront pas la Manche, les Américains et les Russes entreront dans le conflit.

Henri avait lu l'étonnement et la désapprobation sur les visages des députés.

Michel Dussert, d'une voix rageuse, avait lâché qu'il était scandalisé par de tels propos tenus par un officier.

— Vous démoralisez le pays. Vous déraisonnez, colonel, je dois vous le dire !

De Gaulle, méprisant, avait haussé les épaules, et sans prendre la peine de répondre il avait poursuivi :

— Lisez *Mein Kampf*. Le pacte germano-soviétique n'aura qu'une durée provisoire.

Le soir, le général de Taurignan les avait morigénés.

Pourquoi de Gaulle s'était-il montré si provocateur ? Ignorait-il que Dussert et Boissier étaient proches de Pétain ? Que l'on disait de Dussert qu'il était l'un des chefs de la Cagoule, et que si on ne l'avait pas poursuivi après les attentats de la rue de Presbourg et de la rue Boissière, après divers assassinats, c'était non seulement parce qu'il avait été protégé par son immunité parlementaire, parce qu'il possédait la banque Dussert et *La Voix nationale*, mais aussi parce qu'il était l'un des hommes de Pétain ? Et personne n'oserait jamais toucher au maréchal de France !

— Vous ne mesurez pas, avait continué Taurignan à voix basse, l'influence du Maréchal. J'ai été membre de son cabinet. Il est le point de jonction de tous les réseaux, de toutes les conspirations. C'est, à quatre-vingt-quatre ans, un homme d'avenir. Surtout si la situation militaire se détériorait.

Pourtant qui l'imaginait ?

Quelques hommes. Paul Reynaud qui, le 23 mars 1940, était devenu président du Conseil, et Daladier restait ministre de la Guerre, entre les mains des généraux Gamelin et Weygand, hostiles à tout renouvellement de la stratégie, comme Pétain.

Alors il avait bien fallu continuer de piétiner dans la boue de cette drôle de guerre et réussir cependant à constituer une division blindée, mais trop tard.

C'était le 10 mai 1940. Le hurlement des sirènes des stukas avait déchiré le ciel d'un bleu lumineux, sans un souffle de vent, sans la trace d'un nuage. Les avions au svastika tombaient en piqué, comme des flèches brillantes, paraissant rebondir à la verticale, laissant derrière eux des gerbes rousses et noires, des cris, des corps, des chars et des voitures éventrés.

Ce printemps était comme un abîme.

Les Panzerdivisionen avaient franchi la Meuse, s'étaient enfoncées en Belgique, dans les forêts des Ardennes, et leurs avant-gardes avaient été repérées aux portes de Sedan.

Henri Forestier avait suivi de Gaulle qui avait pris la tête de la 4e division cuirassée.

La guerre. Les attaques à Montcornet, puis dans la région d'Abbeville, ces premiers prisonniers allemands, cette sensation exaltante et désespérante que la victoire était possible, mais qu'elle était impensable parce que la partie était mal engagée, que les panzers de Rommel avaient traversé la Somme, qu'ils se dirigeaient vers Rouen et Le Havre, qu'il était trop tard pour monter une contre-offensive générale, ou pour réaliser un miracle comme celui de la Marne en septembre 1914.

Les Allemands avaient retenu la leçon. Ils roulaient vers Paris.

C'était il y a quatre jours, le 5 juin.

Ce 5 juin, de Gaulle s'était approché de lui. Il venait d'apprendre que Paul Reynaud l'avait nommé sous-secrétaire d'État à la Guerre. Mais en même temps, Reynaud avait gardé autour de lui, au gouvernement, dans les cabinets ministériels, à l'état-major, Pétain, Weygand, Dussert, Boissier, et même le vieux Machecoul. Et dans leur ombre, Eugène Deloncle, Laval, Déat, tous ceux qui avaient condamné l'entrée en guerre parce qu'il ne fallait pas « mourir pour Dantzig », tous ceux qui avaient rêvé d'une alliance avec Hitler, Mussolini, Franco, contre l'URSS et les rouges.

Tous ceux qui avaient ordonné, perpétré ou couvert l'assassinat de Maria Forestier.

Henri les avait croisés dans les couloirs de l'hôtel de Brienne, rue Saint-Dominique, au ministère de la Guerre où Paul Reynaud s'était installé pour montrer sa détermination à continuer la lutte.

De Gaulle se trouvait au rez-de-chaussée du bâtiment, et pour y accéder il fallait enjamber les caisses et les cantines que l'on commençait à remplir en vue d'une évacuation prochaine.

Henri avait tenté d'organiser le cabinet de De Gaulle qui depuis quelques jours, au lendemain des succès de Montcornet, avait été élevé au grade de général de brigade à titre temporaire.

Après les heures passées sur les routes envahies par tout un peuple qui s'enfuyait, poussant ses biens dans des brouettes ou bien brinquebalant au sommet d'échafaudages de meubles et de valises entassés dans des charrettes, après ces explosions creusant des fossés sanglants dans les longues colonnes de l'exode, après le spectacle de ces soldats débandés, avançant dépoitraillés, sans armes, abandonnés par leurs officiers, c'était le temps des conciliabules et des complots d'antichambres.

Henri avait entendu Michel Dussert et Léon de Boissier dire qu'il fallait déclarer Paris ville ouverte, partir pour Bordeaux, fuir cette capitale où, le général Weygand l'assurait, Thorez, le chef communiste, s'apprêtait à prendre le pouvoir, peut-être avec la complicité des Allemands. Soviets et nazis ne s'étaient-ils pas associés pour dépecer la Pologne ? Les communistes français n'étaient que les exécutants de la politique de Staline.

Ce serait pire que la Commune, s'était lamenté Boissier. Et Michel Dussert avait répété qu'il fallait au plus vite engager des pourparlers pour conclure un armistice, parce que l'armée était défaite, que les chars de Rommel étaient à Fécamp, qu'ils remontaient la Seine, et que rien, rien ne pouvait les arrêter. Les Anglais, ne pensant qu'à leurs intérêts, rembarquaient déjà leurs troupes à Dunkerque et laissaient les Français crever sur la plage.

On commençait à murmurer que le maréchal Pétain était le seul homme capable d'obtenir des Allemands un armistice honorable. Entre soldats.

L'abîme, sous ce ciel bleu dans un Paris vide, à l'exception de quelques avenues qu'empruntaient les naufragés de la débâcle.

Henri était resté debout devant le bureau de De Gaulle qui, tout en parcourant des dépêches, commentait la situation militaire et politique.

— Les événements vont aller maintenant très vite. Le défaitisme risque de tout submerger… À moins d'un miracle, nous n'avons plus aucune chance de vaincre dans la métropole, ni même de nous y rétablir.

Les mots étaient tombés comme des couperets. De Gaulle s'était tourné vers une grande carte du nord et de l'ouest de Paris.

Il était calme, regardant les flèches signalant l'avance allemande.

— D'ailleurs, avait-il poursuivi, le commandement foudroyé par la surprise ne se ressaisira plus.

Il s'était avancé vers Henri.

— Le gouvernement est enveloppé par une atmosphère d'abandon, avait-il ajouté. Vous connaissez ces gens, Forestier. Le Maréchal et ceux qui le poussent vont avoir désormais beau jeu.

Henri, dans la cour du ministère, avait croisé le général Robert de Taurignan, les traits affaissés, le teint terreux. Il venait de rendre visite à son père, Maurice Chrétien de Taurignan, qui avait refusé de quitter Paris et s'était étonné qu'un officier ait pu survivre à une telle défaite.

— Je n'ai pas pu supporter le mépris de mon père. Pour la première fois de ma vie, je l'ai quitté sans le saluer, avait-il murmuré.

Il l'avait entraîné à l'écart de ces camions garés dans la cour, dans lesquels des soldats chargeaient des cantines, des caisses remplies de dossiers.

— Dans la cour du Quai d'Orsay, ils brûlent les archives diplomatiques…

Taurignan avait levé la tête, montré ces fumées noires qui montaient, droites, et formaient au-dessus de Paris une mince couche de brume sans réussir cependant à voiler le ciel bleu.

— Je ne sais pas où est mon fils Cédric, avait repris Taurignan. Peut-être prisonnier ? Au quartier général – il avait fait une grimace, ricané – puisqu'il y a encore un quartier général, ils ignorent où sont passés des corps d'armée entiers, c'est comme s'ils avaient été aspirés dans le vide.

Il avait hoché la tête.

— On doit compter des centaines de milliers de prisonniers et de soldats errants. Comment voulez-vous, Forestier, continuer le combat ?

— Il y a l'Empire, l'Afrique du Nord, l'Afrique noire, avait martelé Henri. Nous avons la deuxième flotte de guerre du monde. Et l'Angleterre ne se rendra pas, jamais !

Taurignan avait répondu que seuls quelques hommes voulaient continuer le combat. Et ceux-là, le peuple les rejetait.

Il avait approché son visage de celui d'Henri. Il avait chuchoté comme s'il avait eu honte de faire cette confidence.

Il avait voulu, avait-il raconté, faire sauter un pont à l'entrée d'un village pour empêcher les Allemands de franchir facilement le fleuve. Et toute la population, le maire à sa tête, s'y était opposée, l'insultant, prête à les lapider, lui et la poignée de soldats décidés à résister.

— Survivre, voilà le seul but de ce peuple… Un peuple éperdu, qui fuit sur les routes, qui préfère le déshonneur à la mort. Il est encore exsangue, Forestier. Chaque famille se souvient du parent tombé ou mutilé pendant la Grande Guerre. Il ne veut plus donner un seul de ses hommes. On a trop demandé à ce peuple. Et on a gaspillé, dilapidé son sang, vous le savez. Il n'a plus confiance en nous qui prétendons exiger de lui de nouveaux sacrifices.

Il l'avait longuement regardé.

— Est-ce que vous avez oublié votre frère, Forestier ? Moi, je n'ai pas oublié ma mère. Et j'ai un fils sous les armes.

Henri avait pensé à Joseph, qui avait souhaité s'engager mais qu'on avait refusé d'enrôler parce qu'il n'avait pas encore dix-huit ans. Grâce en soit rendue à Dieu, s'il existait.

Il avait essayé de téléphoner au château de Mazenc, pour dire à Joseph que la guerre serait longue, qu'il ne fallait pas que tous succombent dans cette phase de la bataille, ou bien qu'ils se laissent prendre par l'ennemi et ne puissent pas continuer le combat. Car il en était persuadé, l'Allemagne ne pourrait pas vaincre. Elle aurait l'Angleterre comme un os dans la gorge. Le 4 juin, Churchill venait de déclarer :

« Nous nous battrons sur les mers, nous nous battrons dans les champs, et dans les rues, nous nous battrons sur nos plages et nos collines. »

Les Anglais ne céderaient jamais, avait surenchéri de Gaulle. Ils n'avaient pas baissé les armes devant Napoléon, ils ne capituleraient pas face à Hitler !

— Donc nous devons rester à leurs côtés, avait conclu de Gaulle.

Et il avait décidé de se rendre à Londres pour prendre un premier contact avec Churchill.

Ce dimanche 9 juin, Henri Forestier avait accompagné de Gaulle à l'aéroport du Bourget.

Les rues de Paris étaient silencieuses et désertes, comme autant de vallées asséchées sous un soleil brillant. Parfois une silhouette, ou bien une voiture qui paraissait s'enfuir, et qui allait rejoindre le flot des véhicules se dirigeant vers le sud.

— Les panzers ne seront pas là avant trois ou quatre jours, avait murmuré de Gaulle en saluant Henri. Si j'obtiens de Churchill que la Royal Air Force intervienne, nous pouvons encore les arrêter.

Il avait eu une moue désabusée.

— Mais ce serait un miracle ! Churchill voudra garder ses avions pour défendre l'Angleterre en cas d'invasion. Qui pourrait le condamner de penser d'abord à défendre sa patrie ?

Puis, après un instant de silence, il avait ajouté :

— Si je vis, je me battrai, où il faudra, tant qu'il faudra, jusqu'à ce que l'ennemi soit défait et lavée la honte nationale.

Henri avait attendu pour quitter Le Bourget que l'avion de De Gaulle ne soit plus qu'un point brillant dans le ciel d'un bleu pâle.

Il s'était attardé encore quelques instants, avec un sentiment de solitude presque insupportable, comme si le départ de De Gaulle avait tout à coup rendu plus sensible encore cette défaite provoquée par la coalition des incapables, des lâches, des veules, des conformistes et des traîtres. Seule une poignée de responsables avait voulu donner au pays les moyens de résister à Hitler.

Les autres s'étaient, comme Blum, bercés d'illusions, ou bien avaient été si blessés par la Grande Guerre qu'ils avaient été prêts à tout accepter plutôt que de courir le risque de devoir en affronter une nouvelle.

Et ils avaient à subir maintenant, en même temps que la guerre, la honte et la servitude.

Henri avait demandé au chauffeur de le déposer place du Panthéon, et de revenir le chercher en fin de journée à l'hôtel Forestier.

Il avait traversé la place. Elle était vide, les immeubles qui la bordaient paraissaient abandonnés.

La mairie du cinquième arrondissement était fermée. Mais le soleil faisait briller les lettres d'or sur le Panthéon : « *Aux grands hommes la Patrie reconnaissante* ».

Il avait ressenti cette phrase comme une provocation.

La patrie était brisée, parce que les hommes qui en avaient la charge l'avaient laissée tomber à terre.

Il fallait que quelques-uns s'agenouillent, rassemblent les morceaux épars et la reconstituent.

Il avait marché sans réfléchir, et s'était tout à coup retrouvé rue de l'Estrapade.

Il avait vu la grille et la façade ocre de l'hôtel Forestier. Et il avait eu l'impression qu'il perdait l'équilibre. Il avait craint de s'évanouir là, à quelques mètres de chez lui.

Alors il avait fait un effort de volonté pour continuer de marcher droit dans cette rue déserte. Il avait traversé la cour, ouvert la porte, et il avait eu la gorge serrée par le désespoir.

14.

“ Voilà près de neuf siècles que les Chrétiens de Taurignan ont accroché leur blason à l’histoire de la France. Je suis fier de notre lignée… ”

Maître Maurice Chrétien de Taurignan,
avocat à la Cour

À mon fils,
le général Robert Chrétien de Taurignan
À mon petit-fils,
l’aspirant Cédric Chrétien de Taurignan
Paris, le 16 juin 1940

« Mes enfants,

« J’ai décidé de mourir.

« Ne prenez pas mon geste pour un acte de courage. J’ai quatre-vingts ans. Et je fuis dans la mort la lassitude et le désespoir de vivre en ces temps de honte et de malheur de la patrie.

« Je ne voudrais pas, mon fils, après ce que je t'ai dit il y a quelques jours, que tu imagines un seul instant que je te donne ainsi une leçon et t'invite d'une manière ou d'une autre à suivre mon exemple.

« Cette pensée m'a si fort inquiété qu'elle m'a fait hésiter durant deux jours. Car j'ai pris la décision de me tuer le vendredi 14 juin, quand j'ai vu passer sur le Pont-Neuf les premiers détachements de l'armée allemande.

« La morgue de ces soldats, le bruit de leurs bottes, leur sourire même, ces svastikas, m'ont été insupportables.

« Il m'est apparu évident que je n'avais pas, à quatre-vingts ans, à m'imposer de survivre à ce que j'ai ressenti comme le plus grand des malheurs.

« Je me suis rendu au Palais de Justice, à la fois déterminé à accomplir cet acte et, peut-être au fond de moi, encore incertain.

« Je craignais, Robert, que tu ne ressentes ma mort comme un camouflet.

« J'espérais sans doute aussi, en arpentant les couloirs du Palais, que l'indignation et la colère de mes confrères, leur volonté de combattre, leur souffrance devant l'humiliation de la patrie, m'inciteraient à revenir sur ma décision afin de pouvoir avec eux arrêter face à l'occupant une attitude fière.

« Mais ce que j'ai vu au Palais m'a donné la nausée.

« Alors que les voitures allemandes étaient arrêtées place Dauphine, certains confrères dressaient déjà des listes d'avocats juifs ou anti-allemands.

« On m'a regardé avec mépris.

« J'ai compris qu'on allait, profitant de la défaite et de la présence allemande, régler de vieux comptes.

Non pas seulement ceux de ces dernières années, mais bien ceux qui n'étaient pas fermés depuis la Révolution et l'installation de la République. On allait faire payer aux républicains, aux juifs, aux survivants, la mort de Louis XVI, l'affaire Dreyfus, et même le scandale de Panamá.

« J'ai su que les confrères qui se détournaient pour ne pas avoir à me saluer ou à me serrer la main se souvenaient que j'avais été dreyfusard, et que j'avais défendu et fait acquitter Mathilde de Wiener. On ne souhaitait pas se compromettre avec moi, alors que se pavanaient les amis de Dussert, de Boissier et de Machecoul, les lecteurs de *La Voix nationale*, les défenseurs de la Cagoule, les admirateurs du maréchal Pétain, ceux qui n'avaient pas voulu mourir pour Dantzig et avaient proclamé leur haine des métèques.

« Ceux-là, je les ai vus, dès ce premier jour d'occupation, oublier leur serment d'avocat pour se muer en accusateurs.

« J'ai quitté le Palais et j'ai commencé à marcher.

« Paris ne m'a semblé peuplé que d'Allemands et de policiers.

« Je suis passé au milieu d'eux comme un vieil homme, et j'ai pensé un instant que je pouvais retourner à mon cabinet, charger mon pistolet et abattre l'un de ces officiers qui se faisaient photographier sur le Pont-Neuf, avec notre Louvre en arrière-plan.

« Mais j'ai imaginé que l'on fusillerait pour venger l'Allemand plusieurs otages, et j'ai renoncé à ce projet.

« J'ai longé les quais jusqu'au pont de la Concorde.

« Et j'ai vu flotter sur la Chambre des députés, notre Palais-Bourbon, le drapeau nazi.

« Je suis rentré chez moi et, n'eût été la crainte que tu ne reçoives, mon fils, ma mort comme un reproche, je me serais tué ce soir-là.

« Je n'ai plus dormi depuis ce vendredi 14 juin.

« J'ai écouté la radio, seul dans le salon, toutes lumières éteintes. Des voix se sont succédé dont je ne savais plus lesquelles parlaient au nom de la France ou de l'Allemagne. Elles répétaient les mêmes mots, agencés dans un ordre différent. La France est vaincue. Il faut arrêter les combats. Il faut conclure un armistice. Et souvent des musiques militaires allemandes ponctuaient ces appels à la soumission.

« Quand j'ai éteint la radio, j'ai entendu les mêmes musiques qui montaient du boulevard Saint-Germain et, quand elles ont cessé, sont venus jusqu'à moi le martèlement des bottes et des sabots, et le grondement des véhicules.

« J'ai imaginé que ces troupes, comme l'avait annoncé un communiqué, allaient défiler sur les Champs-Élysées. Et je n'ai plus supporté le son des fifres et des tambours.

« J'ai su à ce moment-là que, quelle que soit la peine que je vous inflige, je me tuerais.

« Voilà près de neuf siècles que les Chrétien de Taurignan ont accroché leur blason à l'histoire de la France.

« Je suis fier de notre lignée.

« Je ne crois pas que l'un d'entre nous, depuis que Geoffroy Chrétien de Taurignan a illustré notre nom à la prise de Jérusalem, se soit conduit avec bassesse.

« Peut-être mon suicide est-il l'acte le plus lâche accompli par un Chrétien de Taurignan. Et j'en demande pardon à tous les miens, et je demande grâce à Dieu pour ma décision sacrilège.

« Mais je veux qu'on comprenne qu'elle est méditée. Et je te remercie, mon fils, de m'avoir contraint à m'interroger durant deux jours, et à ne pas commettre cet acte dans un mouvement trop rapide d'indignation, de dégoût, et de fatigue.

« J'ai longuement pensé depuis vendredi à notre ancêtre Philippe Chrétien de Taurignan, qui fut décapité à quelques pas d'ici.

« Cette condamnation, cette exécution, comme celles, quelques mois plus tard, de notre roi Louis XVI, furent injustes.

« Il suffit de lire les écrits de Philippe Chrétien de Taurignan pour savoir qu'il fut un homme droit et généreux, soucieux du bien des autres et du royaume.

« Mais il était un Chrétien de Taurignan et, à ce titre, comptable comme tous ceux qui avaient en charge le pays, du fait de leur fonction ou de leur lignée, des bonheurs et des malheurs du peuple.

« Et le peuple a écouté ceux qui ont accusé Philippe Chrétien de Taurignan et tant d'autres avec lui, et le roi d'abord, d'avoir été indignes de leur mission.

« Je conteste cette condamnation, mais je l'accepte. Ce fut l'attitude de notre aïeul Philippe Chrétien de Taurignan.

« Je me condamne à mort, parce que je m'appelle Chrétien de Taurignan et que j'étais, plus qu'aucun autre, tenu de protéger la France et son peuple de la honte.

« Peu importe que j'aie tenté de le faire, et que je ne me sois en rien compromis avec ceux qui, délibérément, ont choisi de trahir la France au nom de leur intérêt de caste, de leurs ressentiments – ils se vengent de 1789 ! Oui, peu importe. Il me semble que je dois mourir parce que je fais partie de ceux qui dirigent – et depuis neuf siècles ! – ce pays.

« Il est dans les fers. Je mérite la mort.

« Je me la donne.

« Elle me soulage.

« Voilà quatre-vingts ans que je porte ma vie. Le fardeau depuis quelques années m'accable. Le désastre national, l'occupation de Paris m'écrasent. La lâcheté que je devine déjà à l'œuvre partout me désespère.

« Je vais fermer les yeux.

« Mes enfants, soyez dignes du nom que vous portez.

« Et ramassez le tronçon du glaive.

« Je vous embrasse.

« Maurice Chrétien de Taurignan. »

15.

« Je fais
à la France
le don
de ma personne
pour atténuer
ses malheurs...
C'est le cœur
serré que je vous
dis aujourd'hui
qu'il faut cesser
le combat. »

Michel Dussert avait longuement observé cet homme qui s'avançait d'un pas lent et prudent dans le hall de l'hôtel du Parc.

Il avait eu l'impression de le voir pour la première fois, alors que depuis des années il ne s'était pas passé de mois et parfois de semaine sans qu'il entrât dans le bureau qu'occupait, au premier étage de l'hôtel des Invalides, le maréchal Pétain. Et chaque fois, Dussert avait été ému, saisi par la prestance, la dignité ou plutôt la majesté de l'homme.

Pétain l'avait toujours écouté avec attention, puis avait prononcé quelques phrases sibyllines, paraissant sucer les mots, les retourner longuement dans sa bouche avant de les exprimer. Tel un oracle.
Dans l'antichambre, Léon de Boissier avait attendu, avec fébrilité, que Dussert lui rapportât les jugements du Maréchal. Et souvent Dussert s'était contenté d'exprimer par une mimique sa perplexité. Pétain l'avait félicité pour son dernier article dans *La Voix nationale*. Il lui avait conseillé de suivre de près les préparatifs de la Cagoule, mais il ne s'était pas engagé au-delà.

— Il attend, il attend, il guette le moment, avait répété Léon de Boissier.

Dussert avait dû rassurer Eugène Deloncle, Filliol, et même Jacques Machecoul, tous impatients, irrités par cette prudence, ces habiletés de matou retors, qui acceptait de la République le poste d'ambassadeur de France auprès du général Franco, puis, la débâcle venue, entrait dans le gouvernement de Paul Reynaud.

Dussert, à Bordeaux, avait vu le Maréchal chaque jour, s'asseyant près de lui dans la salle à manger de l'hôtel Splendid, lui préparant ses interventions au Conseil des ministres, que Léon de Boissier avait relues, insistant lui aussi, disant que l'heure avait sonné, qu'il allait disposer de l'appui de plusieurs ministres s'il succédait à Paul Reynaud, et même Blum, oui Blum, allait autoriser deux socialistes à faire partie du gouvernement Pétain.

Le Maréchal avait écouté.

Un soir, le 15 juin, Dussert avait vu s'approcher de la table le général que Paul Reynaud avait nommé sous-secrétaire d'État à la Guerre et qui avait, disait-on, remporté quelques succès avec ses blindés dans la région d'Abbeville, mais qui était surtout depuis des années un partisan de la guerre, l'homme de Reynaud dans l'armée, et dont Pétain avait dit avec mépris :

« De Gaulle, je le connais, il a écrit un livre ou du moins je lui ai dit de le faire. Je lui ai donné les grandes lignes et je l'ai corrigé. Il est non seulement vaniteux, mais ingrat. Il n'a guère d'amis dans l'armée… »

Dussert avait observé les deux hommes. De Gaulle saluant avec raideur, Pétain regardant sans voir celui qui avait été sous ses ordres. Léon de Boissier, après que le général se fut éloigné, avait murmuré que Reynaud avait chargé de Gaulle d'une mission à Londres, afin de tenter avec l'aide des Anglais d'empêcher l'armistice.

Et tout à coup, Pétain avait tapé du plat de la main sur la table, un afflux de sang avait coloré son visage parcheminé.

Il avait dit qu'on ne pouvait plus attendre, qu'il fallait imposer l'armistice et donc contraindre Reynaud à démissionner. Il allait prendre la tête du nouveau gouvernement et nommerait le général Weygand ministre de la Défense nationale. Il s'était tourné vers Boissier et Michel Dussert.

— Vous serez près de moi…

Puis, regardant vers la porte à tourniquet de l'hôtel Splendid, là où de Gaulle venait de sortir, il avait ajouté :

— Ceux qui refuseront ce que tout le pays attend, nous les condamnerons !

Reynaud avait démissionné le 16 juin, Pétain était devenu président du Conseil, Dussert directeur de son cabinet, Léon de Boissier chargé de mission. Et le 17 juin, enfin, Pétain avait prononcé ces mots qui allaient terminer une guerre que seuls quelques politiciens au service des juifs ou des Anglais, tels Reynaud et ses valets, tel de Gaulle, avaient souhaitée mais que le pays et l'armée avaient refusé de faire :

« Je fais à la France le don de ma personne pour atténuer ses malheurs... C'est le cœur serré que je vous dis aujourd'hui qu'il faut cesser le combat. »

Michel Dussert avait suivi des yeux le maréchal Pétain qui s'était arrêté au milieu du hall de l'hôtel du Parc.

Était-ce le décor de cet hôtel pour curistes, ces affiches qui vantaient les vertus thermales de Vichy, ces cris d'enfants dans les allées proches de l'hôtel, la douceur de l'air en cette fin de journée du 10 juillet 1940, brusquement il n'avait plus vu le maréchal Pétain mais un vieillard un peu bedonnant, le torse serré dans un costume noir croisé, la peau flasque du cou prise dans le col empesé de la chemise, les joues creusées de deux profondes rides que la moustache blanche paraissait prolonger, accusant les plis de la bouche.

Dussert avait été fasciné par ce visage qui semblait ne rien exprimer d'autre que le contentement de soi, une sorte de sérénité un peu ennuyée et distante.

Cependant il restait les yeux bleus et fixes, où se lisaient l'attente et même l'avidité.

Il avait eu l'impression de le découvrir depuis deux heures seulement, lorsqu'il était entré dans la chambre du Maréchal avec Léon de Boissier. Le regard de Pétain s'était agrippé à lui sans qu'un seul trait du visage bouge, sans qu'il pose aucune question.

Dussert avait commencé à décrire cette assemblée de six cent quarante-neuf parlementaires, réunis dans la salle du casino de Vichy.

On avait reconstitué sur la scène un simulacre d'hémicycle du Palais-Bourbon, comprenant une tribune surélevée pour le président, le radical Édouard Herriot, des bureaux pour les secrétaires et les vice-présidents, un pupitre plus bas pour l'orateur. Le rideau de scène levé, la salle avec ses ornements, ses loges, ses fauteuils d'orchestre, accusaient le caractère théâtral et dérisoire de cette réunion en ce lieu.

— J'ai vu aujourd'hui ces pantins se suicider, avait poursuivi le député. J'ai assisté à leur agonie.

Il avait revu les visages de ces députés, terrorisés, soumis.

Les hommes de Filliol et de Deloncle se tenaient dans les couloirs, sur les marches et dans le hall du casino. Les opposants les plus déterminés avaient répété eux aussi qu'ils étaient prêts à accorder au maréchal Pétain tous les pouvoirs mais, avaient-ils ajouté, ils voteraient contre par souci de légalité constitutionnelle, précisant bien qu'ils n'exprimaient ainsi aucune défiance à l'égard du héros de Verdun, sauveur de la patrie.

— Tous faisaient dans leur culotte, avait ajouté Léon de Boissier en riant.

Et sur les six cent quarante-neuf votants, députés et sénateurs, on avait dénombré cinq cent soixante-neuf suffrages en faveur du projet qui accordait les pleins pouvoirs législatifs et exécutifs à Pétain, et seulement quatre-vingts votes négatifs.

— Vous avez désormais plus de pouvoirs que Louis XIV, avait lâché Dussert, baissant les yeux tant le regard de Pétain était dur.

Il avait lancé un coup d'œil à Boissier qui, respectueusement courbé comme déjà le courtisan du roi, avait demandé au Maréchal quelles étaient ses instructions.

— Je prends le titre de chef de l'État, avait dit Pétain en détachant chaque mot, ce qui avait donné à son propos quelque chose d'hésitant, de chevrotant.

Puis il s'était levé, avait montré son chapeau et sa canne, que Boissier lui avait tendus, et il avait annoncé qu'il allait faire quelques pas dans les allées, parce que le docteur André Machecoul, le fils du député, lui avait conseillé de prendre quotidiennement en fin de journée, au moment où la chaleur se dissipe, un peu d'exercice.

Sur le seuil, Pétain s'était retourné, affirmant qu'il désirait confier au général Robert de Taurignan, qui avait servi à son cabinet il y avait quelques années, une mission en vue de former les cadres du nouvel État français.

Il avait regardé Dussert :

— Vous écriviez chaque jour dans votre journal qu'il fallait à la France une révolution nationale. Nous allons la faire ! Et le nom de Chrétien de Taurignan est un symbole des nouvelles valeurs qu'il faut mettre en place : honneur, fidélité, tradition, travail, famille, patrie. Voyez tout cela avec lui, je veux qu'il m'accompagne dans ma promenade.

La voix s'était peu à peu raffermie mais le pas était resté lent, les gestes compassés, le visage insensible.

Étranges destins des vieillards, avait pensé Dussert en le regardant depuis la fenêtre s'éloigner dans les allées, le docteur André Machecoul marchant près de lui, les curistes s'écartant, pleins de prévenance et de respect.

La vie, jusqu'au bout, réservait des surprises.

Qui eût dit, en 1930, ou même encore le 14 juillet 1939, cent cinquantième anniversaire de la prise de la Bastille et jour d'un immense défilé des troupes sur les Champs-Élysées, que Pétain, vainqueur de Verdun, abolirait un an plus tard la République, serait le chef d'un État né d'une défaite militaire ? Dussert s'était aussi souvenu de son père, vieillard nu, mort dans les bras d'une femme.

Et, songeant à ces détours inattendus de la vie, il avait ressenti à la fois de l'enthousiasme et de l'effroi.

Tout était possible, toujours.

Dussert avait agrippé d'un mouvement brusque de sa main gauche son épaule droite, ce moignon de chair qui tout à coup avait semblé percé par mille aiguilles brûlantes.

Il était descendu d'un pas vif dans le hall de l'hôtel pour y attendre le retour de promenade du nouveau chef de l'État.

Il avait retrouvé, assis autour d'une petite table ronde, Eugène Deloncle, Filliol, Jacques Machecoul, et peu après les avait rejoints Léon de Boissier en compagnie d'un homme petit, brun, au teint bistre, une fine moustache noire soulignant sa lèvre. Il avait le fond des yeux jaune, un visage exprimant, malgré son air souffreteux et ses traits quelconques, de la force et même de la violence.

— Je vous ai parlé du commissaire Morini, avait dit Boissier. Il est depuis des années au service de la cause nationale.

Deloncle s'était tourné vers Filliol, puis s'était penché vers Morini.

— Comment vont nos bons amis de Paris ? avait-il demandé.

Il avait ricané, repris aussitôt :

— Depuis que j'ai vu cet après-midi, dans ce casino transformé en Palais-Bourbon de comédie, les faces grimaçantes de peur et suant l'infamie de tous ces pleutres qui, il y a quatre ans, levaient le poing en chantant *L'Internationale*, promettaient de nous pendre et lâchaient la police à nos trousses, j'ai hâte de savoir ce que font leurs camarades parisiens. Elie Meyerhold et la petite bande de l'hôtel de Wiener, les avez-vous enfin coffrés ?

Il avait tapoté de la main sur le genou de Morini.

— Il faut les livrer aux Allemands, avait-il ajouté. D'ailleurs Meyerhold est à eux. Transmettez au moins à la Gestapo les dossiers qui le concernent.

— Meyerhold a disparu, avait commencé Morini.

Il avait une voix grave et sourde, étonnante parce que la poitrine de l'homme était étriquée.

— Comme la plupart de ceux qui gravitaient autour du journal *Le Citoyen*, que nous avons fait interdire, avait-il continué. Et…

Morini avait regardé Dussert, puis Deloncle, attendant sans doute que l'un ou l'autre manifeste son intérêt.

C'est Léon de Boissier qui l'avait questionné.

— … et, avait alors repris Morini, Vincent Gallois, dont nous sommes sûrs qu'il est un agent important du Komintern, sans doute le « résident » de Moscou en France, que nous avons failli arrêter plusieurs fois, nous a filé entre les doigts…

— Il doit disposer d'informateurs chez vous, au sein même de la préfecture de police ! avait dit Deloncle.

Morini avait approuvé.

— Ce commissaire Delsol, avait demandé Filliol, c'est lui qui nous a pistés après l'affaire Maria Forestier ?

Morini n'avait fait aucun commentaire, se contentant d'expliquer que Vincent Gallois avait pris contact avec les autorités allemandes pour obtenir de faire reparaître *Le Citoyen*, arguant du fait que, comme le journal communiste *L'Humanité*, cette publication avait été favorable au pacte germano-soviétique et avait fait campagne contre la guerre menée par les impérialistes franco-anglais à l'Allemagne.

— Les Allemands ne semblent pas vouloir donner une suite favorable à cette requête, avait conclu Morini. Ils ont même réquisitionné l'hôtel de Wiener et y ont installé des bureaux dépendant du service de renseignements de l'Abwehr, dirigés par Klaus Gensher. Vincent Gallois, Roland Mercœur, Louise Véran, Meyerhold ont donc disparu.

— Et quel est l'écho rencontré par les appels de De Gaulle ? avait demandé Michel Dussert.

Morini avait fait une moue, dit que l'on savait de Gaulle entouré de juifs et de francs-maçons, qu'on le considérait comme un agent anglais et que, depuis le bombardement par la flotte britannique des navires français en rade de Mers el-Kébir, personne n'osait se déclarer favorable à l'Angleterre.

— Il faut condamner de Gaulle, et tous ceux qui l'ont rejoint, cet Henri Forestier par exemple, avait décrété Dussert. Ils sont coupables de désertion et de trahison. Il faut inviter les conseils de guerre à sévir.

Deloncle avait haussé les épaules.

— Pour l'instant, le tribunal militaire de la 17e région a condamné de Gaulle à quatre ans de prison et cent francs d'amende pour refus d'obéissance ! Et Forestier n'a eu que trois ans ! Si vous voulez que l'on prenne au sérieux l'État français, il faut des condamnations à mort, et la déchéance de la nationalité française.

Il s'était levé, suivi de Filliol.

— Il faut viser les juifs, les francs-maçons, les communistes, tous ceux qui nous ont pourchassés depuis dix ans. Il faut juger Blum, Reynaud, Daladier, Mandel, et ne pas se contenter de les maintenir en résidence surveillée dans un château confortable ! Moi, ils m'ont incarcéré dans un cachot à la Santé !

Deloncle avait serré le poing, l'avait brandi.

— Infligeons le même traitement à ces Messieurs. Dites au Maréchal qu'il faut être impitoyable avec ces traîtres.

— Le Maréchal n'est pas un fanatique, avait murmuré Léon de Boissier. C'est un homme d'autorité et d'ordre, décidé à prendre les mesures nécessaires contre les juifs, les antinationaux, les gaullistes, les communistes, les francs-maçons, mais sans esprit de vengeance. Avec mesure.

Boissier avait sollicité du regard l'approbation de Michel Dussert.

— Pour établir la fondation du nouvel État, définir les valeurs de la révolution nationale, il faut rassembler les Français autour du patrimoine national. Le Maréchal doit apparaître comme un homme paternel, n'oubliez pas ses paroles : « Je fais don de ma personne à la France pour atténuer ses malheurs. » Tout est là, en quelques mots qui doivent nous inspirer.

Dussert avait hésité, puis il avait lancé d'une voix détachée :

— Le Maréchal souhaite avoir près de lui, nous a-t-il confié il y a quelques instants, le général Robert de Taurignan, qui à ses yeux incarne les traditions françaises et qui a été durant quelques années membre de son cabinet.

Deloncle avait écarquillé les yeux, l'air incrédule.

— Le général de Taurignan ! Il a toujours refusé de rejoindre ou même d'aider l'un des réseaux constitués dans l'armée par les nationaux, et bien entendu il a porté sur la Cagoule les jugements les plus durs. Son père a été dreyfusard, défenseur d'une baronne de Wiener. Les Taurignan sont de ces aristocrates ralliés à la République, peut-être pires que de Gaulle, car celui-ci au moins ne cache pas son jeu, c'est autant un politicien qu'un militaire.

— De Gaulle aussi a été au cabinet du Maréchal, avait dit Boissier.

— Ils ont rompu. J'ai vu quels pouvaient être leurs rapports, il y a un mois, à Bordeaux, avait répondu Dussert.

— Des ennemis, avait approuvé Deloncle. Mais Taurignan mise sur les deux tableaux, un pied chez de Gaulle, un pied chez Pétain.

— Mais non, mais non, avait protesté Léon de Boissier. C'est un officier de tradition. Nous avons les mêmes origines.

Deloncle avait eu un mouvement d'impatience.

— Le pays n'a pas besoin d'aristocrates en gants blancs, plutôt de chefs issus du peuple, et sachant lui parler, comme Mussolini, Hitler ou Doriot. La révolution nationale doit s'adresser au peuple et rejeter ces élites corrompues.

— Maître Maurice de Taurignan, le père du général, avait murmuré le commissaire Morini, s'est suicidé au lendemain de l'entrée des Allemands dans Paris.

— Voilà une bonne décision ! s'était exclamé Deloncle en s'éloignant.

DEUXIÈME PARTIE

16.

“ Quoi qu’il arrive, la flamme de la résistance française ne doit pas s’éteindre et ne s’éteindra pas. ”

Henri Forestier, les coudes posés sur la table, ses poings écrasant ses joues, regardait droit devant lui.

Le ciel était bas, ce 18 janvier 1941.

Les fumées des incendies, au-delà des docks que les avions allemands semblaient ne pas avoir visés aujourd’hui, se mêlaient, au-dessus des quartiers est de Londres, aux nuages qui défilaient vite.

Parfois, dans une échancrure de cette étoupe noirâtre, une bande de ciel bleu apparaissait. Cela avait suffi pour que Henri se souvienne de Mazenc, des ascensions du mont Ventoux, à l’aube, avec Joseph, de cette immensité bleue qu'on découvrait du sommet et dont il ne restait ici qu'un haillon mité. Il avait pensé à ces retours au château par les routes qui tranchaient le vignoble, c'était alors la chaleur déjà accablante des fins de matinée.

Puis il avait vu le ciel londonien se refermer, et c'était comme si on lui avait caché le visage de son fils.

Il avait eu peur pour Joseph.

Quelques semaines plus tôt, il avait reçu dans ce bureau du troisième étage de l'immeuble du numéro 4 de Carlton Gardens que les Anglais avaient attribué à la France libre, Elie Meyerhold.

Il avait eu un moment d'hésitation quand Passy, le chef du BCRA, le Bureau central de renseignement et d'action, lui avait apporté son dossier. Il avait eu l'impression que quelqu'un le poursuivait de sa vindicte en le forçant à rencontrer Meyerhold. Comme si les malheurs du temps, la France vaincue, les départements arrachés, les deux tiers du territoire occupés, l'exil à Londres alors que régnaient à Vichy la lâcheté et à Paris les collaborateurs et les délateurs, n'avaient pas suffi, et qu'il avait fallu que la tragédie privée, le souvenir de Maria, de sa mort, de sa liaison, vinssent s'y ajouter.

Henri avait attendu plusieurs minutes avant de lire les pièces transmises par Passy.

Meyerhold avait réussi à gagner l'Angleterre, au terme d'un périple de plusieurs semaines. Il avait franchi la ligne de démarcation mais, parvenu en zone libre, il avait été arrêté par les Brigades spéciales du commissaire Morini, qui traquaient les juifs et les gaullistes.

On l'avait interné dans un camp, proche de Marseille, afin d'être renvoyé en zone occupée et livré à Klaus Gensher, car les services de renseignements de l'Abwehr et de la Gestapo le réclamaient.

Le transfert avait eu lieu, et Meyerhold avait réussi, grâce à sa connaissance des lieux, à s'évader de l'hôtel de Wiener où se trouvaient les bureaux de Gensher et les salles de torture.

Il avait passé une nouvelle fois la ligne de démarcation, avait pu s'embarquer à Marseille pour l'Algérie, et de là il avait atteint le Portugal.

Les services de l'ambassade britannique de Lisbonne l'avaient longuement interrogé, pour conclure que l'homme était digne de confiance. Dès son arrivée en Angleterre, on l'avait durant deux semaines questionné à nouveau avant de l'autoriser à séjourner au Royaume-Uni. On lui avait même proposé de le recruter dans les services de renseignements et de le parachuter en France, mais Meyerhold ne voulait servir que dans les Forces françaises libres.

Il était là, dans l'antichambre.

Henri lui avait finalement ouvert la porte, devinant au mouvement de recul de Meyerhold que celui-ci n'avait pas imaginé être confronté au mari de Maria.

Il avait regardé autour de lui, semblant chercher une issue, puis, la tête rentrée dans les épaules, il s'était laissé tomber dans le seul fauteuil du bureau sans même que Henri l'y invite. Il avait sorti un paquet de cigarettes et, les avant-bras appuyés sur ses cuisses, le buste penché en avant, il s'était mis à fumer.

— Je suis Elie Meyerhold, avait-il dit à voix basse, après plusieurs minutes de silence.

Depuis cette soirée de fête dans le parc de la villa de Trèves, près de quinze années s'étaient écoulées. Meyerhold avait maigri, il était maintenant presque entièrement chauve, pourtant son visage était resté juvénile.

Il avait paru étonné du mutisme d'Henri.

— Vous…

— Nous sommes ici dans un autre temps, avait murmuré Henri. Ce qui a eu lieu avant concernait des gens que nous ne sommes plus, une époque qui n'existe plus.

Il s'était rendu compte qu'il avait fini sa phrase d'une voix forte, comme pour ne pas entendre cette plainte qui montait en lui, cette souffrance qu'il éprouvait encore.

Meyerhold avait secoué la tête.

— Vous savez bien que c'est faux…

Il avait continué de parler longtemps, disant qu'ils avaient aimé la même femme, une femme qui possédait en elle la flamme de la vie. Ils en gardaient l'un et l'autre le souvenir, et après tout ce n'était pas indigne. Au contraire, de cette manière elle survivait.

Il s'était tout à coup interrompu. Il avait souri.

— J'ai vu votre fils Joseph.

Il avait raconté comment, après avoir franchi une deuxième fois la ligne de démarcation, il avait erré en zone libre, fuyant les grandes villes, cherchant à gagner Marseille en évitant la vallée du Rhône.

C'est ainsi qu'il était passé à Mazenc, pas tout à fait par hasard, parce que Maria lui avait parlé du château, de son beau-père Antoine qu'elle estimait, avait-elle dit, qui avait toujours eu à son égard non pas des prévenances, mais de l'affection. « Je suis une personne pour lui, avait-elle confié à Elie, pas seulement l'épouse de son fils ou la mère de Joseph. »

Meyerhold s'était donc présenté un soir au château de Mazenc. Antoine Forestier l'avait hébergé trois jours, et la dernière nuit ils avaient parlé ensemble de Maria…

— Et mon fils ? avait brutalement demandé Henri.

Meyerhold avait souri de nouveau.

Il n'avait vu Joseph, avait-il repris, qu'au moment des repas. Antoine Forestier lui avait raconté qu'il écrivait, installé au sommet de la tour, qu'il rêvait de devenir l'égal de Malraux ou Kessel, et qu'il devait bientôt regagner Paris pour essayer de s'inscrire en Sorbonne.

Meyerhold avait essayé de l'en dissuader, lui expliquant qu'il pouvait, qu'il devait rester en zone libre, suivre les cours à Lyon, que l'atmosphère de Paris était empoisonnée par la présence des Allemands, l'arrogance des collaborateurs, de véritables nazis français.

Meyerhold s'était tu.

Il avait longuement regardé Henri, puis il avait ajouté que tous les assassins de Maria, ceux qui avaient décidé de sa mort et l'avaient perpétrée, étaient à Paris. Ils y régnaient. Michel Dussert s'était séparé de Doriot, avait fondé son propre parti. Eugène Deloncle et Filliol avaient, avec l'accord des Allemands, constitué à partir de leurs équipes des groupes armés de protection, qui pillaient, arrêtaient, assassinaient en toute impunité tous ceux qui jadis s'étaient opposés à leurs agissements, ceux que Filliol et Deloncle soupçonnaient d'avoir appartenu à la franc-maçonnerie, aux mouvements de gauche, ou qui simplement avaient le malheur d'être juifs.

— Toutes les haines, les jalousies, tous les fanatismes, avait poursuivi Meyerhold d'un ton las, tout ce qu'une société saine refoule, contient, cache, peut désormais s'exprimer. La France est malade, l'Occupation la pourrit, les lois antisémites autorisent toutes les délations.

Meyerhold avait soupiré.

— Et je peux vous parler des Brigades de Morini…

— Mon fils, avait répété Henri.

— Je crois que je ne l'ai pas convaincu et qu'il était décidé, malgré mes propos et l'opposition de son grand-père, à se rendre à Paris. Je lui ai dit que porter le nom de Forestier ne serait pas facile dans la capitale. Mais – Meyerhold avait ouvert les mains – c'est votre fils et celui de Maria, vous ne pouvez pas lui reprocher d'être exigeant, peut-être téméraire. Cette époque fait un tri impitoyable entre les gens. La plupart se terrent, deviennent encore plus gris qu'ils ne le sont dans les périodes calmes. Ils font la queue des heures durant devant les boutiques pour obtenir trois cents grammes de pain ou un seau de charbon. Je les ai observés, ils ne se regardent même pas ! Ils ont la tête baissée. Si quelqu'un essaie de prendre leur place, ils deviennent enragés. Mais ils sont lâches, ils préfèrent écrire des lettres anonymes. Et puis il y a la lie, le commissaire Morini et ses sbires. Ceux-là paradent, jouissent, détroussent et torturent. Ce sont les chiens des Allemands. Et une poignée d'hommes et de femmes résiste.

Meyerhold s'était levé, était allé jusqu'à la baie vitrée. Il avait regardé la Tamise.

— Où vouliez-vous que se trouve votre fils ?

Ils étaient restés l'un et l'autre silencieux durant plusieurs minutes, puis Meyerhold était revenu s'asseoir en face d'Henri.

— Je souhaite retourner en France, avait-il dit. Je veux renouer des fils utiles. Depuis mon arrivée en Angleterre, j'ai lu les discours de De Gaulle. Jusque-là cet homme n'était pour moi qu'un nom.

Il avait hésité.

— Maria m'avait appris à quel point vous l'estimiez. Elle m'avait même semblé agacée par la sorte de dévotion que vous lui portiez.

Il s'était arrêté, prenant brusquement conscience de l'inélégance de son propos. Il s'était tassé, avait expliqué d'une voix plus sourde qu'à son arrivée en Angleterre, et comme tout homme qui avait réussi à fuir les Allemands, les services anglais de renseignements l'avaient tenu isolé durant près de quinze jours, multipliant les interrogatoires. Il avait simplement pu obtenir d'eux les textes publiés par la France libre. Et il avait ainsi découvert l'appel du général le 18 juin, avec cette phrase lapidaire qui le concluait et était le programme politique que tous les patriotes français devaient adopter : « Quoi qu'il arrive, la flamme de la résistance française ne doit pas s'éteindre et ne s'éteindra pas. »

Meyerhold avait appuyé ses mains au rebord du bureau.

— Je veux servir, avait-il dit, n'importe où, n'importe comment.

Sa voix était à la fois résolue et suppliante.

— J'étais allemand, avait-il continué, vous le savez. Ils m'ont contraint à quitter le pays où ma famille avait choisi de vivre, dont elle avait adopté la langue, auquel elle avait donné toute son énergie. Et même son sang. Mon oncle a été tué en 1916, à Verdun. Je suis juif. Ils ont enfermé les miens dans leurs camps. Ils les ont torturés et tués. C'est une évidence. Je suis médecin, j'ai fait serment de mettre mes forces au service de la vie, de repousser la mort autant que je le peux. Ils sont la mort. J'ai croisé tant de fois, à Paris, ces soldats en uniforme noir, portant à leur revers, sur leur casquette, une tête de mort ! Ils sont la mort ! Ce n'est pas qu'une lutte entre ennemis. J'ai tenté d'expliquer cela à votre fils… Ce n'est pas une guerre qui sépare des combattants, comme à Verdun. Ils veulent détruire chaque homme à l'intérieur de lui. C'est l'affrontement de la vie et de la mort. Si nous ne l'emportons pas, c'est en chaque homme la mort qui aura gagné…

— Vous disiez que vous pouviez renouer des fils, avait dit Henri en coupant Meyerhold.

Ce dernier avait hoché la tête, s'excusant de s'être laissé emporter. Il savait tout cela, bien sûr, puisqu'il était ici, aux côtés du général de Gaulle.

— J'étais lié au groupe qui publiait *Le Citoyen*.

— Je sais. Vincent Gallois a tenté d'obtenir des Allemands le droit de faire reparaître le journal. On ne peut pas compter sur les communistes ! Si demain, comme c'est probable, l'URSS bascule dans la guerre, ils seront à nos côtés. Pour l'instant, ils observent, quelques-uns résistent déjà, d'autres ont été tentés de collaborer.

Meyerhold avait secoué la tête.

— Les Brigades spéciales du commissaire Morini, les groupes de protection de Deloncle et les mesures prises par Vichy ne leur laissent pas le choix. Ils sont contraints à la clandestinité, donc poussés à la résistance. Je les ai côtoyés. Certains ont rompu avec leur parti et cherchent à agir. Les autres se préparent. Le jour où ils entreront dans la lutte, il faut qu'ils se rangent derrière de Gaulle. Je peux aider à cela.

Henri s'était levé à son tour, avait allumé une cigarette tout en marchant dans le bureau, suivant des yeux le mouvement des nuages, les reflets fugitifs d'un rayon de soleil sur la Tamise.

Il s'était rappelé Louise Véran, des quelques mots échangés, du geste qu'elle avait eu, rue de l'Estrapade, le prenant par la nuque, l'embrassant, et il avait gardé le souvenir de ses mèches floues frôlant ses joues.

Que de temps passé depuis, comme si une faille s'était ouverte en ce printemps 40. Et ç'avait bien été une secousse tellurique que cette défaite, qui avait englouti la République, ses principes, ses lois, et fait surgir du fond obscur de l'histoire nationale ces cendres qui avaient recouvert le pays et qui prétendaient le représenter.

Il avait repensé à ce jour d'août 1940, quand de Gaulle l'avait convoqué dans son bureau, lui tendant une dépêche de l'agence Reuter. Henri y avait lu les deux sentences identiques, prononcées le même jour par le tribunal militaire siégeant à Clermont-Ferrand :

« Le colonel d'infanterie breveté d'état-major en retraite de Gaulle… le commandant Forestier… L'un et l'autre, pour trahison, atteinte à la sûreté extérieure de l'État, désertion à l'étranger en temps de guerre, sur un territoire en état de guerre et de siège, condamnés à mort, à la dégradation militaire et à la confiscation des biens meubles et immeubles. »

— J'espère que ça ne vous touche pas, Forestier, avait dit de Gaulle avec une moue de mépris, la cigarette pendant au coin de sa bouche, les yeux plissés. Ces vieillards qui se soignent à Vichy emploient leur temps et leur passion à faire condamner ceux qui sont coupables de continuer à combattre pour la France.

Il s'était approché de lui.

— C'est un honneur qu'ils nous font, Forestier ! Maintenant la France est à reconquérir.

Henri n'avait pas oublié le regard que lui avait lancé de Gaulle, et il avait tenté, sans doute en vain, de dissimuler son inquiétude, d'oublier toutes ces dépêches qui faisaient état de l'approbation générale que rencontrait en France le maréchal Pétain. À Vichy, chaque jour, la foule l'entourait d'attentions. À chaque voyage officiel, on l'acclamait. Les prélats le bénissaient, les femmes lui embrassaient la main, les anciens combattants pleuraient.

— Foules moutonnières, avait lâché de Gaulle avec mépris.

Mais qu'étaient-ils, eux, autour de lui ? Des exilés, des condamnés à mort par contumace. Et quand ils avaient essayé, au lendemain de l'armistice du 22 juin, de convier les troupes françaises stationnées en Angleterre à poursuivre le combat, seuls quelques centaines d'hommes les avaient rejoints ! Les autres avaient choisi de rentrer en France, fût-elle occupée. Quant aux colonies, aux centaines de milliers d'hommes qui se trouvaient en Afrique du Nord ou en Afrique noire, ils étaient restés aux ordres du gouvernement de Vichy, ouvrant même le feu contre de Gaulle quand il avait essayé, à Dakar, de les faire basculer du côté des Anglais.

L'URSS, le Canada, les États-Unis, la Suisse, toutes ces puissances avaient leur ambassadeur auprès du maréchal Pétain, à Vichy, et l'on faisait antichambre dans le hall de l'hôtel du Parc, attendant d'être reçu par ce chef de l'État sur lequel veillait le docteur André Machecoul, Léon de Boissier jouant le rôle de conseiller politique.

— Ces Français ne sont plus des Français, ces hommes ne sont plus des hommes, avait dit de Gaulle, les mâchoires serrées, en fixant Henri.

Puis, tout son visage exprimant la volonté, le menton en avant, il avait ajouté :

— Il faut toujours porter sur son dos la montagne.

Il avait paru se détendre, avait allumé une nouvelle cigarette, s'était approché de la baie vitrée.

— L'essentiel, avait-il repris, c'est que Hitler ne soit pas venu à Londres. Désormais, il n'y viendra pas. S'il avait dû y venir, il y serait déjà. Il sera donc amené, vous avez lu *Mein Kampf*, Forestier, à attaquer l'Union soviétique, il se perdra dans une nouvelle campagne de Russie, et la guerre germano-soviétique donnera à ce conflit sa dimension planétaire, comme ce fut le cas pour la précédente. Je veux dire que l'Amérique entrera dans la guerre, la seule différence fondamentale étant que cette fois le Japon ne sera pas dans notre camp.

Il s'était assis.

— Voilà, Forestier, notre condamnation à mort, ce n'est pas un événement. Quant à la guerre, c'est un problème terrible, mais résolu. L'Allemagne la perdra. Il ne reste plus qu'à ramener du bon côté, celui de la liberté et de la victoire, non pas les Français, mais la France.

Henri, un temps perdu dans ses pensées, avait redécouvert la présence de Meyerhold, toujours penché en avant, les mains sur le rebord du bureau.

— Louise Véran ? avait-il demandé.

Meyerhold avait souri, s'était reculé.

Il l'avait vue à Paris, peu après l'armistice. Elle avait coupé ses cheveux, abandonné son appartement, et vivait chez une amie rue du Four, non loin de l'Odéon, dans le sixième arrondissement. Elle enseignait dans un cours privé, et elle avait changé d'identité.

Henri avait levé la main, il ne voulait pas la connaître. Il lui avait suffi de savoir que Louise était vivante.

— Elle est recherchée, mais elle vivra, avait murmuré Meyerhold. Elle prendra des risques mais elle vivra parce qu'elle le veut, et que cette volonté peut même décourager les tueurs.

Il avait une nouvelle fois baissé la tête, comme s'il venait d'avouer que Maria n'avait pas eu envie de vivre, et que c'était aussi pour cela que les tueurs avaient pu la frapper.

— Cependant – Meyerhold avait haussé les épaules – il arrive également que les bourreaux, les lâches, les sadiques, les assassins s'acharnent sur ceux dont ils sentent qu'ils expriment le désir de vivre. La mort n'aime pas la vie. Ils sont la mort, je vous l'ai dit.

Il avait redressé la tête, regardé Henri.

— C'est donc également affaire de circonstances, de chance, donc de hasard.

— Et vous ? avait demandé Henri en fermant le dossier. Vous voulez rentrer en France, vous connaissez les risques ! La Gestapo vous recherche. Les Brigades spéciales vous connaissent. Vous êtes d'origine allemande et vous êtes juif. Vous avez collaboré au journal *Le Citoyen*. Vous vous êtes évadé. Que dois-je ajouter ? Que les agents de Moscou, comme Vincent Gallois, ne doivent guère vous apprécier. Ils vous accusent peut-être de les avoir trahis. Et s'ils pouvaient vous livrer aux nazis, ils le feraient. Je vous pose donc la question : Et vous, avez-vous envie de vivre ?

Meyerhold avait soupiré.

— Ce n'est pas une question pour moi. On m'a tué plusieurs fois. Avec les miens.

Il avait hésité, baissé la voix jusqu'à la rendre inaudible, mais Henri avait deviné au mouvement de ses lèvres qu'il ajoutait :

— Ils m'ont aussi tué quand ils ont tué Maria.

Il paraissait las, mais serein.

— Ils ne peuvent plus rien. Je suis déjà mort.

Il avait souri.

Henri avait écrit rapidement sur une fiche qu'il donnait son accord pour que Elie Meyerhold soit entraîné en vue d'un parachutage prochain en France. Puis il lui avait longuement serré la main.

Quelques semaines avaient passé. C'était l'hiver. Le ciel était bas, avec de temps à autre, dans la grisaille, les reflets rouges des brasiers. Les quartiers est de Londres brûlaient.

Meyerhold avait été parachuté hier, 17 janvier 1941, dans la région du Ventoux.

Le rapport du pilote indiquait que la nuit était claire et qu'il avait pu suivre dans la lumière blanche l'ouverture et la descente du parachute.

Henri avait imaginé l'air sec et glacé, le paysage si dépouillé qu'il en devenait abstrait.

Il avait eu envie de marcher à nouveau sur ces terres rouges, au moment où le bleu de l'aube s'empare du ciel.

17.

“Notre honneur, ce n’est pas de se résigner à leurs coups, mais de les vaincre, vous comprenez ?”

Joseph Forestier avait longuement contemplé Sarah pendant qu’elle dormait.

Elle était couchée sur le ventre, la chemise de nuit retroussée jusqu’au milieu des cuisses, le bras gauche collé le long du corps, soulignant le bord du lit, le droit replié sous le visage.

Elle avait les cheveux coupés si court que toute la nuque était dégagée.

Joseph avait tourné la tête, comme si la vision de cette nuque lui avait été insupportable.

La fenêtre, à quelques pas du lit, était ouverte. Il s’était levé et s’était appuyé au rebord de la croisée.

Il avait regardé et écouté la nuit de juin.

Une lumière laiteuse couvrait le vignoble jusqu'au triangle noir du mont Ventoux. Elle enveloppait le village de Mazenc comme ces voiles de tulle qui tombent au-dessus des berceaux et tamisent les bruits. Ainsi le silence n'était troublé de temps à autre que par le battement d'ailes des oiseaux qui nichaient au sommet de la tour du château, qui rappelait le froissement que produit un dormeur quand il bouge tout à coup pour échapper à un cauchemar.

Ç'avait été un cauchemar de tailler les longues mèches rousses de Sarah, cependant qu'elle sanglotait, qu'elle disait « Je ne veux pas, je ne veux pas » en secouant la tête.

Joseph avait dû lui saisir le menton, le serrer jusqu'à ce qu'elle s'immobilise, la tête baissée.

Et il avait pensé qu'il était pareil à un bourreau qui dégage la nuque pour le couperet.

Il avait vu apparaître le cou frêle, ce sillon médian, cette peau blanche, il avait murmuré « voilà, voilà… » sans oser poser ses lèvres sur la nuque.

À la fin, quand Sarah avait vu les boucles accumulées sur le parquet, elle avait recommencé à sangloter, murmurant de nouveau « je ne veux pas ». Puis elle avait ajouté : « Je ne veux plus me voir. »

Mais Joseph l'avait contrainte à se lever, à se mettre devant le miroir pour découvrir ses cheveux qu'il avait, comme il avait pu, coupés à la garçonne.

Elle avait placé ses mains sur ses yeux. C'est alors que Joseph l'avait prise contre lui, qu'il l'avait couchée sur le canapé et qu'ils s'étaient aimés pour la première fois.

C'était au mois de novembre. Et cela ne faisait que quelques jours qu'ils se connaissaient.

Ils s'étaient rencontrés dans la petite salle au troisième étage de l'escalier C de la Sorbonne. Joseph y était entré à l'instant où Mme Murry commençait son cours sur François Villon en récitant :

Prince Jhesus, qui sur tous a maistrie,
Garde qu'Enfer n'ait de nous seigneurie :
A luy n'ayons que faire ne que souldre.
Hommes, icy n'a point de mocquerie ;
Mais priez Dieu que tous nous vueille absouldre !

Il avait vu cette masse de cheveux roux frisés, couvrant les épaules comme une étole somptueuse et flamboyante. L'étudiante était assise au premier rang, seule, ce qui était étonnant parce que toutes les autres places étaient occupées, les étudiants serrés les uns contre les autres.

Joseph s'était assis près d'elle, et il avait eu l'impression que Mme Murry s'interrompait, que tous les regards convergeaient vers lui, qu'il accomplissait un acte inattendu, téméraire ou sacrilège.

Il n'avait pas encore vu le visage penché de sa voisine, mais les doigts longs et blancs, le poignet fin.

Il avait guetté le moment où elle lèverait enfin les yeux, où il découvrirait ses traits alors qu'il ne voyait même pas son profil caché par les longues mèches torsadées.

À la fin du cours, elle n'avait pas bougé, et ce n'est qu'après le départ du dernier des étudiants qu'elle avait fermé son cahier et s'était redressée.

Alors il avait vu ce visage qui ressemblait à celui des femmes de Botticelli. Puis il avait baissé les yeux, et sous l'écharpe bleue, entre les seins dont il avait imaginé la lourdeur, il avait aperçu cette étoile jaune, fleur aux lisières noires et portant en son centre ce mot, comme un coup de griffe, ce mot qu'il avait déjà lu, en lettres d'affiches, accroché à certaines façades, annonçant là une exposition sur *Le juif et la France*, et ici que cet immeuble avait appartenu à un juif.

Elle avait soutenu son regard et ils étaient sortis ensemble, sans avoir échangé un mot.

Elle portait un manteau bleu foncé, dont elle avait rabattu les revers si bien que l'étoile était cachée, mais Joseph avait pensé que cette chevelure était une sorte de provocation. Et il avait voulu, dès les premiers pas sur le boulevard Saint-Michel, puis tout au long du boulevard Saint-Germain, lui dire qu'elle devait découdre l'étoile. Mais ils avaient continué en silence, et elle avait feint de ne pas se rendre compte qu'il marchait près d'elle, jusqu'à la rue de Bellechasse.

Et là, brusquement, elle s'était arrêtée, et elle lui avait pris la main, la serrant fort, enfonçant même ses ongles dans sa peau.

Il avait aperçu, à quelques dizaines de mètres, une voiture et un camion arrêtés, des hommes qui sortaient des meubles et des tableaux d'une maison basse entourée d'un petit jardin fermé par des grilles. Un attroupement, sans doute les voisins, les concierges de la rue, s'était formé, et parfois s'élevaient des éclats de voix, joyeux, étonnés plutôt qu'hostiles.

Elle avait desserré sa main, mais Joseph la lui avait reprise, et il l'avait entraînée. Elle n'avait toujours pas dit un mot, alors il avait commencé à parler, à raconter. Il avait dit en riant qu'il était le fils d'un condamné à mort par contumace. N'avait-elle pas lu les titres des journaux, de *Paris Soir* ? Il avait fait mine de cracher. Un tribunal militaire avait prononcé cette sentence contre deux officiers, le général de Gaulle et le commandant Henri Forestier, qui avaient appelé à continuer la guerre. Forestier, c'était son père.

Tout en parlant, il lui avait pris le bras.

— Quoi qu'il arrive, avait-il martelé, la flamme de la résistance française ne doit pas s'éteindre et elle ne s'éteindra pas…

Un peu plus loin, il l'avait forcée à s'immobiliser. Il l'avait prise aux épaules, avait écarté les revers du manteau, soulevé l'écharpe bleue. Et il avait fait un geste pour arracher l'étoile. Mais elle l'avait repoussé. Elle avait crié :

— Je n'ai pas honte, je suis fière, d'autres la portent déjà !

Il l'avait secouée. Elle ne se rendait pas compte… Est-ce qu'elle savait que, lorsqu'on fusillait un condamné, on plaçait à hauteur de son cœur une marque blanche pour que les soldats la visent ? Pourquoi agissait-elle de même ? Pourquoi se désigner aux coups des bourreaux, des barbares, des assassins ? Il devait lui dire aussi qu'on avait assassiné sa mère, quelques mois avant le début de la guerre. Et ceux qui l'avaient tuée étaient les mêmes que ceux qui avaient condamné de Gaulle et son père à mort.

— Vous savez ce que de Gaulle a dit d'eux ? Qu'ils sont une clique de politiciens tarés, d'affairistes sans honneur, de fonctionnaires arrivistes et de mauvais généraux, avec à leur tête un vieillard de quatre-vingt-quatre ans, triste enveloppe d'une gloire passée, hissé sur le pavois de la défaite pour endosser la capitulation et tromper le peuple stupéfait.

Elle l'avait écouté, le visage tendu, les yeux un peu exorbités.

— Vous êtes seule ? avait-il demandé.

Elle avait seulement murmuré :

— Je m'appelle Sarah Liebman.

Il lui avait repris la main.

— Notre honneur, avait-il dit, ce n'est pas de se résigner à leurs coups, mais de les vaincre, vous comprenez ?

Il avait hésité, puis il avait répété :

— Vous comprenez, Sarah ?

Il lui avait raconté comment, il y avait trois jours, le 11 novembre, il s'était rendu à l'Arc de Triomphe parce qu'on lui avait chuchoté à la Sorbonne qu'il y aurait une manifestation pour célébrer la victoire de 1918.

Il avait réussi à franchir les barrages de la police française et à se glisser derrière ceux des Allemands.

Mais ils avaient tiré à la mitrailleuse. Il avait vu leurs side-cars rouler à toute vitesse sur les trottoirs, cherchant à renverser les quelques manifestants qui s'y trouvaient.

Il avait crié « Vive de Gaulle ! Vive la France ! », puis il avait filé. Il avait pu s'échapper. Quand les policiers français l'avaient arrêté, rue du Faubourg-Saint-Honoré, il avait menti. On ne l'avait pas cru, mais il n'avait jamais avoué sa participation à la manifestation. Jamais. L'héroïsme, ce n'était pas de se livrer, de s'exposer, mais de leur glisser entre les pattes. Au bout de quelques heures, un commissaire nommé Delsol l'avait fait libérer avec une dizaine d'autres étudiants.

Elle avait encore murmuré :

— Mon père s'est suicidé, au moment où on venait l'arrêter.

Il lui avait repris le bras. Il avait commencé à chuchoter qu'il pouvait l'héberger, mais que c'était inconfortable et imprudent.

La police avait placé les scellés sur l'hôtel Forestier, la condamnation à mort du père de Joseph impliquant la confiscation de ses biens, meubles et immeubles.

En arrivant de Mazenc, le château familial – « Vous viendrez, j'en suis sûr, là-bas, on est à l'abri », avait-il dit, interrompant son récit, lui serrant le bras – il s'était glissé dans la maison par une fenêtre donnant sur la rue des Irlandais. Et il vivait dans l'hôtel volets fermés, s'éclairant avec des bougies. Elle pouvait, si elle n'avait pas mieux, y cohabiter avec lui.

Elle n'avait pas répondu mais il avait eu l'impression qu'elle se laissait conduire, s'appuyant sur lui.

Ils avaient enfin atteint la rue de l'Estrapade.

Il avait montré la façade aux volets fermés de l'hôtel Forestier. Le portail qui donnait sur la rue était clos par des scellés.

Joseph l'avait entraînée rue des Irlandais. Dans le mur de l'hôtel, à hauteur d'homme, se trouvait une étroite fenêtre qui éclairait un petit réduit donnant sur le vestibule.

La rue était obscure et déserte. Joseph s'était hissé en s'accrochant aux rebords, avait poussé la fenêtre du front et plongé à l'intérieur. Puis il avait soulevé Sarah et, la recevant dans le réduit, il l'avait gardée contre lui. Elle haletait, il avait senti le mouvement de ses seins.

Dans le vestibule, il avait allumé une bougie.

La maison était une boîte noire et humide. Il avait ouvert la porte du salon qui donnait sur le vestibule et il s'était arrêté, comme chaque fois qu'il entrait dans cette pièce, pour fixer le mur blanchâtre, vide.

Lorsqu'il avait découvert pour la première fois, à son arrivée de Mazenc, qu'on ne s'était pas contenté d'apposer les scellés sur la porte de l'hôtel mais qu'on avait saccagé la maison, et surtout volé ce tableau, l'un des paysages de son enfance, un souvenir cent fois ressassé par son grand-père, il avait éprouvé du désespoir et de la haine.

C'était comme si on avait voulu lui rappeler qu'on avait tué son enfance en assassinant sa mère, en contraignant son père à l'exil, en le condamnant à mort.

Puis le désespoir avait disparu, et n'étaient restées que la haine et la détermination à se battre.

Il avait posé la bougie sur la cheminée.

Il avait cherché dans le tiroir de la petite table des ciseaux. Puis il avait placé une chaise devant la cloison. Et il avait invité Sarah à s'asseoir.

Elle lui avait paru abattue, presque trop docile.

Elle lui avait laissé ouvrir le manteau, écarter l'écharpe. D'un coup, il avait arraché l'étoile jaune.

Elle avait murmuré qu'elle voulait la porter, qu'elle avait été déclarée comme juive sur ses papiers, que son père s'était rendu au commissariat.

Joseph s'était assis en face d'elle.

— On refuse leurs lois. On s'échappe. On reste en vie pour tuer.

Il lui avait expliqué qu'il venait de prendre la décision de rentrer chez lui, à Mazenc, dès demain, avec elle. C'était son grand-père qui, en lui déconseillant de se rendre à Paris, avait eu raison. Un homme, que peut-être un jour elle connaîtrait, avait été du même avis. Il était juif aussi, mais il ne se laisserait pas prendre. Il voulait tenter de quitter la France, et il avait dû y parvenir, parce que quand on voulait vraiment on réussissait.

Est-ce qu'elle voulait vraiment survivre ? Est-ce qu'elle voulait vraiment venger son père ?

Elle n'avait pas répondu.

Il fallait passer la ligne de démarcation, avait-il affirmé. Les trains et les gares étaient surveillés. Elle ne devait pas se faire remarquer.

Il avait brandi les ciseaux, pour lui couper les cheveux.

Elle l'avait regardé avec des yeux affolés. Elle avait tendu les bras, comme pour l'éloigner, se défendre.

Avec cette coiffure, on ne remarquait qu'elle, avait-il affirmé. Il n'avait vu qu'elle ce matin en entrant dans la salle de cours. Elle attirait les regards. Et il fallait, en ces temps sombres, passer inaperçu. C'est aussi pour cela que les autres étudiants se tenaient à distance.

— Ils ont peur, comme si être juif c'était contagieux.

Il s'était placé derrière elle, et elle s'était mise à sangloter, sa tête allant d'une épaule à l'autre, et les mèches, comme les plis serrés d'un rideau, avaient balayé son dos.

Il avait hésité, se demandant s'il n'était pas mieux d'attendre, afin de l'habituer à cette idée. Il suffirait de trancher ces mèches demain matin, ou demain soir.

Il l'avait écoutée répéter « Je ne veux pas, je ne veux pas ».

Et puis il avait vu cette cloison vide, et il avait saisi le menton de Sarah de la main gauche, commençant à tailler les mèches rousses.

Après, il avait découvert cette nuque si frêle et ce corps si doux.

Joseph s'était assis sur le rebord de la fenêtre, pour regarder le ciel bleuir au-dessus du mont Ventoux et des créneaux irréguliers des Dentelles de Montmirail.

L'air avait déjà la tiédeur un peu sucrée d'un lait à peine trait.

La journée serait chaude.

Tout à coup, une voix éraillée qui venait de Mazenc avait peu à peu rempli tout le paysage, trouant le silence, semblant d'autant plus forte qu'elle était le seul bruit roulant sur les vignes. Mais après quelques minutes, les cris des oiseaux qu'elle avait réveillés l'accompagnaient.

Joseph, en se penchant, avait vu les hirondelles, les étourneaux former des tourbillons noirs au-dessus de la tour. Puis il avait aperçu la silhouette oscillante qui avançait sur le chemin qui va du cimetière au château.

Il avait reconnu à ce balancement de droite à gauche la démarche de Gustave Novera.

Celui-ci avait brandi le poing, hurlé :
— Ils ont attaqué l'URSS !
Puis il s'était remis à chanter, encore plus fort.

C'est la lutte finale
Groupons-nous, et demain
L'Internationale
Sera le genre humain.

18.

“ Michel Dussert voulait la collaboration totale et active avec l’Allemagne pour permettre la création d’une Europe nouvelle, rempart contre le bolchevisme… ”

Rapport du Major Klaus Gensher,
responsable des Services de renseignements à Paris,
à Obergruppenführer Kaltenbrunner, Gestapo, Berlin

« Paris, le 15 octobre 1942

« Les services de la Gestapo en France, avec l’appui des Services de renseignements de l’Abwehr, ont obtenu ces derniers jours de nombreux succès dans leur lutte contre le terrorisme et les menées gaullistes et communistes.

« Un groupe de terroristes, dirigé par le dénommé Vincent Gallois ou Mercœur, a été démantelé.

« Vincent Gallois a été arrêté avec l'aide des Brigades spéciales du commissaire français Morini.

« La police française a en effet transmis à la Gestapo et à l'Abwehr les dossiers qu'elle avait constitués sur Vincent Gallois dans les années d'avant-guerre.

« Interrogé à l'hôtel de Wiener, le chef terroriste a refusé de parler. Mais il a été reconnu comme l'auteur de plusieurs attentats contre des officiers et soldats allemands dans le métro – trois morts – et comme le responsable de l'attentat commis dans une salle de spectacle réservée aux troupes allemandes – cinq morts, trente blessés.

« Vincent Gallois est décédé durant son interrogatoire.

« Selon le commissaire Morini, l'entrée en guerre de l'URSS a permis aux communistes de se rapprocher des réseaux gaullistes.

« L'homme qui sert de lien entre Londres et les communistes français est un certain Elie Meyerhold, médecin juif allemand, naturalisé français.

« Le commissaire Morini nous a communiqué le dossier de Meyerhold. L'homme aurait été parachuté en France, après avoir séjourné à Londres.

« Selon certaines sources, le commandant Forestier (voir dossier joint) aurait lui aussi regagné la France ces dernières semaines, pour prendre le commandement de l'Armée secrète qui regroupe les militaires favorables à la reprise des hostilités contre l'Allemagne. Mais il séjournerait en zone Sud, ce qui rend son interpellation plus délicate.

« Nous avons pris contact avec des personnalités françaises, engagées dans la voie de la collaboration, afin qu'elles facilitent nos actions de renseignements et de répression.

« Mais l'évolution de la situation de la guerre a provoqué un changement d'attitude parmi ces personnalités.

« Certaines – Michel Dussert, Eugène Deloncle, Filliol, Jacques Machecoul – se sont engagées plus avant dans la coopération franco-allemande depuis l'entrée en guerre de l'URSS.

« J'ai vu à plusieurs reprises Michel Dussert. Il voulait la collaboration totale et active avec l'Allemagne pour permettre la création d'une Europe nouvelle, rempart contre le bolchevisme.

« Le journal de Michel Dussert, *La Voix nationale*, est le porte-parole de cette politique de collaboration. Il a soutenu l'action de la police parisienne qui, sous la direction du commissaire Morini, a organisé, le 16 juillet 1942, une rafle de grande envergure afin de nettoyer Paris des familles juives qui s'y trouvaient encore en grand nombre.

« La direction actuelle de la banque Dussert-Speicher et Fils, pourtant assurée par Xavier Dussert, le propre fils de Michel Dussert, a souhaité ne plus financer *La Voix nationale*. Michel Dussert est entré en conflit ouvert avec le président du directoire de la banque, Martin de Boissier, fils de Léon de Boissier (voir ci-après).

« Nous avons décidé de verser régulièrement des fonds à *La Voix nationale*.

« Par ailleurs, Michel Dussert nous a fourni des informations précieuses sur l'attitude de personnes qui exercent une influence sur le maréchal Pétain.

« Le docteur André Machecoul – fils de l'ancien député Jacques Machecoul – qui veille en permanence sur le Maréchal n'a pas de véritable rôle politique, mais il pense – comme Léon de Boissier ou le général Robert de Taurignan, autres personnalités de l'entourage de Pétain – que, l'URSS et surtout les États-Unis étant maintenant en guerre contre l'Allemagne, l'intérêt de la France est de pratiquer une politique beaucoup plus réservée à l'égard du Reich en se rapprochant de Washington.

« Le général Robert de Taurignan, auquel le maréchal Pétain avait confié la direction de l'École de formation des cadres du nouvel État français, a renoncé à cette fonction. On dit qu'il a pris contact avec les membres de l'Armée secrète.

« Son fils, le lieutenant Cédric de Taurignan, a gagné Londres et sert dans les Forces françaises libres.

« L'entourage de Pétain est donc favorable à un changement graduel de camp.

« Le "retournement" pourrait avoir lieu à l'occasion d'une initiative américaine en Afrique du Nord, dont on évoque de plus en plus la possibilité.

« La flotte française de Toulon pourrait alors gagner Alger et Oran, et les troupes françaises rentrer dans la guerre, le maréchal Pétain quittant Vichy pour l'Algérie.

« Il est donc de la plus haute importance que le quartier général du Führer soit en mesure de procéder rapidement à l'occupation de la zone Sud.

« Major Klaus Gensher. »

19.

« La politique
et la guerre,
c'est la roulette
russe. On gagne
ou on perd.
Mais quand
on a fait tourner
le barillet,
il est impossible
de l'arrêter... »

Michel Dussert avait regardé sa main.

Il l'avait fermée et ouverte devant ses yeux et, comme souvent, il avait pensé, avec un sentiment d'amertume : « Ma seule main. »

Il avait donné l'autre en 1917. Le bras droit était parti avec. Et depuis vingt-cinq ans, il ne se passait pas d'heure sans qu'il imagine qu'il allait pouvoir saisir un journal, un verre, ou le sein d'une femme avec cette main absente, à laquelle il continuait d'avoir mal.

Il avait posé sa main, sa seule main, sur son genou

gauche, et il avait regardé la fille qui s'était appuyée à la porte de la chambre.

Elle avait, sous les voiles et les fanfreluches, le corps nu. Elle attendait, comme toutes les autres avaient attendu dans cette chambre que Mme Victor lui avait réservée depuis qu'il avait pris l'habitude de passer rue de Provence deux ou trois fois par semaine, pour imaginer qu'il avait un corps entier, capable d'attirer, d'émouvoir une fille jeune.

Mais il n'avait jamais réussi plus de quelques minutes à oublier qui il était.

Au bar, au moment où il allait choisir cette fille qu'il n'avait encore jamais vue – « Toute nouvelle, sans expérience, avait murmuré Mme Victor, vous la ferez à votre main », et elle avait pouffé, qu'aurait-il pu faire lui sinon rire aux éclats ? –, il avait aperçu le major Klaus Gensher, le visage aussi impassible que dans son bureau de l'hôtel de Wiener.

L'officier se tenait assis, très droit, ne semblant même pas voir les deux filles installées, jambes croisées haut, en face de lui. Dès qu'il avait terminé de boire sa coupe, elles la remplissaient de champagne.

Gensher avait incliné la tête pour le saluer, et Dussert avait eu hâte de s'isoler dans la chambre.

Il avait fait signe à la fille et elle était montée devant lui, en se dandinant. Mais dans le corridor tapissé de velours rouge, il s'était heurté au vieux Machecoul, bedonnant, essoufflé, les joues empourprées.

Machecoul lui avait pris le bras, l'avait attiré dans la chambre qu'il venait de quitter, et où déjà des soubrettes étaient en train de refaire le lit.

Machecoul les avait chassées. Il s'était laissé tomber dans un fauteuil.

— On ne se voit jamais, mon cher, avait-il dit à Dussert. Il faut que ce soit au bordel que nous nous rencontrions ! Enfin, mieux vaut ici que nulle part.

Dussert avait voulu s'éloigner, mais Machecoul s'était levé difficilement, lui saisissant à nouveau le bras.

— Ah non, ne vous défilez pas. Je veux votre avis. Qu'est-ce que vous pensez de la situation ? Vous voyez les boches, vous ! Moi, ils m'ignorent, avec ce que je fais pour eux ! Je risque ma peau. J'ai voulu interroger ce major, Gensher, qu'on dit l'officier le plus important de Paris après von Stülpnagel. Il n'a pas desserré les dents !

Machecoul avait baissé la voix.

— Ils se sont fait rosser à Stalingrad, ils le reconnaissent. Ils ont décrété un deuil de huit jours. Huit jours, c'est dire ! Ils auraient perdu plusieurs centaines de milliers d'hommes. Verdun, à côté…

— Vous n'étiez pas à Verdun, avait dit Dussert avec mépris. Excusez-moi, Machecoul, je n'aime pas faire attendre une femme.

— Une putain, Dussert, ne me racontez pas d'histoires !

Dussert avait voulu se dégager, mais Machecoul lui avait serré le bras. Et comment repousser quelqu'un quand on n'a qu'une seule main ?

— Les Américains sont en Afrique du Nord, les Allemands reculent en Russie, quant aux Italiens, ils vont retourner leur veste à la première occasion. Vous connaissez le mot de Louis XV : « Monsieur de Savoie ne termine jamais une guerre dans le camp où il l'a commencée ! » Et nous, Dussert, nous qui nous sommes mouillés jusque-là – il avait de sa main gauche, car le salaud avait deux mains, touché son front – nous allons être les dindons de la farce. Les communistes sortiront la guillotine.

— Une balle dans la nuque plutôt, comme avec les officiers polonais ! avait répliqué Dussert.

— Vous avez le cœur à plaisanter ? s'était indigné Machecoul.

— Voyez-vous, avait repris Dussert, la politique et la guerre, c'est la roulette russe. On gagne ou on perd. Mais quand on a fait tourner le barillet, il est impossible de l'arrêter.

— Allons donc, Dussert, tout le monde triche !

Machecoul lui avait soufflé au visage son haleine qui sentait l'alcool. Ce type puait et suait.

— Voulez-vous que je vous énumère ceux qui ont pris des garanties avec l'autre camp ? avait-il continué. Mon fils, André, a tout fait pour qu'au moment où les Américains débarquaient en Afrique du Nord Pétain fiche le camp à Alger. Je n'arrive même plus à obtenir un rendez-vous avec lui ! Et Léon de Boissier, c'est la même chose. Ne parlons pas du général Robert de Taurignan…

Dussert avait enfin réussi à se dégager. Il avait d'un coup d'épaule écarté Machecoul puis, du seuil de la chambre, avait lancé :

— Votre général de Taurignan, le major Gensher s'est chargé de lui. Il a été arrêté la semaine dernière à Paris.

— C'est effrayant, avait balbutié Machecoul. Taurignan était un esprit raisonnable, qui aurait pu plaider en notre faveur. Je connaissais fort bien son père, maître Maurice de Taurignan.

Machecoul paraissait effondré, le menton sur la poitrine.

— Ce ne sont pas les Allemands mais nous qui allons payer, Dussert…

— Le barillet n'a pas fini de tourner, avait répondu Dussert en quittant la pièce.

La fille était appuyée au cadre de la porte de la chambre voisine, et elle n'avait pas bougé quand Dussert était entré dans la chambre, si bien qu'il l'avait frôlée avec son moignon, et il avait deviné qu'elle frissonnait, sans doute d'effroi ou de dégoût.

Il s'était assis dans le fauteuil recouvert de cretonne rouge, comme le tissu des murs du couloir.

Rouge, couleur du sang, couleur des drapeaux de guerre, couleur des lèvres de cette fille qui maintenant était adossée à la porte refermée, les jambes écartées, cambrée, ses deux mains nouées sur sa nuque, soulevant ses cheveux dans lesquels était piquée une fleur rouge.

Mais Dussert avait fermé les yeux. L'épaule le faisait souffrir, et il avait maudit ce pleutre de Machecoul qui l'avait retenu et avait versé en lui le poison de la peur.

Toutefois, il ne ressentait pas la peur, seulement de l'amertume et de la rage.

Si Machecoul avait su ce qui s'était passé cet après-midi, dans la salle de réunion au siège de la banque Dussert-Speicher et Fils, boulevard Saint-Germain, il aurait sué encore plus, de trouille, de lâcheté !

Il avait entendu Xavier, son propre fils, lui annoncer que le conseil de surveillance avait décidé de l'écarter de toute responsabilité, de le dépouiller de tout pouvoir au sein de la banque.

— Vous comprenez, père, avait dit Xavier, l'évolution de la situation exige qu'il y ait une séparation nette entre vous qui avez, et cela vous honore, tout le monde l'a souligné, choisi de participer à la vie publique, avec sa gloire et ses risques, et la banque.

Michel Dussert avait posé sa seule main, doigts écartés, bien à plat sur la table, comme pour essayer d'affirmer que tout cela était à lui, encore.

Mais Xavier avait poursuivi.

— J'ai été désigné, élu, pour assumer la présidence du directoire en lieu et place de Martin de Boissier, qui devient vice-président, chargé des relations internationales de la banque.

— Relations internationales, avait ricané Michel Dussert. Qu'est-ce que vous entendez par là ?

— Martin de Boissier a ouvert en Suisse, à Zurich, une succursale de notre banque, qui désormais nous représente pour toutes les activités mondiales. Vous en voyez l'avantage…

Michel Dussert avait fermé la main, sa seule main. Ils étaient malins, ils allaient s'associer à des banques de Londres et de New York, se dégager de l'emprise et de la surveillance allemandes. Ils préparaient l'après-guerre.

Il avait éprouvé un sentiment de dégoût.

Sans doute le bureau de Zurich finançait-il certains réseaux de résistance, qui sauraient, si besoin était, s'opposer aux communistes.

Dussert s'était senti las.

Ils avaient joué juste. Les Américains et les Anglais, s'ils gagnaient la guerre, auraient besoin d'hommes comme ceux-là. Habiles et prudents.

Après tout.

Il aurait dû être fier de son fils… Pourtant, au contraire, il s'était senti trahi, comme si Xavier lui avait échappé, avait été le stratagème posthume imaginé par le vieil Olivier Dussert, son père, pour le faire souffrir et l'humilier.

Michel Dussert s'était levé.

— Martin de Boissier est à Zurich ou à Alger, chez de Gaulle ?

Il avait lancé cela comme une boutade et la réponse de Xavier l'avait atteint tel un tranchant de la main, quand il frappe le cou.

— Naturellement, nous avons noué avec le gouvernement provisoire du général de Gaulle les contacts nécessaires. Et Martin a déjà fait plusieurs séjours à Alger. Mais – il avait incliné la tête et soupiré – le voyage entre la Suisse et Alger reste incertain et dangereux.

Michel Dussert n'avait pas répondu. Peut-être, s'il avait eu une grenade, l'aurait-il lancée. Mais aurait-il pu la dégoupiller avec sa seule main ?

Michel Dussert était resté longtemps immobile sur le perron du siège de la banque, ne répondant pas aux saluts des visiteurs qui se succédaient, reconnaissant pourtant des membres de la commission bancaire franco-allemande, un ambassadeur suédois dont chacun savait qu'il était le représentant à Paris des intérêts anglo-américains.

Il avait eu le sentiment, comme après son amputation en 1917, d'avoir été floué.

On lui avait alors arraché son bras, sa main, et il avait retrouvé, à l'arrière, dans les bordels, dans les bars, au directoire de la banque, les embusqués. Son père, Olivier, ne l'avait pas traité en héros, mais – il avait employé le mot – en crétin qui n'était pas digne d'être un grand banquier parce qu'il avait été dupe, qu'il avait cru aux discours et aux fanfares ! Et quand il lui avait annoncé qu'il allait être candidat aux élections législatives dans la Drôme, Olivier l'avait regardé avec commisération.

— C'est tout à fait pour toi, avait-il commenté.

Et c'était maintenant son fils qui lui faisait la leçon !

Une fois encore, Michel Dussert avait pensé qu'il avait choisi la mauvaise route. Mais il était trop tard. On allait lui arracher son second bras, sa seule main, et la tête avec.

Il avait aperçu son chauffeur, qui attendait près de la portière ouverte.

Il était monté dans la voiture, et avait encore laissé passer quelques minutes avant de dire qu'il voulait se rendre rue de Provence.

Le chauffeur savait.

Depuis des années, peut-être depuis 1925, près de vingt ans donc, Michel Dussert fréquentait cette maison, la plus « close » de Paris.

Il avait même baisé avec celle qui n'était alors qu'une pensionnaire de dix-sept ans, qu'on appelait Madeleine, d'origine corse, disait-on, et qui avait des cheveux noirs si longs qu'ils cachaient ses petits seins.

Elle n'était pas restée longtemps pensionnaire, putain de bar que se disputaient les députés et les diplomates ou les officiers généraux, ces clients distingués qui seuls avaient accès aux salons de la maison.

Madeleine était devenue, dans les années 30, Mme Victor, et on ne lui embrassait plus que la main.

Elle avait encore accentué ce qu'un client avait appelé la « clôture », ne recevant comme nouveaux clients que des hommes qui lui avaient été présentés par un habitué dont elle connaissait la situation de fortune et les vices.

On avait vu chez elle Stavisky et Eugène Deloncle, l'escroc et ses dénonciateurs, les cagoulards et des députés du Front populaire. Et l'on disait que le lieu était d'autant plus sûr, une sorte de terrain neutre comme autrefois les églises et les couvents, que le commissaire Morini en assurait la protection.

En même temps, il exigeait des filles de lui faire chaque jour un rapport détaillé sur ces Messieurs qui leur rendaient visite. Elles devaient noter sur des fiches cartonnées qu'il leur fournissait les propos, les apartés et les perversités de leurs clients.

Lui-même avait, dit-on, son rond de serviette dans la salle à manger de Mme Victor, et sa brosse à dents dans la salle de bains.

On prétendait, mais cela faisait partie du mystère du lieu, que Morini était originaire du même village que la jeune Madeleine, et qu'il avait assuré sa promotion avec l'aide du milieu corse, si puissant à Paris.

La guerre n'avait rien changé aux habitudes de la maison.

Mme Victor avait accueilli les officiers allemands que lui avaient présentés ses « amis » français. Elle avait coutume de dire que, pour elle, les hommes n'avaient que leur portefeuille et leurs vices pour nationalité.

Dussert, d'un mouvement de la tête, avait ordonné à la fille d'avancer.

Elle s'était approchée, écartant ses voiles, les deux mains sur ses fesses, montrant son sexe et ses seins. Elle s'était déhanchée, avec dans le regard de l'inquiétude. Peut-être s'était-elle demandé ce qu'allait bien vouloir exiger ce mutilé ?

Elle s'était penchée vers lui, la bouche entrouverte. Elle s'était agenouillée et elle avait posé ses lèvres sur sa main.

Il l'avait retirée. Il avait giflé la fille de toute la force de son seul bras.

Elle avait basculé, se recroquevillant comme un animal craintif.

Il avait fouillé dans sa poche, avec cette unique main qu'on lui avait laissée, et il lui avait lancé une liasse de billets.

Puis il avait quitté la chambre.

20.

“ Vous
tomberez
dans une
souricière,
ou bien elle
vous livrera.
Et vous n’aurez
peut-être pas
le temps de vous
suicider… ”

Henri Forestier avait regardé son visage dans le miroir terni.

Il s’était appuyé des deux mains au lavabo, puis il s’était penché en avant jusqu’à ce que sa vue se trouble et qu’il ait la sensation qu’il allait vomir, perdre l’équilibre, comme si tout son corps protestait à l’idée d’être ce nouveau visage.

Il avait reculé, s’accrochant au lavabo, et les traits s’étaient précisés, nets, mais le malaise, comme chaque fois que Henri s’examinait, cherchait à entrer dans ce personnage, ce visage qu’on avait modelé pour lui, était demeuré.

Il l'avait ressenti pour la première fois quatre mois auparavant, en décembre 1943, lorsque les spécialistes du BCRA et de l'Intelligence Service lui avaient présenté sa nouvelle identité, l'homme qu'il allait être désormais, dès qu'il aurait embarqué dans l'avion qui devait le parachuter en France.

Il serait Paul-Henri Fournier, professeur retraité. Il aurait ce visage-là, qu'on allait coller sur le sien, moustache grise, cheveux blancs soigneusement tirés en arrière et lunettes à grosse monture d'écaille noire.

Il avait dit :

— Je ne pourrai pas.

Et il avait tenté une fois encore d'obtenir qu'on le parachutât tel qu'il était, avec de faux papiers certes, mais avec son vrai visage, les cheveux coiffés différemment soit, mais de leur couleur naturelle, noirs, à peine grisonnants. Et il ne voulait pas laisser pousser sa moustache.

— Dans ces conditions, avait répété le colonel Passy qui dirigeait le BCRA, vous ne partirez pas, Forestier. Nous avons assez de morts comme ça !

Henri savait Passy hostile à son parachutage en France.

Le colonel ne l'avait jamais caché à de Gaulle. Le commandant Henri Forestier, avait-il dit, était dépositaire de trop de secrets pour qu'on prenne le risque de le voir tomber entre les mains d'hommes qui étaient capables de faire avouer à un morceau de planche de quel arbre, de quelle forêt, de quelles mains de menuisier il était issu !

De Gaulle s'était tourné vers Henri, l'avait fixé, avait murmuré que l'on avait perdu beaucoup d'hommes et les meilleurs, Brossolette, le général Delestraint, Jean Moulin… Il avait ajouté à mi-voix qu'il ne parlait que des plus notables mais qu'il y en avait des dizaines d'autres, à croire que la Gestapo possédait la liste complète des agents de la France combattante, le nom de tous les chefs de réseau et des membres de l'état-major de la Résistance.

— Le général Delestraint, Jean Moulin, avait-il répété.

Puis il s'était levé, avait marché jusqu'à la fenêtre de cette villa des hauteurs d'Alger d'où l'on dominait toute la ville et la rade.

C'était le soir, le crépuscule mêlait au bleu sombre de la mer des reflets rouges.

— Certains, avait repris de Gaulle, sont allés au bout de l'infamie. Ils se servent de l'ennemi pour se débarrasser de leurs rivaux. Ils pensent tous aux lendemains de la Libération. Il veulent rester seuls dans l'arène, afin d'imposer leur loi au pays. Moulin a été dénoncé parce qu'il s'opposait à cette politique-là. Delestraint a été arrêté pour les mêmes raisons. Les Allemands se prêtent à ce jeu, dont ils ont compris les règles. Ils en sont les bénéficiaires. Quant à nos alliés américains – de Gaulle avait avancé la lèvre inférieure, marquant son dégoût –, ils financent tous ceux qui me sont hostiles. Ils versent en Suisse, ou des banques le font à leur place, les deniers de la trahison, et Moulin et ceux qui me sont fidèles sont livrés à la Gestapo !

De Gaulle était retourné s'asseoir après avoir d'un geste brusque écarté les volets.

— Voilà ce qui se passe, Forestier, avait-il repris. Voilà dans quelle fosse aux serpents vous désirez vous précipiter. Et vous voudriez y aller en plus avec votre tête ? Ou vous en changez, ou vous restez auprès de moi.

Henri avait donc accepté de devenir ce sexagénaire au regard voilé qui poliment saluait la concierge du 9 rue Lafayette d'un grand coup de chapeau, laissant voir ses cheveux blancs.

Il avait pris l'habitude, comme on le lui avait conseillé, de traîner un peu les pieds, de marcher lentement, comme un homme fatigué.

On lui avait dit de ne jamais dévoiler à qui que ce fût sa véritable identité. L'un des responsables des mouvements de résistance qu'il allait rencontrer était peut-être – sûrement, avait indiqué Passy – un traître. Et s'il découvrait que Paul-Henri Fournier était le commandant Henri Forestier, l'un des collaborateurs les plus proches du général de Gaulle depuis les années 30, il le livrerait aussitôt. S'il l'ignorait, une partie complexe s'engagerait, et Henri avait des chances de démasquer le traître avant que celui-ci ne le dénonce.

— Voilà, avait dit Passy.

Il avait posé devant Henri deux petites pastilles de cyanure qu'on allait introduire à l'intérieur de ses dents. Et qu'il pourrait croquer en cas de besoin.

— Si on vous en laisse le temps, avait-il ajouté.

Devant le miroir, Henri avait ouvert la bouche, passant sa langue sur ses molaires creuses qu'il pouvait faire pivoter en appuyant fortement sur leurs flancs.

Après, il lui resterait à écraser les pastilles d'un coup sec.

Il avait commencé à se raser, pensant à ces hommes qu'il avait connus, Brossolette, Moulin, Delestraint, Meyerhold, qui tous avaient été pris, étaient morts sous la torture, ou bien avaient été fusillés ou déportés.

Il n'avait appris l'exécution de Meyerhold qu'après son arrivée en France, quand il avait vu dans les rues de Paris ces affiches rouges qui comprenaient quelques portraits de résistants arrêtés. « L'armée du crime », indiquait en lettres noires le texte de l'affiche.

Henri avait marché plus lentement encore pour pouvoir lire ces noms, observer ces visages, et parmi eux ceux d'Elie Meyerhold.

Et ç'avait été la plus vive douleur qu'il avait éprouvée, peut-être depuis l'assassinat de Maria.

Il s'était rendu compte à cet instant-là qu'il avait uni Maria et Elie dans sa mémoire, comme s'ils avaient été le vrai couple, et lui seulement le parent le plus proche.

Il était rentré rue Lafayette, avait salué de son coup de chapeau la concierge, qui l'avait interrogé, bienveillante :

— Ça ne va pas, aujourd'hui, monsieur Fournier ? Vous semblez fatigué.

Il s'était voûté un peu plus. Il avait parlé de l'âge qui pesait, et elle avait chuchoté qu'il n'y avait plus longtemps à attendre, que le débarquement des Américains était pour bientôt et que les « fridolins » allaient déguerpir, ils avaient fait assez de mal comme ça, n'est-ce pas ?

Il s'était contenté de hocher la tête.

Il avait souffert de ne pouvoir écrire, téléphoner, voir son père et son fils, dont il ne savait plus rien. C'était Meyerhold qui le ramenait ainsi à Joseph, au plus intime de sa vie, au souvenir de Maria, à cette chambre de la villa de Trèves où elle avait accouché.

Cette nuit-là, il avait eu froid dans ce petit appartement humide et obscur de la rue Lafayette. Il était resté éveillé, cherchant à rassembler tous les fils qu'il avait un à un isolés depuis qu'il enquêtait, afin de comprendre pourquoi la Gestapo, l'Abwehr et aussi la Milice, les groupes de protection de Deloncle, les Brigades spéciales de Morini remportaient tant de succès dans leur lutte contre la Résistance.

Étaient-ils servis par la chance, les imprudences ou la témérité des résistants ? Ou bien, comme l'avait pensé de Gaulle, quelqu'un dans l'ombre leur avait-il livré Brossolette, Delestraint, Moulin, Meyerhold et leurs camarades ? Il avait décidé de rencontrer ce responsable communiste qui se faisait appeler Raymond Huart. Passy lui avait indiqué que cet homme, qui n'avait pas quarante ans, jouait un rôle essentiel dans l'appareil clandestin du parti. Il avait des contacts avec les espions du groupe de l'Orchestre rouge, qui renseignait directement Moscou. Meyerhold avait approché et transmis des informations sur leur chef, Léopold Trepper.

Huart dirigeait aussi les groupes de la Main-d'Œuvre immigrée, qui avait organisé plusieurs attentats, notamment celui qui avait provoqué la mort de Jacques Machecoul, l'une des personnalités d'avant-guerre les plus engagées dans la collaboration.

Raymond Huart, avait précisé Passy, de son vrai nom Roland Mercœur, avait connu peu avant la guerre Elie Meyerhold, et avait possédé une importante fortune qu'il avait mise à la disposition du parti communiste. C'est dans l'hôtel de Wiener qui lui appartenait, avenue Hoche, que l'Abwehr et la Gestapo s'étaient installées.

De boîte aux lettres en boîte aux lettres, de contact en contact, Henri s'était enfin trouvé face à Roland Mercœur, dit Huart, dans un vaste appartement de l'avenue Hoche, à quelques centaines de mètres à peine de l'hôtel de Wiener.

— Le major Gensher ne nous cherchera pas ici, avait dit Mercœur.

Il était habillé avec une élégance discrète qui pouvait le faire passer pour un médecin mondain.

Ils s'étaient observés, n'échangeant que quelques mots, puis Henri avait poussé la première pièce :

— Ces attentats sont coûteux... Après la mort de Jacques Machecoul, la Milice a exécuté vingt résistants.

— C'est le prix qu'il faut payer, avait répondu Mercœur d'une voix sèche. Les collabos tremblent et commencent à se terrer. C'est nous qui apparaissons comme le pouvoir de demain.

— Nous ? avait murmuré Henri.

— La Résistance, avait corrigé Mercœur en souriant. Le rapport de forces change. Des gens inattendus nous renseignent, nous aident.

— Ils se dédouanent, ils prennent une assurance pour l'après-libération. Ils souhaitent ainsi qu'on passe l'éponge.

— Ça vous étonne ? Comme toujours, les gens vont vers le vainqueur.

Il avait haussé les épaules, allumé une cigarette, la tête un peu levée, aspirant lentement la fumée puis la rejetant en la suivant des yeux.

— Les girouettes s'orientent selon le vent majeur, avait-il ajouté. Une patronne de bordel – le bordel le plus huppé et le plus fermé de Paris, rue de Provence, là où se retrouvent à la fois les officiers de l'état-major allemand et les collaborateurs les plus notoires, et que fréquentait un homme comme Jacques Machecoul – a pris contact avec un réseau de résistance. Pas l'un des nôtres bien sûr, les communistes effraient – il avait regardé Henri. Et nous savons qu'elle a commencé à fournir des renseignements utiles. Ces Messieurs parlent en baisant, ou avant, ou après.

Henri, tout à coup, avait eu la sensation que Roland Mercœur se jouait de lui, évitant d'aborder les questions importantes.

On avait appris à Londres et à Alger que les communistes se préparaient à déclencher, après le débarquement, une insurrection à Paris, et qu'ils pensaient peut-être ainsi s'emparer du pouvoir dans la capitale. Sur l'autre bord de la Résistance, on voulait s'opposer à cette tentative. Et la France risquait d'être le théâtre d'une guerre civile, avec des armées étrangères sur son sol, les Allemands en retraite et les Américains imposant leur loi.

« Il faut rassembler, Forestier, rassembler », avait dit de Gaulle.

Et pour cela, il fallait isoler ceux qui faisaient passer leur esprit de clan, leur intérêt de parti avant celui de la patrie. Il fallait démasquer ceux qui trahissaient, livrant aux Allemands des patriotes pour éliminer des rivaux.

— Qui nous trahit ? avait dit Henri, interrompant Mercœur.

Il avait énuméré les noms de ceux qui étaient tombés.

— Nous avons perdu des centaines de camarades, avait répondu Mercœur, la bouche serrée. Vincent Gallois a été torturé jusqu'à ce que mort s'ensuive, là, dans l'hôtel de Wiener, à deux pas.

— Elie Meyerhold ? avait interrogé Henri.

— La guerre implique la mort de bien des combattants.

— Qui nous trahit ? avait répété Henri.

Mercœur avait d'abord paru ne pas vouloir répondre à la question.

Mais sans doute était-ce une feinte, puisqu'il s'était mis à parler, marchant dans ce grand salon, passant devant la porte vitrée qui donnait sur le vestibule et derrière laquelle se tenaient ses deux gardes du corps.

On savait, avait-il dit, qui avait donné Gallois, qui avait livré à la Gestapo et aux Brigades spéciales de la police française du commissaire Morini les chefs de la Main-d'Œuvre immigrée. On avait même tenté de pénétrer les organisations clandestines du parti.

À la fin, après un silence, Mercœur avait donné le nom de Louise Véran, qui avait pris depuis la guerre une nouvelle identité, et dont ils avaient localisé le domicile, rue du Four.

Il avait semblé à Henri que Mercœur ne le quittait pas des yeux en prononçant le nom de Louise.

— Nous allons l'abattre. Nous la surveillons, nous la laissons s'enferrer. Peut-être nous dévoilera-t-elle quelque chose ? Mais dans quelques jours, nous l'exécutons.

— Je veux un sursis, je veux la voir, avait coupé Henri en se levant.

Mercœur n'avait pas semblé surpris, et Henri s'était demandé s'il ne connaissait pas sa véritable identité, n'ignorant rien du fait qu'autrefois il avait connu Meyerhold et Louise.

Qui sait si Mercœur ne cherchait pas seulement à compromettre un proche du général de Gaulle, à l'éliminer, comme avaient été jetés hors du jeu Brossolette, Delestraint, Moulin, Meyerhold.

— À vos risques et périls, avait-il dit. Mais je désapprouve. Vous tomberez dans une souricière, ou bien elle vous livrera. Et vous n'aurez peut-être pas le temps de vous suicider. Nous allons prendre nos précautions, si vous maintenez votre intention, et couper tout lien avec vous.

— Je veux un sursis, je veux la voir, avait répété Henri.

Mercœur s'était levé à son tour.

— Elle a basculé dès le début, sans doute dès l'été 40. Ils ont dû l'effrayer. Mais peut-être était-elle déjà au service de l'Abwehr avant guerre. Pour nous, elle est responsable de la mort de Gallois et de celle de Meyerhold. Nous l'avons condamnée.

Elle portait le nom de Louise Gouraud. Elle habitait 24 rue du Four, au premier étage.

Henri s'était installé à la terrasse du café qui se trouvait en face de l'immeuble.

Il l'avait vue sortir, rentrer, toujours seule.

Elle avait les cheveux flous, comme lors de leur première rencontre, et la même silhouette. Mais elle portait des vêtements plus élégants, un tailleur gris à la veste un peu évasée, à la jupe serrée, et des chaussures à la mode, avec des semelles épaisses.

Il était monté derrière elle, s'arrêtant à chaque marche, le temps pour lui de se souvenir des quelques mots échangés rue de l'Estrapade, du mouvement de ses cheveux sur ses joues lorsqu'elle l'avait embrassé, de sa robe ample sur ses jambes nues et de ses souliers plats.

Il avait encore hésité au moment de sonner, touchant avec la pointe de sa langue les molaires, envisageant qu'il aurait peut-être dans les minutes qui allaient suivre à presser sur ses dents, à mourir.

Elle avait ouvert. Elle l'avait regardé fixement puis elle s'était effacée, afin de le laisser entrer. Elle lui avait paru amaigrie, les yeux enfoncés plus profondément qu'autrefois dans les orbites.

Elle s'était assise dans une pièce nue, lui montrant un fauteuil en face d'elle. Et elle avait croisé les jambes, les mains nouées autour de l'un de ses genoux, ne disant rien.

Henri s'était demandé si elle l'avait reconnu, ou bien si elle l'avait fait entrer parce qu'il pouvait être soit un agent de l'Abwehr, soit un de ces résistants dont Mercœur avait affirmé qu'elle les trahissait. Et si c'était le cas, les policiers allemands ou français allaient surgir, ou le suivre quand il quitterait l'appartement.

Allait-il lui parler du passé ?

— Il faudrait que vous quittiez cet appartement, avait-il murmuré, vous êtes en danger ici.

Elle n'avait pas bougé.

— Certains vous soupçonnent, avait-il repris, plus bas encore. Et par les temps qui courent, on n'a pas le temps de vérifier si les accusations sont fondées. On tue d'abord, vous le savez.

Elle s'était levée, avait pris une cigarette dans un paquet posé sur la cheminée, puis s'était à nouveau assise en face de lui.

Il n'avait pas réfléchi. Il avait écrit rapidement son adresse et son numéro de téléphone. Et il avait senti, lorsqu'il lui avait donné ce petit carré de papier, qu'il commettait une imprudence.

— Voilà, avait-il dit, si vous avez besoin de moi.

Elle l'avait raccompagné jusqu'à la porte. Elle n'avait pas prononcé un mot. Il avait un moment espéré qu'elle se dresse sur la pointe des pieds, qu'elle l'attire vers lui, mais elle était restée figée.

Quand il s'était retourné après avoir descendu quelques marches, il l'avait vue qui le suivait des yeux.

Il avait eu la tentation de remonter, de l'entraîner, de l'arracher à cet appartement, à ce piège dans lequel elle était tombée.

Mais qui l'avait préparé ? Qui allait en refermer la trappe ?

Henri n'était plus sorti de chez lui, restant assis dans la petite pièce de l'appartement de la rue Lafayette, un revolver posé près de lui. Il était résolu, si la police allemande forçait la porte, à tirer pour se donner le temps d'avaler le cyanure. Il ne voulait pas être pris vivant.

Il avait attendu avec l'angoisse exaltée d'un joueur. Il avait fait un pari. Si Louise était telle que Roland Mercœur l'avait décrite, elle le livrerait à la Gestapo. Il était une proie recherchée. Après Jean Moulin et Brossolette, il était le plus important des envoyés de De Gaulle en France. On pouvait espérer le faire parler.

Et si Louise était innocente, il pouvait continuer d'habiter sans danger cet appartement.

Mais il avait prévu aussi que Roland Mercœur pouvait le livrer aux nazis en faisant croire que c'était Louise Véran qui l'avait dénoncé.

Peut-être, s'il mourait entre les mains des Allemands, ne saurait-il jamais qui avait provoqué son arrestation…

Il avait attendu un jour entier, puis une nuit. Une nuit blanche, avec ces vers du poète Jean Amy qui revenaient sans cesse et que de Gaulle un jour avait récités devant lui, évoquant la mémoire des patriotes martyrisés.

Ce sang ne séchera jamais sur cette terre
Et ces morts battus resteront exposés,
Nous grincerons des dents à force de nous taire
Nous ne pleurerons pas sur ces croix renversées
Mais nous nous souviendrons de ces morts sans [mémoire
Nous compterons nos morts comme on les a [comptés.

Au matin, il s'était retrouvé devant le miroir terni, avec ce visage qu'il ne reconnaissait toujours pas.

Il avait à nouveau attendu. Et ç'avait été un second jour, une autre nuit blanche. Et le lendemain, ce visage étranger auquel il était encore confronté.

Louise ne l'avait pas dénoncé.

Peut-être les accusations portées contre elle n'étaient-elles que le moyen pour Mercœur de se débarrasser d'une femme qui, en 1939, avait été le témoin des hésitations communistes ? Peut-être voulait-on lui faire payer sa rupture avec le parti ? Seulement cela. Mais il était commode, si l'on voulait la tuer, de la présenter comme un agent de l'Abwehr.

C'était le matin du 1er mars 1944.

Henri avait refermé la porte et commencé à descendre l'escalier en regardant, à travers les fenêtres qui éclairaient chaque palier, le ciel qui semblait bleu.

Il s'était engagé sous le porche, et il s'était étonné que la porte de la loge de la concierge ne soit pas ouverte, comme chaque matin.

Il n'avait pas eu le temps de s'interroger longtemps. Les hommes avaient bondi sur lui, le couchant au sol, lui fourrant leurs doigts dans la bouche, l'empêchant d'écraser ces pastilles de cyanure qu'ils avaient retirées.

Puis on l'avait poussé dans une voiture noire, dont les jantes étaient jaunes.

Et il avait pensé que, s'il en avait la force, il devrait tenter de se tuer en se jetant la tête contre les murs, en la frappant jusqu'à la briser.

21.

“J’ai
confectionné
avec des déchets
de montagnes
des hommes
qui embaumeront
quelque temps
les glaciers.”

Le 25 août 1944, Joseph Forestier s’était assis à l’extrémité de la pierre tombale. Ainsi il tournait le dos aux allées du cimetière, à l’alignement des dalles et des croix, à ce monument aux morts au pied duquel gisaient encore ces drapeaux tricolores pour lesquels Gustave Novera, Joseph Rigout et son grand-père avaient été abattus.

Ils étaient maintenant allongés côte à côte, sur la table du conseil municipal, dans la grande salle de la mairie.

Les habitants de Mazenc s’étaient serrés contre les cloisons, les yeux fixés sur ces trois corps de vieux, n'osant pas s'approcher, laissant ce grand fossé entre la table et eux, et lorsque Joseph l'avait franchi pour embrasser une nouvelle fois son grand-père, il avait entendu des sanglots et le murmure des prières.

Puis l'un des villageois s'était avancé à son tour, et tous, ils avaient pris la file pour venir poser leurs lèvres, toucher la main ou le front des trois morts.

Joseph avait profité de ce moment pour s'éloigner, pour traverser la place de Mazenc sans répondre aux jeunes maquisards qui l'avaient interpellé, lançant « Il faut les venger, Forest ! ».

Il avait levé la main, pour demander qu'on lui accorde un répit.

Les voix en effet s'étaient tues.

Il avait descendu seul la rue qui conduisait au cimetière.

Il avait franchi le portail devant lequel les Allemands avaient fusillé les trois hommes. Si Antoine Forestier avait été le seul à regarder ces bourreaux, le seul à ne pas avoir été abattu dans le dos, c'était sans doute, Joseph s'en était persuadé, marchant à pas lents dans les allées du cimetière, se dirigeant vers la tombe des siens, que son grand-père avait dû crier qu'il était seul coupable, que Rigout et Novera étaient innocents, que c'était lui, lui seul, qui les avait décidés à venir accrocher ces drapeaux au monument aux morts, et qu'on devait le fusiller lui seul.

Mais Antoine Forestier n'avait pas dû réussir à finir sa phrase, d'ailleurs comment les soldats en auraient-ils compris le sens ? Combien parlaient français parmi eux ?

Ils étaient allemands, croates, russes, estoniens, jeunes recrues ou prisonniers enrôlés de force, commandés par des officiers balafrés, survivants de cinq ans de batailles et qui ne voulaient pas mourir dans les derniers spasmes de la guerre.

Joseph les imaginait, ces hommes que la défaite peu à peu transformait en furies.

Il en avait vu de semblables à quelques mètres de lui quand, couché dans le fossé au bord des routes, vers Malaucène ou L'Isle-sur-la-Sorgue, ou plus haut dans les Baronnies, ou vers Saumane, il leur avait tendu des embuscades tout au long de cet été 44. Ces mois brûlants n'en finissaient pas de s'étirer, de laisser des morts entassés contre les façades des maisons d'un village, otages fusillés parce que l'embuscade s'était produite à quelques mètres des habitations, ou bien soldats agonisant au milieu des chemins et qui avaient prononcé leurs derniers mots dans une langue inconnue, qu'on laissait mourir, ou que quelqu'un parfois achevait en criant que ces salauds avaient brûlé le hameau des Jonquières.

Après chaque combat, quand il avait fallu fuir dans la montagne, se cacher sous les arbres, se terrer, Joseph avait revu les visages de ces morts, et sous la hutte de branchages il avait commencé à les décrire, posant les mots sur son carnet comme un peintre place une touche de couleur.

Mais il ne pouvait rédiger que lorsque le jour s'était éteint et qu'enfin l'obscurité s'était répandue, avec le silence.

Il avait ainsi découvert qu'il était l'homme de la nuit et de l'aube, non celui du jour.

Il y avait alors trop de lumière bruyante, une sorte de chaos empêchant la pensée de naître, écartelant chaque idée et chaque vision, émiettant, dispersant en une suite de gestes ce que la nuit et l'aube rassemblaient.

Les autres, ceux du maquis, avaient peur de la nuit.

Ils craignaient une attaque surprise de la Milice ou des SS. Mais en même temps, ils aimaient sombrer dans le sommeil. Alors Joseph prenait la garde.

Les nuits sur les pentes du Ventoux, au pied des Dentelles de Montmirail ou dans les collines du Diois et des Baronnies, ou bien, plus au nord, dans les falaises du Vercors, sont lumineuses, des nuits blanches.

Joseph avait pu ainsi écrire, à la seule clarté lunaire, qui semblait noyer chaque forme, chaque bruit, dans les grands fonds blanchâtres de la nuit.

Il avait tenu le journal de ces mois d'attente et de courses dans la caillasse calcaire du Vercors, dans les forêts des pentes du Ventoux.

Souvent, la nuit, Sarah Liebman venait s'accroupir près de lui à l'entrée de la grotte, derrière ces blocs où il montait la garde.

Elle lui entourait le cou de son bras. Elle s'assoupissait, tout en grelottant car les nuits étaient aussi glacées que les eaux immobiles des profondeurs.

Parfois, fuyant les assauts des SS et des miliciens, ils avaient dû s'enfoncer dans les grottes, franchir les siphons, se tenir sur les corniches au-dessus des lacs souterrains, écouter avec anxiété pour savoir si les SS et leurs valets de mort allaient faire exploser des charges dans la grotte afin de la fermer, et de les enterrer là, dans ces grandes salles silencieuses où sur la surface verte des lacs se reflétait la lumière hésitante et précaire des lampes.

Ils avaient toujours pu remonter à la surface.

Mais les rochers étaient tachés de sang, les villages dévastés, les morts étaient des corps cisaillés d'hommes et de femmes suppliciés.

Et il avait fallu chaque fois qu'il serre contre lui Sarah qui sanglotait.

Elle avait laissé repousser ses cheveux et les longues mèches torsadées couvraient de clarté le blouson de laine bleue.

Était-ce l'effet du soleil, de cette lumière toujours vive et que le vent semblait rendre encore plus éclatante, les boucles de Sarah étaient passées du roux au presque blond.

Dans les rassemblements des maquisards, avant le départ, ou bien quand ils étaient assis en rond dans la grande salle sombre d'une grotte, Sarah était la tache de couleur, comme la touche lumineuse qui rappelait que la vie n'était pas seulement la guerre, mais aussi la beauté des femmes.

C'est elle qui tapait sur la machine à écrire les articles que Joseph signait du nom de Forest en première page des *Allobroges*, le journal clandestin des Francs-Tireurs et Partisans français de la région qui va du Luberon au Vercors, du vignoble de Mazenc et des oliveraies de Nyons aux futaies du Ventoux.

Ainsi Joseph Forestier était devenu Forest.

Et quand, ce 25 août 1944, il avait bondi hors de la voiture sur la place de Mazenc, parce qu'il avait découvert le corps de son grand-père et ceux de Rigout et Novera, et que les vignerons l'avaient serré contre eux, l'appelant Joseph, le pauvre Joseph, il avait eu un moment de révolte.

Il ne voulait plus être ni Joseph ni Forestier, mais seulement Forest, né de cette guerre. Il avait appris d'elle qu'il préférait les nuits blanches où l'on est seul avec les mots à la traînée bruyante des jours.

Il avait été mutilé par elle.

Lorsque, dans la salle du conseil municipal de la mairie, il avait revu la gueule cassée de Gustave Novera, il avait pensé que la guerre n'avait pas touché son propre corps, que son visage n'avait pas été troué, martelé par l'acier, mais que sous la peau intacte se cachait une plaie purulente avec laquelle il lui faudrait vivre, se demandant toujours si la gangrène n'allait pas l'envahir, s'il n'aurait pas envie de saisir une arme pour trouer sa peau, sa tête qui n'étaient plus que masques cachant la douleur.

Combien de temps allait-il pouvoir vivre encore, alors qu'il n'était qu'à l'orée d'un destin dont il connaissait déjà la saveur de mort ?

Pourtant, il sentait en lui une énergie si forte qu'il lui faudrait composer toute sa vie avec ces deux chevaux tirant à hue et à dia, le désir de mort et la puissance de vie.

Peut-être était-ce là le sort de tous ceux qui avaient participé à cette guerre, et en avaient souffert.

Il avait un jour, à Sablet, l'un des villages qui dominent le vignoble, écouté René Char, qui commandait un groupe de maquisards de L'Isle-sur-la-Sorgue, lui réciter de sa voix rocailleuse :

J'ai confectionné avec des déchets de montagnes des hommes qui embaumeront quelque temps les glaciers.

Joseph avait peu après quitté René Char, en répétant sans fin ces mots simples, concrets, qui composaient une phrase mystérieuse et dont cependant le sens était clair.

Il avait rejoint au milieu de la nuit, sur les pentes du Ventoux, son unité, et il avait été surpris de trouver tous les hommes debout, comme si on l'attendait pour livrer bataille alors que l'ennemi, depuis le débarquement allié en Provence, avait abandonné la région, se concentrant au Sud. Il ne faudrait le craindre à nouveau qu'au moment où il commencerait sa retraite.

Les hommes l'avaient entouré. Lui avaient fait cortège.

Et brusquement Joseph s'était arrêté. Il avait regardé ses camarades et, chaque fois qu'il avait croisé un regard, l'homme avait baissé les yeux.

Il s'était alors précipité vers la bergerie où il dormait avec Sarah.

Elle était allongée là, ses longs cheveux formant autour de son visage comme une tapisserie aux fils d'or entremêlés, tels les rayons torsadés d'une étoile lumineuse.

Quelqu'un lui avait déjà fermé les yeux.

En la voyant, Joseph avait murmuré comme une étrange oraison funèbre :

J'ai confectionné avec des déchets de montagnes des hommes qui embaumeront quelque temps les glaciers.

On l'avait entraîné hors de cette pièce au plafond bas, aux murs de pierre, loin du lit de feuilles séchées sur lequel on avait couché Sarah.

Il avait eu l'impression de tomber sans fin, le souffle coupé, de s'enfoncer dans l'un de ces siphons obscurs dont on ne sait jamais s'il débouche sur une salle où l'on va reprendre sa respiration, ou sur la mort.

Mais le vide qui l'avait englouti était entré en lui, emportant tout, les larmes et même le désespoir, ne laissant qu'une couleur noire dont il avait su à cet instant qu'elle allait pour toujours imprégner son destin.

On lui avait expliqué que Sarah avait voulu descendre au village. Tout était calme. Elle était partie avec son arme.

Il aurait pu s'indigner, dire qu'on n'aurait jamais dû l'autoriser à s'éloigner seule. Mais elle était couchée sur les feuilles sèches, mortes comme elle, alors à quoi bon rêver que le vert et la sève eussent pu continuer d'être ?

À l'entrée du village, elle s'était trouvée face à une voiture allemande, sans doute égarée.

On ne savait pas qui avait ouvert le feu le premier.

Les soldats avaient-ils vu l'arme que Sarah portait à la bretelle, ou bien s'était-elle affolée, et au lieu de tenter de fuir avait-elle tiré ?

Les soldats l'avaient laissée sur le chemin, en plein milieu, et ils s'étaient enfuis, en mitraillant les façades des maisons.

C'étaient les paysans qui l'avaient remontée jusqu'ici.

J'ai confectionné avec des déchets de montagnes des hommes qui embaumeront quelque temps les glaciers.

On ne l'avait pas laissé seul.

Il avait senti qu'on surveillait chacun de ses gestes. On avait craint qu'il ne se saisisse de son arme. Et on avait eu raison.

Il s'était interrogé. Comment, pourquoi continuer de vivre ?

Combien de temps Sarah Liebman embaumerait-elle les glaciers ? Quelques heures, quelques jours, quelques années ?

Qui se souviendrait de cette *France-des-Cavernes*, cette France résistante comme l'avait appelée René Char, France des combattants contre France des traîtres et des lâches ?

Hommes faits avec des *déchets de montagnes* contre hommes sculptés dans la boue putride des marécages.

Joseph était resté ainsi plusieurs jours prostré, avec en permanence à côté de lui deux hommes qui le guettaient.

Puis la guerre, l'Histoire avaient repris leurs droits.

Les colonnes allemandes avaient quitté la vallée du Rhône pour s'enfuir par les routes secondaires, afin d'échapper aux bombardements de l'aviation alliée.

Elles tentaient de gagner le nord-est de la France. Il fallait les localiser, les immobiliser et les détruire.

Des avions avaient largué des armes, des courriers avaient apporté des messages. Forest avait donné l'ordre du départ.

Il n'avait pas voulu assister à la mise en terre de Sarah. Il avait eu l'impression pendant cette cérémonie que tout le paysage était enseveli dans le silence. Et il avait eu comme jamais l'envie de le briser par le cri d'un coup de feu.

Mais les camarades étaient là, à moins d'un pas.

On lui avait donné l'accolade. On avait murmuré :

— Tu nous as fait peur !

Ils voulaient être rassurés. Ils voulaient croire qu'il avait oublié la mort de Sarah ou, comme l'un d'entre eux le lui avait dit, qu'il avait « surmonté héroïquement l'épreuve ».

Pouvaient-ils comprendre qu'il n'était plus, qu'il ne serait plus jamais qu'une enveloppe de peau cachant l'abîme ?

Mais il avait fait ce qu'il devait, et il avait compris qu'il accumulerait des actes et des mots. Que ce serait sa vie.

Il ne serait plus que Forest.

Puis il s'était agenouillé devant ces trois corps couchés à l'entrée du cimetière de Mazenc. Et l'un d'eux était celui de son grand-père.

Que cette journée du 25 août 1944 finisse, avait-il pensé en regardant le vignoble qui s'étendait au pied du cimetière de Mazenc et qu'embrasait le crépuscule.

Que vienne la nuit.

Il s'était levé. Il avait fait le tour de la pierre tombale. Il avait, malgré le soleil qui l'éblouissait, lu cette liste de noms gravés dans le granit de l'obélisque dressé au bout de la dalle.

Il avait serré la bretelle de sa mitraillette pendue à l'épaule, et il avait marché vers le château de Mazenc.

Tant de fois, avec son grand-père, il avait fait ce trajet, tant de fois le vieil homme lui avait raconté l'histoire des Forestier.

Joseph s'était arrêté au croisement de deux chemins, l'un montait vers le château, l'autre s'enfonçait dans les vignes.

Il avait regardé autour de lui, et tout à coup ce souvenir avait jailli. C'était ici qu'il s'était heurté, enfant, à Gustave Novera, qu'il avait vu ce visage déformé, défoncé. En revivant cet instant, il avait découvert que rien n'existait avant ce souvenir, le premier de sa vie.

On l'avait appelé du village :

— Forest ! Forest !

Et le nom, son nouveau nom, un nom qui n'avait comme passé que la guerre, avait longuement retenti, puis un accordéon avait commencé de jouer *La Marseillaise*. Joseph avait imaginé devant le Cercle républicain, sur la place, les villageois au garde-à-vous, les hommes béret ou casquette à la main, les femmes pleurant, regardant vers cette mairie où trois corps de vieux, dans la chaleur, commençaient à sentir la mort.

Il avait continué sur le chemin qui conduisait au château.

Il avait levé les yeux vers ces murs, cette tour, ce porche.

Il ne restait que cela du passé des Forestier.

Sa mère était morte.

Son père, arrêté, disparu, lui avait-on dit dans un message arrivé d'Alger, mort sans doute sous la torture.

Et mort aussi Antoine Forestier.

Et morte Sarah Liebman, avant qu'elle ait pu donner la vie.

Et mort, lui aussi, Joseph Forestier.

Il allait quitter Mazenc.

Il n'était plus que Forest.

22.

“C’est la règle, en politique, vous me l’avez assez dit : les vaincus ont tort, les vainqueurs raison...”

Michel Dussert, les yeux ouverts dans la pénombre, avait longuement écouté le silence.

Il s’était redressé en appuyant son coude sur l’oreiller, puis il avait calé son épaule mutilée contre le mur le long duquel se trouvait le lit. Il avait alors tendu la main vers le poste de radio placé sur la table de nuit.

Il avait effleuré les boutons, hésitant à tourner l’un d’eux, fermant le poing, enfonçant ses ongles dans sa paume.

Il s’était répété qu’il n’y avait rien à entendre, que ce 26 août 1944 tout était joué, et la partie perdue.

Lorsque son fils Xavier était venu lui annoncer que les premiers éléments des troupes gaullistes, la 2e Division blindée, étaient arrivés porte d'Orléans, que la libération de la capitale n'était plus qu'une question d'heures, et qu'il ne devait quitter sous aucun prétexte cette cave dont les employés de la banque ignoraient l'existence, il avait brandi le poing.

Hitler, s'était-il écrié, préférerait détruire Paris plutôt que de l'abandonner ! L'insurrection qui avait commencé serait écrasée comme à Varsovie. Et les Américains allaient attendre, l'arme au pied, laissant les Allemands en finir avec les communistes, comme les Russes avaient laissé massacrer les nationalistes polonais…

La politique, avait-il dit à son fils, la grande politique, avait repris ses droits, et on approchait, ce n'était qu'une question de jours, peut-être d'heures, d'un renversement des alliances.

Des hommes comme Churchill et peut-être même de Gaulle ne pouvaient accepter la victoire communiste, la mainmise des Soviets sur l'Europe, sur Paris.

Hitler l'avait compris. Il suffisait donc d'attendre, ceux qui avaient quitté Paris, les Déat, les Laval, avaient eu tort. Il fallait demeurer sur place pour saisir le moment, servir de trait d'union entre les Allemands et les Américains.

Il avait parlé longtemps, d'une voix exaltée, s'étonnant de l'indifférence de son fils, puis de son ironie.

— Rêvez autant que vous voudrez, père, avait répondu Xavier. Pensez même que Hitler dispose d'armes secrètes, on raconte cela aussi. Mais permettez-moi de vous demander de ne pas sortir d'ici. Personne ne viendra perquisitionner le siège de la banque, j'ai obtenu des assurances. Nous sommes officiellement protégés pour éviter tout pillage. Vous êtes donc en sécurité. Mais j'exige, père, que vous restiez enfermé, car si on savait que vous êtes caché ici, alors ce n'est pas seulement moi qui serais en danger, mais la banque...

Michel Dussert avait haussé les épaules. Et il n'avait plus essayé de convaincre son fils quand celui-ci, au milieu de la nuit, lui apportait des sandwichs et des boissons.

Il n'avait même plus interrogé Xavier.

Il avait écouté la radio, appris que Léon de Boissier, le vieux Boissier, avait été abattu dans une rue de Vichy où il se promenait sans aucune protection, comme un homme qui avait cru faire son devoir.

C'était bien le temps des assassins qui commençait et il fallait, avait-il pensé, que l'entente entre les gens d'ordre, les esprits lucides, se réalise au plus vite, sinon les communistes l'emporteraient. Et ce serait l'anarchie, le crime comme méthode politique.

Mais cette hypothèse lui avait paru si déraisonnable que, lorsqu'il avait entendu les premiers grincements des chenilles des chars sur le boulevard Saint-Germain, puis les détonations sèches de leurs canons, il avait imaginé que les chars allemands et ceux de la division blindée gaulliste s'employaient ensemble à réduire l'insurrection parisienne. Et quel signe du destin ce serait que la nouvelle alliance soit conclue ici, à Paris, que les Germains et les Gaulois s'entendent pour repousser les barbares, les Slaves !

Il avait rêvé à cela.

Et tout à coup, ces voix inconnues qui remplaçaient celles des présentateurs de Radio-Paris, ces mots nouveaux, « patriotes », « libération », « alliés », « citoyen », ces chants dont il n'avait plus su si c'était la radio qui les transmettait, ou bien s'ils venaient du boulevard, franchissant l'épaisseur des murs pour envahir jusqu'à cette cave du deuxième sous-sol placée sous la salle des coffres de la banque Dussert-Speicher et Fils.

Puis il avait entendu cette volée de cloches qui n'en finissait plus, ces « Vive de Gaulle ! », et ce discours indéfiniment répété sur toutes les longueurs d'onde :

« Paris ! Paris outragé ! Paris brisé ! Paris martyrisé ! mais Paris libéré ! libéré par lui-même, libéré par son peuple avec le concours des armées de la France… »

Cette voix rauque, ce ton incantatoire l'avaient terrassé. Il avait eu l'impression que tout l'immeuble écrasait cette petite pièce, s'abattait sur ce lit étroit, et il avait éprouvé, pour la première fois depuis vingt-huit ans, le même sentiment de panique que dans les casemates de Verdun, quand les obus avaient martelé le béton et que la terre et les gravats avaient obturé toutes les issues.

Ces mots, ces chants, ces battements de cloches, ces « Vive de Gaulle ! » l'avaient enseveli.

Était-il possible qu'un Churchill, dont on transmettait le message de félicitations à de Gaulle pour la libération de Paris, qu'un de Gaulle, et même qu'un Roosevelt ne comprennent pas qu'ils trahissaient la civilisation européenne en restant les alliés de Staline, des Mongols, de cette alliance monstrueuse entre le bolchevisme et le judaïsme ?

Qu'un temps ils aient voulu se servir de Staline pour contenir les ambitions de Hitler, on pouvait le comprendre, on pouvait l'excuser, même si c'était déjà criminel, mais qu'aujourd'hui, quand les troupes russes envahissaient l'Europe centrale, on maintienne cette entente était incompréhensible et diabolique !

Il avait serré le moignon de son bras droit aussi fort qu'il l'avait pu.

Il avait éteint la radio.

Il y avait une explication, celle qu'avaient donnée depuis longtemps les plus déterminés des partisans de la collaboration avec Hitler, c'est que de Gaulle, Churchill, Roosevelt étaient en fait des complices des juifs, décidés à tout sacrifier à leur ambition.

Et le peuple, une fois de plus aveugle comme un troupeau de rats, allait se laisser conduire jusqu'au fleuve où on le noierait !

Il avait à nouveau écouté la radio, ces reportages enthousiastes sur la descente, ce 26 août 1944, des Champs-Élysées par de Gaulle, au milieu de millions de Parisiens.

Il avait ricané. Des centaines de milliers d'entre eux, il y a quelques semaines encore, avaient acclamé Pétain ! Il avait tressailli, espéré, quand, rue de Rivoli puis à Notre-Dame, on avait, semblait-il, tiré depuis les toits sur le cortège… Mais, après une brève panique, tout était rentré dans l'ordre. Ç'avait été à nouveau le déferlement de mensonges, les phrases éternellement rabâchées, « Paris libéré par lui-même » ! On pouvait tout faire gober au peuple ! On pouvait lui faire oublier que les armées américaine et anglaise avaient bousculé les Allemands, que ceux-ci n'avaient pas défendu Paris ! Il s'était indigné, essayant de faire partager sa colère à Xavier, dénonçant les absurdités que l'on répandait, cette chasse à l'homme que les milices patriotiques avaient déclenchée, ces exécutions sommaires, ces lynchages, sous prétexte qu'il fallait venger les résistants torturés, exécutés.

Mais Xavier avait paru indifférent, haussant les épaules.

— Mensonge, vérité ? Père, tout cela relève d'une appréciation personnelle. Il reste que le général de Gaulle est le chef du gouvernement, que les Allemands sont battus et vos amis recherchés, et qu'ils seront, si on les arrête, jugés durement et sans doute condamnés à mort. C'est la règle, en politique, vous me l'avez assez dit : les vaincus ont tort, les vainqueurs raison.

— Je vais me livrer, avait dit Michel Dussert.

Xavier s'était assis en face de lui, et son père l'avait regardé comme s'il n'avait jamais encore vu cet homme jeune, au visage large, aux traits quelconques, dont il émanait cependant une impression de puissance.

Il s'était tu.

— C'est une affaire de quelques mois, avait repris Xavier. Le temps que les choses s'apaisent, qu'on vous oublie.

Michel Dussert avait protesté. Il ne pouvait rester des mois enfermé dans cette cave, comme un rat !

— Qui parle de cela ? Dans quelques jours, dès que le calme sera revenu, je vous ferai passer en Suisse. Nos amis de l'ambassade d'Espagne ont été parfaits. Vous serez un diplomate espagnol, vous aurez perdu votre bras durant la guerre civile. Vous resterez en Suisse autant qu'il le faudra. Notre succursale de Zurich est naturellement à votre disposition… Et personne ne viendra demander votre extradition.

Xavier s'était levé.

— Il faudrait d'abord qu'on vous identifie, et qu'on veuille vous faire un procès. J'imagine que vous savez bien des choses, père, sur les uns et les autres. Pourquoi vous inviterait-on à parler ?

Il avait ouvert la porte, parlé plus bas.

Il s'était rendu, avait-il expliqué, rue Saint-Dominique, à l'hôtel de Brienne où de Gaulle s'était réinstallé, retrouvant le bureau qu'il occupait comme sous-secrétaire d'État à la Guerre en juin 1940.

— Les choses et les hommes reprennent leur place, avait continué Xavier. D'ailleurs de Gaulle parle à tout instant de discipline nationale, d'unité des Français. Il épurera, mais dans le cadre de la loi. Ses proches sont tout à fait respectables. Le fils de François Mauriac est devenu son secrétaire particulier. Et son premier aide de camp est le capitaine Cédric Chrétien de Taurignan, un homme de mon âge, assez extraordinaire, il a combattu au Tchad, puis à Bir Hakeim. C'est l'un des premiers à s'être enrôlé dans les Forces françaises libres. Alors que son père, le général, était aux côtés de Pétain jusqu'en 1942.

Xavier était resté un long moment silencieux puis, rentrant à nouveau dans la pièce, s'approchant de son père, il avait ajouté qu'il avait offert à Cédric de Taurignan de demander à Martin de Boissier qui, en Suisse, voyait tout le monde, y compris bien sûr les banquiers et les envoyés du gouvernement allemand, de manifester leur intérêt pour le général Robert Chrétien de Taurignan qui serait, selon son fils, toujours en vie, détenu probablement au camp de Buchenwald.

— Cédric a été très sensible à cette proposition. J'ai déjà donné mes instructions en ce sens à Boissier. J'espère qu'il aboutira. Comme par ailleurs j'ai assuré le gouvernement de l'appui inconditionnel, dans la mesure de nos moyens, de la banque Dussert, je ne crois pas que nous devions voir l'avenir en noir. Bien sûr, il y a les communistes, mais croyez-vous, père, que de Gaulle et les Américains accepteraient une mainmise communiste sur la France ?

Il avait fait quelques pas.

— Le monde est déjà partagé, père, l'Est à Staline, le reste aux Américains. La frontière est encore incertaine. Mais nous sommes du bon côté ! Vous voyez que tout ne va pas si mal.

Michel Dussert avait serré le poing mais n'avait pas osé le brandir.

TROISIÈME PARTIE

23.

“Je te donne neuf mois de ma vie, un fils, et après je m’en vais…”

La pluie, ce 27 février 1954, avait commencé à tomber en même temps que la nuit.

Mais Forest était resté assis sur ce banc de la place Dauphine qui faisait face au Palais de Justice.

Quelle justice !

Ils venaient d’acquitter Michel Dussert. Ils avaient fait expulser de la salle d’audience la poignée d’anciens résistants et de déportés, certains revêtus de leur tenue rayée de bagnards, qui avaient protesté, criant « Honte ! Scandale ! » puis entonnant *La Marseillaise* et *Le Chant des partisans*.

Michel Dussert les avait défiés, sa main gauche accrochée au rebord du box, se tenant comme un capitaine qui sur la passerelle fait face à la tempête, et un instant Forest avait eu de l'admiration pour cet homme qui tout au long des débats n'avait rien renié de ce qu'il avait fait, admettant seulement s'être parfois laissé emporter par les passions du temps, mais justifiant point par point son engagement.

— J'ai été fidèle, avait-il déclaré, à l'élan patriotique qui m'a fait, en 1916, devancer l'appel sous les drapeaux, demander à servir en première ligne alors que j'aurais pu, parce que j'étais le fils d'Olivier Dussert, propriétaire de la banque Dussert, devenir l'un de ces dizaines de milliers d'embusqués qui avaient mis leur corps à l'abri de l'acier.

Lui, et il avait saisi son moignon de bras, son épaule droite, il avait donné ça pour la France !

Et après, qu'avait-il fait ? Simplement agi et parlé, et écrit, à visage découvert, pour empêcher que la guerre revînt. Il était prêt à lire au tribunal les articles qu'il avait publiés dans *La Voix nationale*, son journal, car il avait compris, avant la plupart, que le triomphe de Moscou, des communistes, allait provoquer en retour le réveil du nationalisme allemand. Et si, en France, avait-il martelé de son poing gauche, on l'avait suivi, si on avait, quand il en était temps, aidé les Russes à se débarrasser de leurs bourreaux, alors il n'y aurait eu ni nazisme, ni guerre d'Espagne, ni guerre mondiale ! Et l'Europe, le monde n'auraient pas été aujourd'hui menacés par le communisme, contraints de se battre contre lui, en Corée, en Indochine, et peut-être demain, ici, en Europe… Et on voulait qu'il avoue s'être trompé ! Mais les faits lui avaient donné raison.

Il avait écrit, en 1934 : « Le communisme menace la civilisation, c'est le danger suprême, c'est contre lui qu'il faut se dresser ! »

— Vingt ans après, vingt presque jour pour jour, nos soldats, nos officiers sont prisonniers dans les camps communistes de l'Indochine, et nous avons été battus à Diên Biên Phu par des armées communistes, aux mains d'hommes fanatisés par le communisme ! avait-il repris. Et ici, au Palais de Justice de Paris, on fait le procès des années 30 et de l'Occupation ! Mais nous sommes en 1954 ! Hitler s'est suicidé ! Le nazisme et le fascisme ont succombé, alors que le communisme couvre une grande partie du monde ! C'est lui qui nous fait la guerre aujourd'hui en Indochine, et déjà en Afrique du Nord !

Il y avait eu des murmures.

Mais le président avait menacé de faire évacuer la salle, et Michel Dussert, debout, avait poursuivi sa déclaration, le menton levé, la main gauche à nouveau agrippée au rebord du box, ses décorations barrant sa poitrine. Et de temps à autre, il s'était serré l'épaule droite, pour rappeler le prix qu'il avait dû payer.

Forest, tout en prenant des notes pour cet article que lui avait demandé Roland Mercœur, rédacteur en chef du *Patriote*, ne l'avait pas quitté des yeux tout au long de l'audience. Il n'avait pas besoin de regarder ce qu'il écrivait, persuadé qu'il n'oublierait rien des arguments de Dussert.

Quand on l'avait accusé de s'être réfugié en Suisse durant près de dix ans, il s'était levé, avait regardé le fond de la salle où s'entassaient les résistants et les déportés surveillés par les gendarmes du palais.

— Croyez-vous, monsieur le président, avait-il lancé, que j'aurais eu droit à une justice impartiale ? Mes avocats peuvent déposer sur le bureau du tribunal la liste des exécutions sans jugement qui ont été effectuées en 1944 en France. Ils ont dénombré plusieurs milliers de noms. Monsieur le président, avant de me mettre entre vos mains, j'attendais que la justice de mon pays soit redevenue sereine, capable de résister à la pression de groupes organisés et payés par l'étranger.

Le président lui avait ordonné de se taire, mais Dussert avait ajouté :

— Les gouvernements français successifs n'ont jamais demandé mon extradition. Je ne me suis pas caché. J'ai déclaré ma présence au consulat de France à Zurich. Et je suis venu devant vous, monsieur le président, de mon plein gré, parce que les faits sont suffisamment éclatants aujourd'hui pour qu'on comprenne le sens de mon action jadis.

Pauvres voix hésitantes que celles des témoins à charge !

Aucun d'eux n'avait été capable d'établir un lien direct entre ce qu'ils avaient subi, tortures, déportation, les traces étant encore visibles dans leur chair, sur leur visage, et la responsabilité personnelle de Michel Dussert.

Puis les témoins de la défense s'étaient succédé.

Martin de Boissier, le directeur de la succursale zurichoise de la banque Dussert, avait fourni le relevé exact, au franc près, des sommes versées mois après mois par la banque à certains réseaux de résistance.

Et, tourné vers Michel Dussert, il avait précisé :

— J'agissais à la demande de Xavier Dussert, le fils de Michel Dussert. J'ai toujours pensé que monsieur Xavier Dussert avait obtenu l'accord de son père, qui restait formellement l'un des actionnaires de la banque même s'il ne participait plus à son activité.

Le chroniqueur judiciaire du *Monde* avait murmuré en se penchant vers Forest :

— Qu'est-ce que tu vas pouvoir écrire, dans ton canard ?

Forest s'était écarté, pour bien marquer qu'il ne voulait pas perdre un seul mot de ce qui se disait ici. D'ailleurs la question du confrère était stupide puisqu'on pouvait toujours modeler à sa guise un compte rendu, oublier les déclarations de l'accusé ou celles des témoins de la défense, et donner la parole aux anciens résistants.

Forest avait imaginé Roland Mercœur relisant debout les épreuves de l'article, rayant d'un trait des paragraphes entiers, se tournant, disant :

« Forest, vous ne mettez pas assez l'accent sur l'indignation, le scandale que représente ce procès, la solidarité de classe qui unit les magistrats, les banquiers et l'ancien collaborateur des nazis. »

Puis il l'aurait pris par l'épaule, il aurait ajouté :

« Vous écrivez pour *Le Patriote*, non pour *Le Figaro* ou *Le Monde*. On est en première ligne dans le combat. On ne cède rien, pas un pouce de terrain. On se bat ! »

C'était le même discours que Roland Mercœur avait tenu, quelques années auparavant, quand avait eu lieu le procès qu'avait intenté au *Patriote* et aux *Lettres françaises* un Russe, Kravchenko, qui dénonçait dans un livre la dictature soviétique, preuves à l'appui.

Mercœur, après les premiers articles de Forest, l'avait appelé dans son bureau au premier étage de l'hôtel de Wiener, avenue Hoche. Cet immeuble qui avait été occupé par la Gestapo et l'Abwehr, il l'avait récupéré à la Libération et en avait fait le siège de son journal. Finalement, il avait dû vendre l'hôtel de Wiener au parti communiste

Il avait jeté ses articles sur le bureau.

— Impubliable ! avait-il lancé.

Des articles qui ne condamnaient pas ce Kravchenko, qui ne dénonçaient pas la manœuvre des services secrets américains. Ce livre, *J'ai choisi la liberté*, n'était qu'une fabrication, un faux, une arme de guerre froide. Et l'auteur osait faire un procès à la presse progressiste qui l'avait démasqué ! Et Forest ne disait rien de tout ça, se complaisant à peser le pour et le contre !

Quel était le sens de ces interrogations sur la vérité qui avait deux faces, sur la nécessité de tenir compte de cette contradiction pour comprendre la réalité ?

— La vérité, Forest, c'est ce qui est utile pour notre lutte.

Mercœur s'était calmé en se servant à boire puis, tout en marchant de long en large dans le bureau, il avait expliqué à Forest qu'il le retirait du procès.

— Ce n'est pas pour vous, une atmosphère trop confinée. Vous êtes un regard, comme Kessel. C'est vrai, Forest, vous n'êtes pas un dialecticien, vous n'avez pas compris que la notion de mensonge est un concept bourgeois ! Mais celui qui connaît le sens ne se pose qu'une question : qu'est-ce qui concourt à accélérer le mouvement, qu'est-ce qui le freine ? La vérité du sens s'impose à toutes les parties, qui deviennent à leur tour vérité ou mensonge, selon qu'elles vont ou non dans la bonne direction.

Il avait ri, s'était appuyé des deux mains aux épaules de Forest.

— Tu n'as jamais fait de philosophie marxiste. Tu es un œil et une plume. C'est déjà beaucoup ! Et puis, tu n'es pas un membre du parti, donc on te pardonne.

C'est ce jour-là qu'il avait ajouté, après un instant d'hésitation :

— Et tu es le fils d'Henri Forestier. Je l'ai rencontré peu après son parachutage. Je me demande même si je ne suis pas l'un des derniers à l'avoir vu libre. Je lui ai conseillé la prudence. Mais – il avait longuement regardé Forest – vous vous ressemblez… Il faisait confiance, un idéaliste ! Il croyait que la morale peut se séparer de la politique. Il imaginait qu'il y avait de la vérité et du mensonge en soi, alors que, Forest, tout est lesté, par la politique, la place qu'on occupe dans le mouvement. Quand tu auras compris ça, tu seras mûr pour devenir communiste. Je te parrainerai, et tu recevras un jour le prix Staline de littérature !

Souvent, Forest s'était demandé si Roland Mercœur n'était pas en fait un acteur, qui avait endossé le costume du stalinien – un qualificatif qu'il revendiquait : « Je suis le plus stalinien des directeurs de journaux », répétait-il –, qui en avait appris le rôle mais qui, en réalité, aurait pu en tenir un autre, parce qu'il ne croyait à rien.

Cynique, ayant choisi d'être du côté du pouvoir communiste, peut-être parce que son père Vincent Gallois-Mercœur l'avait été, l'avait payé de sa vie, et qu'il lui restait ainsi fidèle, comme on garde un patrimoine familial.

La première fois que Forest l'avait rencontré, c'était à la fin du mois de janvier 1946.

Il avait reçu une lettre de lui, rue de l'Estrapade.

Il se souvenait de ses doigts gourds, du froid humide qui imprégnait l'hôtel Forestier. Pas de charbon, pas de bois, pas de mazout, des coupures d'électricité plusieurs heures par jour.

Forest s'était installé dans le salon du rez-de-chaussée. Il brûlait dans la cheminée tout ce qui était combustible, de vieilles chaises qu'on avait brisées lors des perquisitions, des livres que les policiers et les miliciens avaient déchirés et qu'ils avaient jetés sur le sol, dans le vestibule et le salon, comme on abat d'une rafale les habitants d'une maison.

Il avait travaillé sur la petite table, essayant de ne pas lever la tête afin de ne pas voir ce gouffre blanc, cette cloison vide où, durant toute son enfance, il avait vu l'immense tableau. Il avait si souvent rêvé en le regardant… Il s'était tant de fois perdu dans les dunes, ou bien avait marché entre les colonnes brisées du temple et attendu les Rois mages dont les silhouettes se détachaient sur l'horizon, au fond de la toile, qu'il avait eu le sentiment d'avoir vécu ses premières années dans ce paysage-là.

Mais l'enfance avait disparu, avec la mère, le père, le grand-père.

Et il y avait cette étendue blanche, craquelée, comme un sol stérile et désespérant.

Il écrivait pourtant là, dans ce salon, à chaque retour de l'un de ses reportages pour *Les Allobroges*, qui était devenu le quotidien de la région grenobloise.

Il avait raconté son arrivée à Buchenwald avec les premières jeeps de l'armée américaine, il avait décrit ces cadavres entassés et ces hommes décharnés.

Il avait rapporté les propos de l'un de ces déportés, le général Robert Chrétien de Taurignan, qui avait cru, et il ne l'avait pas caché, que le maréchal Pétain pouvait être le bouclier de la France contre les Allemands. C'était pour ça qu'il s'était mis à son service, avant de comprendre que son choix était erroné. Taurignan avait essayé, avec certains membres de l'entourage de Pétain, Léon de Boissier, le docteur André Machecoul, d'obtenir du Maréchal qu'il quittât Vichy pour Alger en novembre 1942, après le débarquement des troupes américaines en Afrique du Nord. Mais le vieil homme avait subi d'autres pressions, celles de Laval, de Michel Dussert, et il avait finalement choisi de rester en France.

Robert de Taurignan s'était alors engagé dans la résistance active, devenant l'un des chefs de l'Armée secrète, entrant en relation avec le commandant Henri Forestier, un officier qu'il avait bien connu avant la guerre. Il avait été arrêté avant de pouvoir le rencontrer.

— Je suis le fils d'Henri Forestier, avait dit Forest.

Il se souvenait de la manière dont le général l'avait regardé, avec une sorte de respect et d'humilité, disant que Henri Forestier était de la trempe des vrais, des grands héros de notre histoire, comme de Gaulle. Et lui, Robert de Taurignan, n'avait pas eu ce courage de rompre, cette force que donne la conviction absolue d'avoir raison. Il avait rejoint tard le camp des justes. Et même ici, à Buchenwald, il avait bénéficié d'un traitement particulier, sans doute à la suite – les SS ne le lui avaient pas caché – de l'intervention des autorités suisses et de certains milieux qu'il avait côtoyés lorsqu'il était aux côtés de Pétain. Le fils de Léon de Boissier dirigeait à Zurich la succursale de la banque Dussert, peut-être avait-il aussi fait pression sur les Allemands ?

— N'écrivez pas tout cela, avait-il conclu.

Forest s'en était tenu à la description de cet homme grand et raide, maigre mais moins affaibli que la plupart des déportés, qui lui avait annoncé qu'il ne quitterait Buchenwald que lorsque le dernier de ses camarades aurait été évacué. S'il devait mourir du typhus, qui avait commencé à frapper les survivants, ce serait le choix de Dieu. Et Dieu est juste.

Puis Forest avait publié plusieurs autres reportages. Il avait, au début du mois de janvier 1945, parcouru les allées du camp d'Auschwitz, celles de Birkenau battues par le vent glacial.

Il avait vu l'alignement des cheminées de pierre, tout ce qui restait des baraques en bois. Il avait suivi les rails, ces traces noires sous la neige qui conduisaient à l'emplacement des chambres à gaz, qu'on avait détruites.

Il avait pensé si fortement à Sarah Liebman en écoutant le kaddish, la prière des morts, alors que soleil disparaissait, poudrant d'or la neige, qu'il n'avait pu s'empêcher de pleurer, et qu'il avait eu la tentation, si étrange, si inquiétante, de se coucher là, dans cette plaine, le plus grand cimetière du monde, et d'y attendre la mort, comme s'il avait pu ainsi rejoindre Sarah, tombée dans un village de Provence, assassinée elle aussi, comme les millions des siens dont il ne restait ici aucune trace.

Il l'avait écrit tel qu'il l'avait ressenti, et peu après il avait reçu la lettre de Mercœur. Et il avait si froid dans ce salon qu'il avait eu du mal à l'ouvrir, les ongles douloureux, et qu'il l'avait lue en tapant du talon pour se réchauffer.

« Cher Forest,

« Je lis depuis un an vos reportages dans *Les Allobroges*. Ils sont parmi les meilleurs de la presse française. Venez me voir.

« Roland Mercœur. »

La secrétaire avait ajouté le numéro de téléphone et l'adresse du *Patriote*, hôtel de Wiener, avenue Hoche.

Quelques jours plus tard, il était entré dans le salon du premier étage de l'hôtel de Wiener, que Mercœur avait transformé en bureau.

La pièce était vaste. Mercœur était venu à sa rencontre, souriant, la main tendue. C'était un homme aux cheveux coupés court, presque ras, à la silhouette athlétique et dont la démarche, chaque geste, la poignée de main révélaient l'énergie.

Il n'avait échangé que quelques mots avec lui, le questionnant mais sans paraître y prêter attention :

— Forest, c'est un pseudonyme, n'est-ce pas ? Mes camarades des *Allobroges* me disent que vous êtes de la famille Forestier…

Puis la secrétaire l'avait appelé, et il avait laissé Forest seul dans le bureau.

Une reproduction du tableau de Picasso, *Guernica*, occupait toute une cloison. Forest l'avait longuement examiné et, peu à peu, ç'avait été comme si, à ces animaux blessés, ces couleurs sombres, cette violence heurtée des volumes s'encastrant l'un dans l'autre, à ces lignes brisées s'étaient superposés les couleurs fauves, le modelé des dunes, l'espace apaisé et exaltant, ouvert sur l'imaginaire, du désert du tableau disparu de l'hôtel Forestier.

Forest était resté ainsi, avec cette vision de son enfance engloutie, jusqu'au moment où Mercœur était revenu et où il avait retrouvé les formes de

Guernica. Il avait eu alors l'impression que ces dernières représentaient sa vie d'adulte.

— Picasso est le plus grand créateur du XXe siècle, avait dit Roland Mercœur, et membre du Parti communiste français. Quelle symbolique, n'est-ce pas ?

Et il avait d'un geste et en quelques mots balayé la question de la non-appartenance de Forest au parti.

— Vous êtes un résistant, un progressiste, et vous avez une plume au service de votre vision. Mes camarades des *Allobroges*, la mort dans l'âme, sont prêts à vous lâcher pour que vous entriez à la rédaction du *Patriote*, comme grand reporter. D'accord ?

Forest avait commencé d'arpenter le monde et parfois, entre deux voyages aux antipodes, il avait accepté de couvrir un événement français.

Et chaque fois, comme à l'occasion du procès Kravchenko, il était entré en conflit avec Mercœur.

La description de la misère et de la corruption à Cuba, des brutalités de la police du dictateur de l'île, Batista, celle des crimes commis par les tontons macoutes à Haïti, ou du racisme dans les États du sud des États-Unis, le satisfaisaient :

— Tu es bon, très bon, disait-il en parcourant les feuillets, encadrant les phrases du reportage qui seraient utilisées comme titres de paragraphes.

Puis il revenait au vouvoiement.

— J'aimerais que vous alliez vous rendre compte de ce qui se passe en Algérie. C'est la prochaine guerre coloniale… Le mouvement d'émancipation est prévisible.

Mais quand Forest avait posé sur son bureau le portrait de deux instituteurs, Guy et Jeanne Monnerot, qui n'avaient que quarante ans à eux deux, qui s'en allaient dans le massif des Aurès vers leur école de village, et que des rebelles avaient fait descendre du car dans les gorges encaissées de Tighanimine pour les abattre à la mitraillette, Mercœur avait hoché la tête.

— Bien sûr, deux victimes, deux innocents, mais l'histoire est un engrenage, Forest ! Ils y ont mis le doigt sans le savoir, ils sont devenus les auxiliaires du pouvoir colonial. Ils croyaient apporter le progrès par l'instruction, alors qu'ils étaient au service de l'oppression.

Puis il avait posé sur les feuillets un presse-papiers en forme de faucille et de marteau, et il avait dit :

— Forest, on va laisser mûrir ça... On va voir comment encadrer votre article par une vue d'ensemble. Le détail est parfois trompeur. Avec votre portrait de ces deux saints laïcs, vous transformez les rebelles, les patriotes algériens en barbares. Vous voyez comment on peut fausser la perspective, dans la plus complète bonne foi ?

Forest avait eu plusieurs fois le désir de rompre, de quitter ce journal où il avait découvert progressivement que Roland Mercœur exerçait une censure de fait, et que la plupart des journalistes pratiquaient, parfois inconsciemment, l'autocensure.

Pourquoi avait-il laissé passer des années sans prendre cette décision ?

Parce que le temps s'écoule si vite qu'il vous entraîne et qu'on oublie de voir que les rives défilent, que le paysage change, et aussi parce que le grand reporter qu'il était avait l'illusion de la liberté quand il se promenait seul dans les rues de Dallas ou celles de La Havane, ou qu'il entrait en 1949 avec l'armée de Mao Tsé-toung dans Pékin.

Et c'était bien un déferlement populaire qui balayait la corruption de l'autre Chine. Il avait été exalté par ce commencement, en amoureux de l'aube qu'il était.

Et il ne s'était pas indigné du titre que Mercœur avait donné à son reportage : « La nouvelle Chine est à nous », alors que ce qu'il avait vu reflétait d'abord une révolution chinoise si singulière, avait-il noté, qu'elle ne confirmerait pas facilement les schémas traditionnels de la pensée communiste.

Mercœur n'avait pas gommé un seul mot, mais il avait coiffé l'ensemble de son bonnet rouge.

Rompre alors ?

Forest avait eu finalement si peu de temps pour décider.

Lorsqu'il rentrait à Paris, il lui fallait plusieurs jours pour retrouver ses habitudes. Il était comme un marin qui a du mal à marcher sur la terre ferme. Et puis il y avait Isabelle, qui racontait sa vie et qu'il écoutait avec émotion, allongé sur le canapé du salon pendant qu'elle allait, passant et repassant devant la cloison vide au milieu de laquelle il avait placé un portrait d'elle, qui la représentait debout, en robe blanche, longue, plissée, avec un petit gilet serrant sa poitrine, au sommet du Ventoux.

Derrière elle, qui semblait par un effet d'optique au bord d'un précipice, les chaînes parallèles, comme autant de nervures, conduisaient à ces sommets de l'horizon couverts de neige. Ciel bleu profond au-dessus d'Isabelle, ciel bleu pâle au loin et un seul nuage, comme un trait fin.

C'était lors de leur premier séjour à Mazenc, dans les semaines qui avaient suivi leur rencontre.

Il l'avait remarquée, seule à une table, dans l'une de ces caves de Saint-Germain où l'on jouait du jazz et où l'on dansait en se heurtant les uns aux autres. Il s'était installé en face d'elle, parce qu'elle ressemblait, avec son visage posé sur ses paumes, les coudes appuyés sur la table, les cheveux noirs longs et raides couvrant ses avant-bras, à une image surgie de sa mémoire. Était-ce Sarah, ou bien un portrait de Modigliani ?

Il l'avait regardée d'abord en silence. Elle avait dit : « Je ne suis pas seule », en montrant le second verre posé près du sien.

Il avait répondu :

— Il suffit de sortir d'ici, et vous serez seule avec moi.

Elle avait un peu penché la tête, scruté attentivement la piste de danse, puis elle s'était levée.

Ils avaient marché une partie de la nuit, et il avait parlé sans fin, comme pour l'engluer dans ses confidences.

C'était au début du mois de janvier 1946.

Il ne se passait pas de jour qu'on n'annonçât la démission du général de Gaulle. Il avait raconté à Isabelle comment, à l'hôtel de Brienne, le capitaine Cédric de Taurignan lui avait accordé quelques minutes d'entretien parce qu'il était le fils d'Henri Forestier. De Gaulle était entré, son regard, avait confié Forest, saisissait. Il n'était ni froid, ni hostile, ni sévère, ni indifférent, il enveloppait. On était captivé.

— Vous êtes le fils du commandant Forestier ? avait-il dit après que Taurignan l'avait présenté.

— Un patriote, un officier lucide et valeureux, désintéressé, avait-il poursuivi. Vous portez un grand nom, monsieur, ne le rabaissez pas !

Au moment où de Gaulle s'apprêtait à refermer la porte, il avait eu l'audace de lui poser une question à propos des rumeurs concernant sa démission de chef du gouvernement.

Le général l'avait toisé, puis, tirant de la poche de son costume croisé un paquet de cigarettes, il en avait allumé une et, les yeux plissés, avait répondu, détachant chaque mot :

— On ne peut être à la fois l'homme des grandes tempêtes et des sordides combinaisons.

Cédric de Taurignan avait paru surpris, et même un peu scandalisé de cette confidence faite entre deux portes. Il avait insisté pour que Forest ne la répète pas. Le général prononçait souvent des aphorismes qui dépassaient sa pensée, avait-il murmuré, et si celui-ci était connu, on en tirerait la conclusion qu'il s'apprêtait à démissionner dans les jours suivants. Or, il n'en était pas question ! Il s'en était porté garant.

Forest avait gardé pour lui la phrase du général, qui avait démissionné le 20 janvier 1946, moins de dix jours après sa confidence.

— Je peux parler ? avait demandé Isabelle.

Ils étaient déjà parvenus à l'aube.

Leurs corps ne s'étaient pas encore rapprochés, malgré le froid. Il avait jeté dans la cheminée ses deux dernières bûches et les couvertures lacérées de quelques livres.

— Je viens de loin, avait-elle commencé.

Isabelle avait conduit, guidé Forest dans sa mémoire.

Il avait vu les rues de Kiev, parcourues par les Allemands et par leurs auxiliaires ukrainiens qu'ils lâchaient à l'entrée du ghetto comme on envoie ses chiens.

Il avait entendu les cris d'effroi, dans la fumée noire des maisons qui flambaient. Il s'était mêlé aux foules parquées, et qu'on poussait dans la campagne, jusqu'au bord d'un long fossé. Il avait vu basculer ces milliers de corps abattus par les rafales des mitrailleuses, et ils étaient tombés sur lui, puis la terre l'avait recouvert, et il avait été parmi ceux, une poignée, qui la nuit venue avaient réussi à sortir des fosses, à ramper jusqu'à la forêt, et à survivre là.

Il avait voulu saisir Isabelle, mais elle s'était dégagée avec violence, s'arrachant à son étreinte.

Et d'une voix aiguë, dure, elle lui avait dit avec presque du mépris qu'ici ils ne connaissaient rien de ce qui était survenu, qu'ils n'avaient pas vécu avec de la terre plein la bouche et les yeux, qu'ils n'avaient pas senti sur eux le poids des corps morts, qu'ils n'avaient pas été pourchassés, repris, poussés dans des wagons, qu'ils n'avaient jamais connu la place d'appel à Auschwitz, et le désert glacé et venté de Birkenau.

Elle avait crié :

— Vous ne savez rien !

Il avait réussi, doucement, à la prendre contre lui, à la bercer, mais elle avait refusé de donner sa véritable identité, comme pour affirmer qu'elle en avait fini avec cette partie-là de sa vie, qu'elle racontait le destin d'une morte dont elle avait écarté le corps.

Celle-là, elle l'avait laissée dans les fossés de Babi Yar, dans les baraquements de Birkenau.

Elle, elle avait erré en Europe, avec ces bandes de survivants en haillons que la mort poursuivait, hargneuse à l'idée de les voir échapper à sa faux.

Et ils mouraient d'épuisement, du typhus, de la dysenterie, crevant aussi pour avoir voulu trop vite étancher leur soif, satisfaire leur faim et remplir leurs corps faméliques.

Elle n'avait pas désiré rentrer en URSS, réussissant enfin à gagner Paris, à devenir cette Isabelle dont le caractère fantasque, l'énergie étonnaient, et dont on savait seulement qu'elle venait de loin.

Forest avait voulu qu'elle connaisse le château de Mazenc, et qu'elle voie depuis le haut du Ventoux l'ocre et le rouge des villages, le blanc des sommets lointains et le vert et le noir des vignobles surgissant de l'aube.

Il l'avait enfin vue rire, assise dans la salle enfumée du Cercle républicain. Il avait pu l'aimer dans la grande salle du rez-de-chaussée de la tour, devant la cheminée d'où jaillissaient des tourbillons d'étincelles. Et ils avaient marché d'un pas lent entre les vignes.

Elle avait raconté le Kiev d'avant, celui des chants, des pionnières en robe blanche et foulard rouge, des grandes noces, puis elle avait baissé la voix pour dire, calmement, la terreur nocturne, quand les policiers de Staline venaient fracasser les portes à coups de bottes, que des voisins disparaissaient comme emportés par la nuit. Et jamais personne ne s'interrogeait à leur sujet. Quand elle avait voulu dire le nom de sa camarade de jeux, engloutie elle aussi, sa mère l'avait étouffée, en appuyant son visage contre ses cuisses, en pesant de toute la force de ses mains sur sa nuque.

— C'était ça avant les fosses, avait-elle ajouté.

Elle s'était assise au sommet de la colline, parmi les oliviers, alors que s'étendait devant eux le paysage bâti à main d'homme, ces alignements de ceps qui peu à peu gagnaient les pentes, armée en marche lente assiégeant les villages perchés.

Elle avait soulevé ses cheveux, elle avait souri.

— Tu écris dans un journal communiste, n'est-ce pas ?

Il s'était souvenu des audiences du procès Kravchenko, de ces quelques témoins que Roland Mercœur avait dénoncés comme étant des traîtres, des espions, des agents américains, etc. Il aurait accusé Isabelle, s'il l'avait entendue.

Forest avait expliqué que *Le Patriote* n'était pas un journal communiste, mais…

Il s'était interrompu parce qu'elle avait éclaté de rire.

— Tu crois ce que tu dis ?

Il avait ri à son tour.

Puis elle l'avait attiré vers elle, enveloppant son cou, sa nuque dans son bras, et elle avait reconnu qu'ici ça n'avait pas beaucoup d'importance, que tout était plus humain.

Elle avait tendu son bras gauche pour montrer la campagne, l'horizon, les clochers aux tuiles vernissées.

Elle avait murmuré encore qu'ici elle pourrait avoir un enfant. Et elle avait serré le visage de Forest entre ses seins.

Ils s'étaient vus durant quelques années, ne vivant jamais ensemble, partageant seulement des morceaux de nuit, sauf quand ils séjournaient au château.

Là, Forest avait vu Isabelle se transformer. C'était comme si son corps, toujours un peu recroquevillé, tendu, les épaules cherchant à protéger la poitrine, le dos voûté, s'ouvrait.

Il l'avait aperçue, alors qu'il travaillait au dernier étage de la tour, traverser d'un pas vif le vignoble, se baisser pour cueillir une grappe qu'elle portait à sa bouche d'un geste vif, insouciant. Et de la voir ainsi lui avait fait croire qu'elle pourrait accepter de vivre avec lui, à Mazenc.

Ils exploiteraient le vignoble… Ils auraient des enfants… Ils n'écouteraient que la seule rumeur de leurs vies.

Il lui avait raconté cette fable, un jour, alors qu'ils étaient assis l'un près de l'autre devant la cheminée.

Elle avait penché la tête à toucher son épaule, ses cheveux glissant le long de sa poitrine. Elle avait dit, d'une voix calme, comme si elle prononçait là la phrase la plus banale :

— Si tu veux, Joseph, je te fais un enfant.

Il lui avait pris les poignets, il avait commencé à l'embrasser, mais il avait vite cessé, surpris par la raideur de son corps, cette froideur qu'il avait ressentie, comme si elle avait décidé de le repousser.

Elle avait ajouté, en se levant, en allant jusqu'à la fenêtre d'où l'on apercevait le portail du cimetière :

— Tu as besoin d'un fils, avait-elle chuchoté, pour continuer ici.

Puis, en se tournant d'un mouvement brutal, elle avait ajouté :

— Moi pas.

Elle était revenue vers lui.

— Mais je te donne neuf mois de ma vie, un fils, et après je m'en vais.

Il lui avait tendu la main, paume ouverte, et il ne l'avait pas refermée quand elle avait répété d'une voix résolue :

— Après, je m'en vais, Joseph.

Il avait laissé sa main posée sur son genou. Elle avait tardé à y placer la sienne.

— Tu sais ce à quoi tu t'engages, avait-elle dit. Un fils…

— J'accepte. Je veux.

Elle avait placé sa main sur la sienne. Il l'avait serrée.

Régis était né au château de Mazenc.

Forest avait fait mettre des tonneaux en perce, et presque toute la population du village était venue trinquer dans les caves.

On n'avait pas chanté pour ne pas réveiller la mère et l'enfant.

Isabelle ne l'allaiterait pas. Dès le lendemain, elle avait voulu se lever, et elle était sortie faire quelques pas dans la cour, puis elle avait gagné le vignoble, et elle avait pris le chemin qui conduit au cimetière.

Elle était revenue peu après, demandant à Forest de lui raconter l'histoire des femmes de sa famille, dont il lui avait si peu parlé, comme si elles avaient été dévorées par leurs maris ou leurs fils.

Qui étaient cette Mariella di Clarvalle, cette Aurélie Méran, cette Marguerite Novera, cette Maria Kovalewska ?

Il avait commencé à lui raconter l'histoire de sa mère, Maria, une Polonaise, poignardée un peu avant la guerre.

Il s'était interrompu, découvrant qu'il savait si peu de chose sur ce meurtre que les morts innombrables de la guerre avaient recouvert.

Il avait rentré la tête dans les épaules, pour marquer qu'il était honteux de son ignorance.

— Vos femmes sont oubliées, avait dit Isabelle.

Elle lui avait caressé la joue du bout des doigts, d'un geste tendre, où il lui avait même semblé trouver de la compassion.

— Tant mieux, avait-elle continué tout bas.

Il avait dû s'absenter, à la demande de Roland Mercœur, pour suivre le déroulement de la conférence de Genève pendant laquelle Mendès France tentait de mettre fin à la guerre d'Indochine.

Isabelle l'avait regardé partir, debout sous le porche, silhouette dans le soleil couchant.

Il avait fait marche arrière. Il s'était penché hors de la voiture. Il avait dit qu'il n'était qu'à trois ou quatre heures de route de Genève et qu'il rentrerait autant de fois qu'il pourrait.

Elle lui avait souri.

C'était la dernière image qu'il avait gardée d'elle.

Elle avait laissé sur la grande table une lettre qui ne comportait qu'une seule phrase entre guillemets :

« Je te donne neuf mois de ma vie, un fils, et après je m'en vais. »

Il l'avait maudite, avait hurlé en marchant à grands pas dans le vignoble que même les chiennes et les truies ne se comportaient pas ainsi !

Il avait appelé Cédric de Taurignan, qui était membre du cabinet du ministre de la Guerre, afin d'obtenir un appui pour que la police, les services de renseignements mettent tout en œuvre pour retrouver Isabelle.

Quelques jours plus tard, il avait été convoqué par le directeur des Renseignements généraux, le commissaire principal Delsol.

Delsol l'avait reçu, place Beauvau, dans un bureau si sombre que Forest avait à peine deviné le visage du commissaire.

— Laissez-la, avait-il conseillé, après avoir écouté Forest. On survit à ce qu'elle a vécu comme on peut.

Il avait enfin allumé la petite lampe à abat-jour d'opaline verte, qui avait éclairé le bas de son visage.

— Vous imaginez ce qu'elle a dû oublier, avait-il repris, afin de retrouver suffisamment d'élan vital pour vous faire confiance – il s'était interrompu – puisqu'elle vous a confié ce fils.

Il avait secoué la tête.

— Mais ne lui en demandez pas trop. Elle vous a fait ce don, et elle n'a pas eu assez de force pour aller au-delà. Ou bien elle n'a pas eu assez confiance en elle.

Delsol était venu s'asseoir sur le rebord du bureau, en face de Forest.

— J'ai côtoyé quelques survivants des camps. Beaucoup d'entre eux se sentent habités par la mort. Et cette femme a peut-être craint de contaminer son fils, par l'angoisse et les souvenirs qui sont en elle. Elle n'a pas voulu lui faire courir ce risque-là.

Il avait marché de long en large dans la petite pièce.

— Laissez-la, Forest. Occupez-vous du don qu'elle vous a fait.

Forest était resté prostré jusqu'à ce que le commissaire Delsol vienne lui toucher l'épaule. Il avait changé de ton pour marquer que, pour lui, la question d'Isabelle était close.

— Je voulais vous parler depuis longtemps, avait-il dit. J'ai enquêté autrefois, juste avant la guerre, sur la mort de votre mère. À cette occasion, j'ai rencontré votre père, le commandant Forestier.

Il était retourné s'asseoir derrière son bureau.

— Ce n'est peut-être pas le moment…, avait-il ajouté.

Forest n'avait pas bougé. Il pensait à Isabelle qui, après la naissance de Régis, lui avait parlé d'elle.

Il avait demandé à Delsol de poursuivre.

— C'est une histoire compliquée, jamais vraiment dénouée, avait repris Delsol comme s'il cédait à ce regard tendu vers lui, à ce besoin de savoir.

Il avait ainsi parlé de cet appartement de la rue de Bourgogne devant la porte duquel Maria Kovalewska avait été poignardée, de cet homme qui était sans doute visé et qui avait ouvert la porte, recueillant contre lui le corps de Maria, cet Elie Meyerhold, son amant, chroniqueur au *Citoyen*, le journal de Roland Mercœur.

Il avait tendu la main vers Forest.

— Oui, le rédacteur en chef de votre journal !

Il avait posé les deux mains à plat sur son bureau, comme pour s'interdire d'ouvrir les dossiers.

— Il est le dernier témoin de cette affaire, avec... – il avait hoché la tête – Michel Dussert, mais lui n'était pas directement mêlé au meurtre, trop malin pour être un exécutant. Et puis, les chefs sont-ils jamais responsables ? Ceux qui incitent à tuer sont-ils coupables de meurtre ? On a fusillé Robert Brasillach pour ses écrits antisémites, ses articles de délation appelant au meurtre, mais c'était en 1945, et seul de Gaulle pouvait avoir le courage ou le droit de ne pas gracier un intellectuel, un écrivain. Michel Dussert a eu l'intelligence de se réfugier en Suisse, d'y vivre près de dix ans des bénéfices de la banque Dussert. Qui va oser lui demander si oui ou non il savait que ses amis, les Deloncle, les Filliol, s'apprêtaient à assassiner Maria Kovalewska et Elie Meyerhold, comme ils avaient tué les frères Rosselli ou Laetitia Tureau ? Si vous suivez le procès, Forest, vous allez voir

Dussert se présenter en précurseur, en défenseur de l'Occident.

Delsol s'était levé, l'avait raccompagné jusqu'à la porte.

— Et qui peut lui donner tout à fait tort ?

Il avait retenu Forest par l'épaule.

— Laissez-la, n'est-ce pas ? Attendez sans impatience, la vie se déploie souvent comme une spirale, on se retrouve, on se perd… Si vous n'étiez pas venu pour votre affaire, je ne vous aurais jamais parlé de Maria Forestier, d'Elie Meyerhold, de Roland Mercœur et de Michel Dussert. Voyez ça d'un peu près, ça concerne votre mère, votre père. Lisez les vieux numéros de *La Voix nationale* et du *Citoyen*. Et croyez-moi, changez de journal ! Roland Mercœur…

Delsol avait secoué la tête et fait une moue de dégoût.

Jours sombres, éclairés seulement par les sourires de Régis.

Isabelle, avant de disparaître, avait installé au château une paysanne de Mazenc, Nora Montanari, veuve, cousine des Novera, donc presque une parente éloignée des Forestier.

Nora s'était emparée de Régis, et Forest, chaque fois qu'il avait séjourné à Mazenc, avait eu l'impression qu'elle craignait de le voir lui arracher l'enfant.

Alors elle répétait qu'elle n'avait rien su des intentions de madame Isabelle, mais que monsieur Joseph ne devait rien reprocher à cette femme parce qu'elle avait fait un bel enfant, et qu'elle avait dû avoir des raisons terribles pour le laisser. Parce qu'il y avait une chose qu'il fallait dire, et qu'une femme seule sentait : Madame Isabelle, son fils, elle l'aimait ! Et si elle était partie, ça ne pouvait être que pour protéger le petit de quelque chose d'effrayant, qu'elle seule connaissait. Et puis, elle savait que le petit, il ne serait pas abandonné, et qu'ici, à Mazenc, il trouverait tout l'amour du monde.

Forest avait observé Nora. Lorsqu'elle regardait l'enfant, son visage exprimait l'extase. Elle le berçait en se dandinant d'un pied sur l'autre, en chantonnant d'une voix aiguë une complainte frêle et têtue comme un cri d'oiseau, et quand elle le nourrissait, à chaque cuillère qu'elle lui présentait elle ouvrait la bouche, comme si elle était lui.

Jours sombres pourtant. Il s'était senti rassuré, mais exclu.

Il avait donc écourté et espacé les séjours à Mazenc, troublé chaque fois par un sentiment d'impuissance, écrasé par les souvenirs, le poids de toute l'histoire des Forestier, de ces femmes qu'Isabelle en quelques phrases avait fait revivre.

Ces femmes dont il parcourait maintenant les destins, en retrouvant les lettres de Mariella di Clarvalle, d'Aurélie Méran, les photos cornées de Marguerite Novera, en lisant les articles que son grand-père Antoine avait rassemblés concernant l'assassinat de Maria Kovalewska.

Il s'était senti coupable de ne pas avoir compris ce qu'avait vécu sa mère, et il avait aimé le portrait qu'avait tracé d'elle, dans *Le Citoyen*, une journaliste, Louise Véran, la présentant comme une femme de liberté, assassinée à ce titre.

Il avait eu l'impression de s'enfoncer dans la fange en lisant les articles que, dans *La Voix nationale*, Michel Dussert avait consacrés à l'affaire, accusant l'apatride, le juif Elie Meyerhold, d'être un espion soviétique dont la complice, Maria Kovalewska, avait cherché à compromettre son mari, le commandant Henri Forestier, et à obtenir de lui des renseignements, à moins que l'officier n'ait été, pour des raisons obscures, peut-être sordides, consentant ? C'était donc cet homme-là, Michel Dussert, qu'on venait d'acquitter !

Forest, assis sous l'averse, avec ce vent qui tordait la pluie, la projetait sur le sol avec violence puis paraissait la soulever, l'envoyer contre les façades de la place Dauphine, s'était recroquevillé.

Il s'était senti humilié, comme si l'acquittement de Michel Dussert était la défaite de sa propre mère et de son père, insultés dans *La Voix nationale*, celle de Meyerhold, l'un des héros de la Résistance, celle d'Isabelle, elle aussi victime de ceux avec lesquels Dussert avait collaboré.

Il avait regretté d'être resté silencieux, assis sur son banc de presse, alors qu'il aurait dû se lever en même temps que ceux qui avaient protesté, hurlé « Honte ! Scandale ! ».

Il avait eu besoin de sentir la pluie s'enfoncer en lui, ses vêtements collant à ses épaules et à ses cuisses, l'averse lui frappant le visage.

Il avait voulu avoir froid jusqu'à grelotter pour partager la souffrance de ceux qui avaient dû rester debout dans la cour d'une prison, sur la place d'appel d'un camp.

Il avait voulu subir cette pluie, ce vent, cette immobilité, pour que se nouent en lui le mépris, la colère et le désir de justice.

Quand il s'était décidé à partir, qu'il avait traversé la place Dauphine, puis marché le long du quai vers la rue Saint-Jacques et la rue de l'Estrapade, il avait pensé qu'il n'oublierait jamais le procès de Michel Dussert.

24.

“ C’était cela
la France,
cette rencontre
sans fin
des destins,
comme on greffe
les vignes
pour obtenir
le meilleur
cépage… ”

Forest s’était assis en face de la cloison vide au centre de laquelle, comme une tache bleue séparée en deux par un trait blanc, se trouvait la photo d’Isabelle au sommet du mont Ventoux.

Il avait plissé les yeux pour tenter, sans avoir à se lever – car ce mouvement si simple jadis lui était devenu souvent douloureux –, de distinguer sa silhouette entourée de ciel bleu.

Il avait imaginé, plus qu’il n’avait réussi à voir, sa robe et son gilet blancs, et son visage si petit sous la masse de cheveux noirs, qu’elle devait avoir gris si elle était encore vivante.

Et il avait eu à cette mesure du temps, à cette incertitude, envie de crier.

Il avait rejeté la tête en arrière, et il s'était souvenu de ces femmes qu'il avait vues et dont il avait entendu les plaintes, en près de cinquante ans de reportage. Les bras dressés vers le ciel, agenouillées, elles tenaient, souvent comme une offrande tragique, une protestation humble, leur enfant mort dans les bras.

Forest avait, comme en une seule phrase, un seul souvenir, une seule image, retrouvé les femmes de Budapest en flammes, en 1956, alors qu'avançaient les chars soviétiques, et leurs sœurs de la route de Huê, en 1972, alors que s'éloignaient les bombardiers B-52, et celles de toutes les forêts africaines, et celles des mechtas d'Algérie, et les pauvres ensanglantées de la rue de Rennes ou de la station de métro Saint-Michel à quelques minutes à peine de la rue de l'Estrapade, en 1989.

Forest était resté ainsi, sentant que sa nuque se raidissait, et peu à peu, alors qu'il lui avait semblé à nouveau, comme si souvent depuis quelques années, depuis qu'il était vieux, qu'il avait la tête traversée par un sifflement, s'atténuant parfois mais sans jamais cesser, il avait reconnu, sous l'aigu monocorde, le souvenir d'une voix.

C'était celle de Nora Montanari quand elle berçait Régis, une sorte de cri modulé, aigu aussi, une complainte venue sans doute de ce que Nora appelait *la pianura*, cette plaine lombarde griffée par les rizières, avec ces villages de Vignola ou de Carpi d'où les Montanari comme les Novera étaient originaires, et qu'ils avaient quittés parce qu'ils avaient faim.

Et Forest s'était demandé, le froid et l'effroi l'ayant saisi parce que cette incertitude à nouveau donnait la mesure du temps écoulé, de sa vie consumée, s'il ne se souvenait pas d'abord de la voix de Nora berçant Marianne, la fille de Régis.

Mais alors, c'était vingt-cinq ans après la disparition d'Isabelle…

Quand Fabienne, l'épouse de Régis elle aussi disparue, lui avait présenté cette petite fille, il avait refusé de la prendre dans ses bras, il avait même reculé d'un pas, et Fabienne et Régis avaient ri, l'accusant d'avoir peur d'être grand-père, de refuser le mouvement du temps !

Aujourd'hui tous les hebdomadaires, les annonceurs publicitaires, vendaient les seins, les jambes, les épaules, les yeux, les dents, la bouche, le sourire et le nom de Marianne, devenue un mannequin à la mode.

Forest avait baissé la tête, et la voix de Nora Montanari était redevenue cet aigu continu qui lui perçait le crâne de part en part.

Il s'était levé. Il s'était approché de cette grande table qu'il avait fait installer dans le salon du rez-de-chaussée de l'hôtel Forestier, sur laquelle il avait rédigé des centaines, peut-être des milliers de feuillets.

Un demi-siècle, cela fait plus de dix-huit mille jours. Il avait été comme ces vignerons de Mazenc qui, même dans les saisons mortes, ne peuvent s'empêcher de parcourir leurs vignes un sécateur à la main, taillant ici, dégageant un cep là, ramassant les feuilles mortes et se redressant, les mains sur les reins, pour embrasser d'un seul coup d'œil tout leur vignoble.

Il avait donc écrit chaque jour, ici ou en reportage.

Au retour, c'était sur cette table qu'il avait posé ses carnets de notes, ses fiches, ses photos, et qu'il avait émondé avant de vendanger, de presser. Et chaque fois, des milliers de fois, il avait trébuché sur un mot, avait été arrêté par le vide qui tout à coup s'ouvrait, blanc au centre de la phrase, de la page. Alors il levait la tête et voyait cette tache bleue séparée par un trait blanc, Isabelle au sommet du mont Ventoux, au centre de cette cloison vide.

Forest s'était installé, les coudes sur la table, le menton posé sur ses mains croisées. Il avait parcouru lentement des yeux, d'un bord à l'autre, cette surface noire qui, comme une étendue de temps, allait des lettres de Mariella, l'épouse du maréchal Maximilien Forestier, à ces magazines sur les couvertures desquels Marianne avait posé, poitrine nue, bras levés, brandissant le drapeau tricolore comme la République de Delacroix guidant le peuple. Mais ce n'était ici que la reproduction de l'affiche annonçant « le grand feuilleton télévisé » de *Média 1*, en trois épisodes, qui racontait la France de la Révolution à l'an 2000, la présentation à la presse ayant lieu à la Comédie-Française.

Pas un seul journal qui n'évoquât cette soirée. Elle serait le prologue aux festivités de la fin du millénaire. On interviewait Xavier Dussert, le banquier propriétaire de *Média 1*, et François Mercœur, le directeur des programmes de la chaîne.

Jean de Taurignan, le fils du général Cédric Chrétien de Taurignan, ancien aide de camp du général de Gaulle, qui était le responsable de la communication de la chaîne, expliquait combien il était fier de cet ambitieux programme de « prime time ». *Média 1* renouvelait la création télévisée française !

Il était ému que l'actrice, la révélation, la jeune femme qui portait toute la série sur ses magnifiques épaules, soit Marianne Forestier. Marianne était issue, expliquait-il, d'une famille dont le destin avait croisé celui des Taurignan.

Marianne avait pour ancêtre un maréchal d'Empire, pour arrière-grand-père le général Henri Forestier, Compagnon de la Libération. C'était cela la France, cette rencontre sans fin des destins, comme on greffe les vignes pour obtenir le meilleur cépage.

Et ce n'était pas un hasard si, avait ajouté Jean de Taurignan, Marianne avait grandi au château de Mazenc, situé au centre d'un des grands vignobles français, dont son père Régis Forestier avait fait depuis quelques années un cru de réputation internationale !

D'un bout de la table noire à l'autre, il y avait la succession de tant de vies, de tant de sentiments, et pourtant, de Mariella di Clarvalle à Marianne Forestier, il lui fallait seulement un petit mouvement de tête.

Il avait laissé tomber son menton sur sa poitrine.

Aucun de ces articles consacrés à Marianne, à son ascendance, ne parlait de lui, comme si rien de ce qu'il avait écrit n'avait jamais compté, reportages, livres, et le fait qu'il fût encore vivant, les pieds déjà pris dans l'histoire en train de durcir, ciment qui allait l'entraîner, mais la tête et les yeux dans le monde d'aujourd'hui.

Il était en trop, entre l'ancêtre, le maréchal d'Empire, et la jeune artiste, entre l'arrière-grand-père, compagnon de la Libération, et le père propriétaire d'un domaine viticole. Lui, Forest, petit acteur de l'époque mais grand voyeur de ce temps, il n'avait pas sa place dans la généalogie romanesque de Marianne Forestier.

Jean Chrétien de Taurignan n'avait pas su où le placer : vie trop chaotique pour une campagne publicitaire…

Il avait été un compagnon de route des communistes, avait-on dit, dans les années 50. Mais il avait rompu avec Roland Mercœur, violemment, en 1956, au temps de la révolution hongroise. Il avait dénoncé le stalinien Mercœur, puis soutenu de Gaulle. Et cependant il avait publié un livre sur le printemps rouge et noir de mai 68.

Il s'était contenté de décrire ce qu'il avait vu et entendu, interviewant longuement François, le fils de Roland, le leader étudiant, le « gauchiste » le plus déterminé à s'opposer au parti communiste au nom de la liberté. Et Forest avait reçu au lendemain de la publication du livre un coup de téléphone de Roland Mercœur, l'injuriant, l'accusant d'avoir poussé son fils contre lui, comme une basse vengeance, et pour finir, lançant cette flèche :

— Tu es comme ton général de père, un con, un irresponsable, un cocu !

Il n'avait pas pu répondre, Roland Mercœur ayant raccroché.

Toutes les blessures s'étaient rouvertes une nouvelle fois. Il avait eu l'impression qu'à chaque moment de sa vie il s'était heurté, ou bien on l'avait frappé, comme l'avait fait Roland Mercœur, là où il avait mal.

On avait retrouvé Michel Dussert parmi ceux qui avaient financé l'Organisation Armée Secrète, responsable des attentats contre le général de Gaulle, en 1961 et 1962. Et Dussert s'était à nouveau réfugié en Suisse, où il avait vécu paisiblement dans sa villa de Coppet, au bord du lac.

Forest était allé rôder autour du parc de cette villa, poursuivi par les aboiements des chiens qui bondissaient, faisant trembler les haies.

Il avait pensé qu'il aurait pu, peut-être qu'il aurait dû, attendre Dussert pour lui demander raison, l'agresser, le tuer s'il le fallait.

Mais une mort paisible avait pris Michel Dussert, l'enveloppant avec égards dans les voiles noirs d'une courte agonie, entouré par les siens, son fils Xavier, son petit-fils Rémi dont la presse disait qu'il avait décidé de renoncer à la direction de la banque pour se consacrer à la peinture.

Et Forest avait pensé à toutes ces fins brutales, quand la mort entrait dans le corps à coups de cravache, à coups de poing, qu'elle était l'eau sale d'une baignoire de l'hôtel de Wiener, avenue Hoche, quand y régnait Klaus Gensher et que Henri Forestier et des centaines d'autres étaient suspendus par les pieds, battus, noyés.

Alors il s'était reproché d'avoir laissé la mort organiser à sa guise la disparition de Michel Dussert, comme si elle était la complice de tous ceux qui étaient ses pourvoyeurs.

Car ç'avait été cela aussi, Michel Dussert.

Il ne l'avait su qu'après, quand le commissaire principal Delsol, au lendemain de son départ à la retraite, lui avait remis une série de dossiers.

— Des enquêtes personnelles, avait-il dit. J'en suis propriétaire. Il n'aurait servi à rien que je les laisse à mon successeur. Elles n'aboutiront jamais, tabou, secret, réputations intouchables, amis d'un président de la République qui ne veut pas que l'on soulève cette boîte à serpents de l'Occupation. Vous, Forest, vous pouvez peut-être en faire quelque chose, un grand livre… Vous renverserez la boîte ! J'aimerais voir les serpents se tortiller, tenter de se cacher.

Il avait poussé les dossiers sur la table.

— Ce n'est pas sans risque pour vous ! Seulement, c'est de votre père qu'il est question, et du sort de dizaines d'autres résistants, dénoncés, livrés, tombés dans un piège. Est-ce qu'il faut dire tout ça ? Je vous laisse juge.

Forest avait passé cinq jours sans quitter l'hôtel Forestier, ne sortant du salon du rez-de-chaussée que pour la cuisine, à l'autre bout du vestibule.

La femme de ménage lui avait préparé quelques oignons crus, des tomates. Elle avait sorti la bouteille d'huile d'olive, les fromages de chèvre et la boule de pain de campagne.

Il avait déjeuné et dîné ainsi, comme autrefois dans les maquis, sur les pentes du Ventoux ou dans les grottes du Vercors, et courbé, les coudes sur la table, mâchant le pain rassis, la bouche emportée par l'oignon, il avait revécu ces journées et ces nuits avec Sarah avant que la mort ne la déchire, rageusement, parce que, il en avait été plus que jamais persuadé, le sort se vengeait sur les innocents qui tentaient de repousser le règne de la faucheuse.

Puis Forest retournait, un cigare au coin de sa bouche, dans le salon, à sa table de travail, s'enfouissant dans ces interrogatoires, ces interviews plutôt, que Delsol avait menés, en solitaire.

Forest avait, suivant Delsol, vu Louise Véran, vieille femme alitée dans un pavillon situé près de la gare de Chelles.

Il avait dîné avec Mme Victor, qui habitait avenue Raymond Poincaré, vivait de ses rentes – « Je n'ai pas à me plaindre, j'ai bien vendu la maison de la rue de Provence ! » – et peut-être de ses talents d'entremetteuse, puisqu'elle était à la tête d'une société de relations publiques dont le but avoué était de procurer des secrétaires « internationales » aux personnalités qui séjournaient à Paris.

Mme Victor avait été prolixe, évoquant le temps glorieux de sa « maison » où se retrouvaient les gens du meilleur monde, qui laissaient à la porte leurs opinions et n'étaient plus que des hommes aimant les jolies femmes. Cela avait créé entre eux une complicité bien agréable, bien reposante, n'est-ce pas ? Dehors régnaient les barbares, qui violaient les femmes au lieu de leur faire la cour. Mais rue de Provence, dans la pénombre du bar, on buvait le champagne comme avant guerre.

Mme Victor lui avait parlé de son ami, le commissaire Morini, dont elle disait avoir tout ignoré des activités politiques. Il était corse, comme elle, généreux et fidèle. Il avait disparu en juillet 1944, assez malin pour avoir compris que les temps changeaient, qu'il lui fallait quitter la France. Il avait suffisamment de relations et d'intelligence pour avoir, elle en était sûre, préparé ses arrières à l'étranger, peut-être en Suisse, ou plus loin, au Venezuela ou en Uruguay où vivaient, disait-on, beaucoup de Corses.

Elle n'avait rien à se reprocher, avait-elle répété.

Elle avait accueilli Klaus Gensher et Michel Dussert, Jacques Machecoul et bien d'autres, mais dès le 27 août 1944, elle avait reçu les officiers de la 2e DB, puis les généraux américains.

— Et croyez-moi, Delsol, si mes filles ont eu tout de suite le béguin pour les Français, elles ont trouvé que les Américains étaient plus grossiers, plus vicieux, plus tordus que les Allemands. On a beau dire, les Allemands ce sont des Européens, comme nous, mais les Américains, c'est autre chose !

Bavardages.

En parcourant ces feuillets, le premier jour, Forest avait cru qu'il ne s'agissait que de cela, des ragots, des souvenirs complaisants, et il s'était étonné que le commissaire Delsol ait semblé attacher tant d'importance à ces confidences.

Et puis, à la fin de la deuxième journée, il avait lu le compte rendu de la conversation de Delsol avec Klaus Gensher, un paisible retraité qui vivait au bord du lac de Constance, sans doute à la manière discrète et cossue de Michel Dussert qui avait terminé ses jours sur les rives du lac de Genève.

Et tout à coup Forest avait eu la sensation, en découvrant les réponses de Klaus Gensher, que, dans une sorte de rumeur sourde, tout ce qu'il avait lu précédemment se transformait. La glace lisse se brisait et l'eau noire, tumultueuse et glacée, apparaissait.

Il avait imaginé la jubilation de l'ancien major qui, dans l'hôtel de Wiener, servait d'intermédiaire entre l'Abwehr et la Gestapo. Gensher n'avait exprimé aucun regret, comme si lui aussi avait deviné que la mort était sa complice, qu'elle le protégeait déjà, empêchant qu'à cause de son grand âge il ne soit emprisonné ou extradé. La France d'ailleurs s'était bien gardée d'en faire la demande.

Il avouait même qu'il avait assisté à certains interrogatoires. Ils étaient sans concession, c'était son mot, mais les agents arrêtés n'avaient pas ignoré, avant de s'engager, les risques qu'ils couraient. Il avait assuré à Delsol que personne n'était mort, à l'hôtel de Wiener, des mains de l'un quelconque de ses subordonnés allemands.

« Mais, avait-il ajouté, sans doute en souriant, les auxiliaires français de la Gestapo étaient plus hargneux que nous. Il en va toujours ainsi dans une guerre civile, n'est-ce pas ? Et naturellement, ces Français voulaient conserver leur liberté d'action. Ils refusaient de me laisser contrôler leurs interrogatoires, et je respectais ce droit national. Vous comprenez ? Bon nombre d'entre eux avaient été recrutés par le commissaire Morini, un homme de conviction, mais brutal. Ce sont ces Français-là qui ont interrogé le général Henri Forestier. »

Mais Forestier s'était suicidé avant d'avoir parlé.

« Un homme digne de respect », avait conclu Gensher.

Brusquement, Gensher avait changé de ton.

Forest l'avait imaginé, se renversant dans son fauteuil, disant combien la tâche lui avait été facilitée par les Français, ceux qui avaient choisi la collaboration au nom de l'Europe nouvelle.

Il avait entretenu les meilleures relations avec Michel Dussert, qui s'était plusieurs fois rendu à l'hôtel de Wiener. Gensher avait aussi dîné une fois par mois, au Ritz, avec les dirigeants d'entreprise et les banquiers, comme Xavier Dussert.

« Nous savions que ce dernier était aussi en relation, par la succursale de la banque à Zurich, avec Londres et avec la Résistance. Mais il y avait résistance et résistance. Nous faisions la différence entre les fanatiques au service du communisme, les gaullistes qui étaient devenus leurs alliés et les autres, parmi lesquels des gens honorables, des patriotes. Je pense à Léon de Boissier, et même au général Robert Chrétien de Taurignan. Nous l'avons arrêté, déporté. Que pouvions-nous faire ? Il aidait l'Armée secrète. Mais nous lui avons accordé un traitement particulier. Il l'a d'ailleurs reconnu publiquement, avec beaucoup de fair-play.

« D'ailleurs, même avec les autres – Gensher avait dû se pencher, fixer Delsol, savourer à l'avance ce qu'il allait dire – avec les communistes, nous avons eu, en 1940, des conversations fort courtoises. Je me souviens de la visite de Vincent Gallois à l'hôtel de Wiener. Gallois, de son vrai nom Mercœur, venait nous demander l'autorisation de faire reparaître son journal, *Le Citoyen*. Et si plus tard Gallois a été arrêté, c'est que quelqu'un l'a dénoncé. On a beaucoup dit qu'il s'agissait de son ancienne maîtresse Louise Véran, mais non ! Les choses sont toujours plus tortueuses dans ces périodes-là. On se servait de nous pour écarter des rivaux politiques et des témoins encombrants. Michel Dussert a ainsi reçu des informations sur Vincent Gallois, puis sur le général Forestier. Il ne m'a pas prévenu directement. Il s'est peut-être confié à l'une de ces femmes que nous côtoyions tous, rue de Provence. Mais oui, moi aussi ! Cela paraît étrange aujourd'hui, mais il y avait ainsi dans Paris des lieux de paix et de plaisir. Qui, parmi les écrivains français, ne connaissait pas Ernst Jünger ? Qui aurait refusé de dîner avec lui, même à l'hôtel de Wiener ? Ou de prendre un verre avec moi, au bar de la "maison" de la rue de Provence, en compagnie de Mme Victor ?

« Nous avons pu arrêter Gallois. C'était un témoin de l'année 40. Il avait négocié avec nous, il avait donc intérêt à disparaître, et mieux valait pour ses camarades que nous le transformions en héros. Meyerhold, un autre témoin des mêmes années, est tombé pour les mêmes raisons. Et enfin nos auxiliaires français ont arrêté Henri Forestier, trop gaulliste et successeur possible de Jean Moulin. Les mêmes qui avaient dénoncé Moulin se sont débarrassés de Forestier. Louise Véran n'avait été dans cette affaire qu'un appât, un leurre. Je m'étonne encore qu'elle ait pu survivre. Elle s'est, je crois, cachée durant des années. Les grands survivants de cette période ont été Roland Mercœur et Michel Dussert. Ils sont morts tous les deux. Votre président de la République, le plus habile de tous, est mort aussi. Et même Jünger, l'immortel Jünger, s'en est allé. Alors bientôt, ce sera moi ! »

Gensher avait dû rire avant d'ajouter :

« C'est bien pour cela que je vous ai parlé, monsieur Delsol. L'approche de la mort, quand on a vraiment pressé la vie comme un fruit, n'effraie pas. Elle libère, c'est une amie qui vient vous tendre la main. »

Forest avait relu, ligne après ligne, plume en main, l'ensemble des pièces que contenaient les dossiers.

Il avait dessiné cette toile d'araignée qui, de Michel Dussert à Klaus Gensher, de Mme Victor au commissaire Morini, mais aussi de Vincent Gallois à Roland Mercœur, le père et le fils, d'Eugène Deloncle à Léon de Boissier, de Filliol à Jacques Machecoul, s'était étendue peu à peu sur toute la France, couvrant des années.

Et Elie Meyerhold, et Henri Forestier, et Maria Kovalewska, et Sarah Liebman, et Gustave Novera, et Jacques Rigout, et Antoine Forestier, et des centaines d'autres s'y étaient englués. Et ceux qui avaient tissé ces fils avaient pour la plupart échappé à la justice.

Forest avait commencé à écrire le récit de ces années, qu'il avait intitulé *Comment meurent les héros*. Mais au fur et à mesure qu'il avait campé ses personnages, il s'était demandé si quelqu'un voudrait éditer ce texte.

Comment l'éditeur Yves Machecoul, le petit-fils de Jacques, aurait-il pu publier un tel livre ? Comment Xavier Dussert, qui possédait *Média 1* et une constellation de maisons d'édition et de journaux, aurait-il accepté de voir mis en cause son propre père Michel, que la justice avait acquitté ?

Certes, il existait en France des maisons d'édition indépendantes, et Forest au fond de lui avait eu la conviction que, s'il s'obstinait, son livre serait un jour publié.

Il était, avait-on écrit, l'héritier de Malraux et de Kessel, et le récit ferait scandale.

Des éditeurs devaient donc, un jour ou l'autre, s'intéresser à ce morceau d'histoire, encore saignant, que les lecteurs pourraient acheter.

Mais Forest avait découvert avec une sorte de terreur, comme on regarde une plaie profonde et purulente, qu'il ressentait de moins en moins le désir d'écrire, comme si l'énergie qui avait été en lui, chaque jour, depuis plus d'un demi-siècle, s'était tarie au moment même où il voulait composer ce grand œuvre, ce retour sur toutes ces années, pour éclairer la mort de son père et de sa mère.

Forest avait passé des heures, immobile face à ces dossiers, les feuilletant lentement, griffonnant quelques phrases, les rayant, retournant s'asseoir sur le canapé, en face de la cloison vide, cherchant à retrouver la silhouette blanche d'Isabelle qui se découpait sur le ciel bleu, au sommet du mont Ventoux.

Dans cet état un peu nauséeux, où la lassitude semblait venir de l'inaction autant qu'elle la provoquait, il avait repris les magazines, feuilletant jusqu'au dégoût ces pages où Marianne, cette petite fille qui s'endormait hier au son de la complainte aiguë de Nora Montanari, se pavanait aujourd'hui à moitié dénudée.

Longtemps il n'avait pas eu le courage de lire les textes qui accompagnaient les photos.

Mais au lendemain de la soirée de présentation du feuilleton télévisé de *Média 1*, fin septembre 1999 à la Comédie-Française, il avait aperçu à la télévision quelques images de cette réception, « grandiose » avait dit le commentateur.

Il avait vu Marianne s'approcher, souriante, de Xavier Dussert, ce nabot aux cheveux étonnamment noirs, puis s'éloigner avec lui.

La caméra s'était complaisamment attardée sur ce couple que Forest avait jugé monstrueux. C'était comme si Xavier Dussert avait profané sa mémoire, répandant sur chaque souvenir de la fange.

Forest s'était redressé, un flot de colère l'avait envahi.

Il avait lu les articles, les échos, appris que Marianne Forestier constituait avec Xavier Dussert, selon les journalistes, un couple paradoxal mais fascinant. Lui, né en 1920, témoin de tout le siècle, d'une vitalité étonnante à près de quatre-vingts ans. Elle, née en 1980, symbolisant le millénaire à venir avec sa jeunesse, sa beauté, et cette contradiction en elle, car Marianne avait le visage innocent d'une adolescente et le corps épanoui d'une femme qui n'ignore rien du plaisir.

On précisait que, avant de passer ses week-ends dans la résidence de Xavier Dussert, Marianne Forestier avait été vue souvent en compagnie de Julien de Boissier. Le fils de l'ancien directeur de la succursale de la banque Dussert à Zurich avait été un temps secrétaire d'État, puis ministre de l'Économie et des Finances.

Forest avait été étouffé par l'humiliation et le désespoir.

Il avait lu et relu ces articles, comme les fous qui se barbouillent le visage avec leurs excréments jusqu'à vomir.

Il avait découvert dans un reportage consacré à cette « grande et bonne vieille dame », la banque Dussert-Speicher et Fils, que toute une cloison de la salle du directoire de la banque était occupée par un tableau dont il avait refusé de croire, comme le journaliste le précisait pourtant, qu'il représentait ces dunes, ces colonnes brisées, ce paysage des temps bibliques, cependant qu'à l'horizon s'avançaient les Rois mages.

Était-il possible que ce tableau fût le sien, emporté lors d'une perquisition par les miliciens ou les policiers, dans les années 40, et sans doute revendu à Michel Dussert ?

Forest s'était rendu au siège du magazine.

Il avait demandé à voir les photos prises dans cet ancien hôtel de Taurignan, devenu depuis deux siècles le siège de la banque. On avait hésité à les lui montrer, mais il était Joseph Forest, le vieux Forest, une figure un peu mythique de la presse. L'homme qui avait traîné dans les rues de Budapest et de Huê, dans les Aurès et dans le Hoggar, l'homme qui avait créé *Les Allobroges*, un journal clandestin de la Résistance, celui qui descendu du maquis avait publié les premiers reportages sur Buchenwald et Auschwitz, l'homme qui avait su rompre avec Roland Mercœur et la presse communiste pour devenir un des premiers free-lances, un journaliste libre, c'est-à-dire menacé de ne pouvoir faire paraître ce qu'il avait écrit ! Bref, un homme courageux.

La rédactrice en chef avait donc posé devant lui la série de clichés. Et Forest avait vu le tableau tel qu'il apparaissait sur l'une des photos, au premier plan, immense et fauve, avec ces vagues de dunes, ces fûts de colonnes, et ces Rois mages qui se profilaient à l'horizon.

Et il était resté fasciné, comme s'il avait découvert enfin ceux qui lui avaient volé son enfance, sa mémoire.

Il avait montré un cliché.

— Je veux celui-là, avait-il dit.

Le responsable du service photo avait tenté d'expliquer qu'il fallait l'accord du photographe, de la direction…

Forest avait pris l'épreuve et il était parti à grandes enjambées. Il lui avait semblé qu'il avait enfin réussi à se dégager du marécage où, depuis des semaines, il s'enfonçait.

Il avait un acte à accomplir, son enfance et sa mémoire à reconquérir. Il avait eu l'impression, perdue depuis des décennies, qu'il était aussi jeune que lorsque, dans l'hiver 1942, il avait commencé à marcher avec Sarah Liebman dans les forêts du mont Ventoux.

Et il avait murmuré, comme un viatique, les mots de ce temps, si lointain, si proche :

J'ai confectionné avec des déchets de montagnes des hommes qui embaumeront quelque temps les glaciers.

25.

“Il s’était infligé
à lui-même
le châtiment
suprême,
fidèle en cela
à sa famille qui
n’avait jamais,
comme tant
d’autres, choisi
les voies faciles
de l’habileté
et de la
prudence… ”

Les gendarmes avaient retrouvé Joseph Forestier le visage déchiré par l’explosion de la balle de fort calibre qu’il s’était tirée dans la bouche.

Il était allongé dans la pièce du dernier étage de la tour du château de Mazenc, devant la fenêtre d’où l’on voit le mont Ventoux et les Dentelles de Montmirail. Il avait les bras en croix, le droit un peu replié, la main serrant la crosse du pistolet, une arme des temps de la Résistance.

Le sang était d’une couleur à peine plus sombre que le rouge des briques du sol. Était-ce le bruit de la détonation dans cette aube du lundi 27 septembre 1999, ou bien les allées et venues des voitures de la gendarmerie et l'arrivée d'une ambulance, mais la nouvelle du suicide de Forest s'était répandue jusqu'à la parcelle la plus éloignée du vignoble, celle qui couvre les pentes d'une colline coiffée d'oliviers.

C'était la fin des vendanges. Il avait plu les jours précédents et la terre rouge était gorgée d'eau.

Mais le ciel, ce matin-là, était clair.

Les vignerons, les femmes de Mazenc s'étaient rassemblés, d'abord devant le porche du château, puis sur la place Forestier.

On s'était souvenu du jour de mai 1945 où Joseph avait tiré sur le cordon du drapeau qui masquait la plaque bleue, fixée à l'extrémité de la façade de la mairie.

On avait levé les yeux. Le bleu du métal était terni, le blanc des lettres écaillé, mais on pouvait encore lire distinctement :

Antoine, Charles et Henri Forestier
Morts pour la France, 1944, 1917, 1944
Héros de la République

On avait parlé bas, on s'était passé *La Provence* et *Le Progrès*, les journaux qui arrivaient le matin à Mazenc.

Ils relataient la découverte du corps du banquier Xavier Dussert, mort dans des circonstances suspectes au siège de la banque Dussert, boulevard Saint-Germain.

On avait retrouvé le vieil homme dans la salle du directoire de la banque.

Il semblait avoir reçu, après la fermeture de la banque, l'écrivain et journaliste Joseph Forest. Son corps avait été découvert lors de la réouverture du siège, deux jours plus tard.

Le visage de Xavier Dussert portait des traces de coups, mais il n'avait pas été possible encore de déterminer s'ils étaient la cause du décès, ou bien si la mort avait été provoquée par un arrêt cardiaque, ou le choc résultant de la chute.

Les journaux publiaient une photo de cette salle, avec une flèche montrant l'emplacement où l'on avait retrouvé Xavier Dussert, au pied d'un immense tableau représentant un paysage désertique, avec les ruines d'un temple.

Le juge d'instruction avait souhaité entendre Joseph Forest, d'abord à titre de témoin, mais les soupçons qui pesaient sur lui étaient lourds.

Sur la place de Mazenc, les voix s'étaient élevées plus fortes.

Les Dussert, on les connaissait. On avait eu Michel Dussert comme député de la Drôme. On savait comment il avait fini, acquitté, tranquille en Suisse. Et on avait envoyé les gendarmes pour Joseph Forestier, comme si on avait craint qu'il prenne la fuite !

On avait parlé longtemps, de plus en plus haut, en gesticulant, puis brusquement le ciel s'était assombri, comme cela arrivait souvent à la fin septembre, et un coup de vent froid avait précédé l'averse.

Les gens avaient fui en courant.

Mais le ciel était clair, d'un bleu vif, le vendredi 1er octobre 1999 quand on avait porté Joseph Forestier en terre, au cimetière de Mazenc.

La foule avait envahi les allées et le terre-plein devant le portail, là où Joseph s'était agenouillé, un jour d'août 1944, devant les corps de Gustave Novera, d'Antoine Forestier et de Joseph Rigout.

Il y avait deux équipes de télévision, mais les gens, et d'abord les femmes, avaient exigé qu'elles restent hors du cimetière. Pourtant les cameramen s'étaient installés à califourchon sur les murs.

On avait détourné la tête pour écouter le maire qui, debout près de Régis Forestier, revenu du Japon où il négociait la vente de sa récolte, évoquait la mémoire de Forest, écrivain courageux et libre.

Il avait dit qu'à Mazenc on était fier de lui, comme de ses ancêtres. Leur gloire avait rejailli sur le village.

Certes, on ne pouvait pas accepter qu'un homme, même un homme comme Joseph Forestier, s'arroge le droit de juger un autre homme.

Et s'il était prouvé que Joseph s'était fourvoyé, il fallait condamner son acte. Les lois de la République devaient être respectées par tous. Mais quoi qu'il ait fait, Joseph resterait dans le cœur des habitants de Mazenc.

Et quoi qu'il ait fait, il méritait les circonstances atténuantes.

Or il s'était infligé à lui-même le châtiment suprême, fidèle en cela à sa famille qui n'avait jamais, comme tant d'autres, choisi les voies faciles de l'habileté et de la prudence.

Le maire de Mazenc avait fait un pas en avant. Il avait un peu redressé la tête, gardé le silence quelques instants, puis, d'une voix tremblante, il avait demandé aux croyants de prier pour Joseph Forestier afin que Dieu lui accorde son pardon, et aux autres de le garder vivant dans leur mémoire.

Peu après, le mistral s'était levé.

TABLE DES MATIÈRES

Prologue

“ L’aube, il faut aller la chercher. Elle ne se donne pas.
Il y a des gens qui n’ont jamais vu l’aube
de toute leur vie… ” 11

Première partie

1. “ C’était une Polonaise, disait-on à l’heure du thé
dans ces villas qu’occupaient les officiers
de la garnison… ” 25
2. “ On l’avait attendu, un soir devant chez lui,
pour le frapper à coups de barre de fer… ” 41
3. “ Maria avait haussé les épaules. Qu’y pouvait-elle ?
Était-elle responsable de la folie des hommes,
de la guerre ? ” 53
4. “ C’est cela la politique, tu l’apprendras,
faire se battre l’un contre l’autre tes ennemis.
Et quand ils se sont tués, tu restes le maître… ” 67
5. “ Nous disposons avec Stavisky d’un levier important,
je dirais d’une bombe à retardement… ” 75

6. « Nous constituons des stocks d'armes, monsieur le maréchal, nous serons bientôt prêts à prendre d'assaut les bâtiments officiels... » 79
7. « Ce brasier lui avait rappelé l'incendie qui avait détruit sa maison et ceux que les nazis avaient allumés dans toutes les villes d'Allemagne... » 91
8. « Ces hommes n'ont plus en commun que la volonté de tuer l'autre. Français ? Allons donc, ils se disent communistes ou fascistes d'abord... » 99
9. « C'était bien cela, Deloncle, une masse de muscles, une tête énorme, des yeux noirs, fixes, un nettoyeur de tranchées, au couteau... » 109
10. « Quoi qu'elle ait pensé, quoi qu'elle ait fait, elle était une cible. En la tuant, on vous frappe... » 117
11. « Il avait eu le sentiment d'accomplir un rite sacré, comme s'il avait plongé ses doigts dans un bénitier et humecté les yeux et les lèvres des mourants... » 127
12. « Elle n'avait pas écrit que les envoyés de Moscou, dans les caves de Barcelone, torturaient et exécutaient... » 139
13. « Nous nous battrons sur les mers, nous nous battrons dans les champs, et dans les rues, nous nous battrons sur nos plages et nos collines. » 147
14. « Voilà près de neuf siècles que les Chrétiens de Taurignan ont accroché leur blason à l'histoire de la France. Je suis fier de notre lignée... » 161
15. « Je fais à la France le don de ma personne pour atténuer ses malheurs... C'est le cœur serré que je vous dis aujourd'hui qu'il faut cesser le combat. » 167

Deuxième partie

16. « Quoi qu'il arrive, la flamme de la résistance française ne doit pas s'éteindre et ne s'éteindra pas. » .. 181

17. “ Notre honneur, ce n’est pas de se résigner à leurs coups, mais de les vaincre, vous comprenez ? ” 195
18. “ Michel Dussert voulait la collaboration totale et active avec l’Allemagne pour permettre la création d’une Europe nouvelle, rempart contre le bolchevisme... ” 207
19. “ La politique et la guerre, c’est la roulette russe. On gagne ou on perd. Mais quand on a fait tourner le barillet, il est impossible de l’arrêter... ” 213
20. “ Vous tomberez dans une souricière, ou bien elle vous livrera. Et vous n’aurez peut-être pas le temps de vous suicider... ” 223
21. “ J’ai confectionné avec des déchets de montagnes des hommes qui embaumeront quelque temps les glaciers. ” 237
22. “ C’est la règle, en politique, vous me l’avez assez dit : les vaincus ont tort, les vainqueurs raison... ” 249

Troisième partie

23. “ Je te donne neuf mois de ma vie, un fils, et après je m’en vais... ” 259
24. “ C’était cela la France, cette rencontre sans fin des destins, comme on greffe les vignes pour obtenir le meilleur cépage... ” 287
25. “ Il s’était infligé à lui-même le châtiment suprême, fidèle en cela à sa famille qui n’avait jamais, comme tant d’autres, choisi les voies faciles de l’habileté et de la prudence... ” 305

CHRONOLOGIE HISTORIQUE

13 septembre 1920 • Deschanel, malade, est remplacé par Alexandre Millerand à la présidence de la République.

29 décembre 1920 • Fondation du parti communiste français au congrès de Tours.

16 janvier 1921 • Aristide Briand, président du Conseil.

15 janvier 1922 • Poincaré, président du Conseil.

10 janvier 1923 • Poincaré annonce l'occupation de la Ruhr.

15 juin 1924 • Édouard Herriot, président du Conseil.

Janvier 1925 • Début de l'évacuation de la Ruhr.

10 avril 1925 • Chute du ministère Herriot, remplacé par Poincaré le 17.

28 novembre 1925 • Briand, président du Conseil.

21 mai 1927 • Lindbergh réussit la 1re traversée de l'Atlantique d'est en ouest.

29 juillet 1929 • Briand remplace Poincaré, démissionnaire.

24 novembre 1929 • Mort de Clemenceau.

13 mai 1930 • Mermoz réussit la première liaison aéropostale de l'Atlantique Sud.

27 janvier 1931 • Ministère Pierre Laval.

6 mai 1932 • Assassinat de Paul Doumer, remplacé par Albert Lebrun le 10.

29 novembre 1932 • Pacte de non-agression avec l'URSS.

30 janvier 1933 • Hitler chancelier.

31 janvier 1933 • Premier ministère Daladier.

7 juin 1933 • Pacte à Quatre (France, Angleterre, Italie, Allemagne).

8 janvier 1934 • « Suicide » de Stavisky.

6-7 février 1934 • Journées d'émeutes contre le gouvernement, le renvoi du préfet de police Jean Chiappe et la corruption.

9 février 1934 • Gaston Doumergue forme un cabinet d'union nationale.

7 juin 1935 • Ministère Pierre Laval.

3 mai 1936 • Victoire électorale du Front populaire français. Ministère Léon Blum.

Mai-juin 1936 • Nombreuses grèves et occupations d'usines.

17 juillet 1936 • Insurrection franquiste en Espagne.

8 août 1936 • André Malraux à Madrid crée l'escadrille España pour aider le gouvernement républicain espagnol.

26 avril 1937 • Guernica bombardée par l'aviation allemande.

22 juin 1937 • Chute de Blum, ministère Chautemps.

29 décembre 1937 • Grève générale de 24 heures dans les services publics.

13 mars 1938 • Ministère Blum accueilli par de nouvelles grèves.

10 avril 1938 • Ministère Daladier gouverne par décrets-lois.

29-30 septembre 1938 • Signature des accords de Munich (Daladier, Chamberlain, Hitler, Mussolini).

30 octobre 1938 • Daladier rompt avec les communistes : fin du Front populaire.

13 novembre 1938 • Série de décrets destinés à augmenter les ressources de l'État. Durée hebdomadaire du travail portée à 48 heures.

27 février 1939 • La France reconnaît officiellement le gouvernement de Franco.

2 mars 1939 • Le maréchal Pétain ambassadeur à Madrid.

5 mai 1939 • Albert Lebrun réélu président de la République.

23 août 1939 • Signature du pacte d'amitié germano-soviétique.

13 septembre 1939 • Mobilisation générale et état de siège.

3 septembre 1939 • La France et l'Angleterre déclarent la guerre à l'Allemagne.

19 mars 1940 • Chute de Daladier, cabinet Paul Reynaud.

10 mai 1940 • La Wehrmacht attaque la Belgique et la Hollande.

14-15 mai 1940 • La Wehrmacht franchit les frontières françaises.

18 mai 1940 • Pétain entre au gouvernement.

5-7 juin 1940 • Remaniement du cabinet, de Gaulle sous-secrétaire d'État à la Défense nationale.

14 juin 1940 • L'armée allemande entre à Paris.

16 juin 1940 • Pétain, président du Conseil, va demander l'armistice.

18 juin 1940 • Appel du général de Gaulle à la BBC.

27 juin 1940 • Le gouvernement se transporte à Vichy.

10 juillet 1940 • L'Assemblée nationale donne tous les pouvoirs à Pétain.

26 juillet 1940 • René Char, démobilisé, entre bientôt dans la Résistance sous le nom de capitaine Alexandre.

9 août 1940 • Accords Churchill-De Gaulle : Comité national de la France libre.

3 octobre 1940 • Premier statut des Juifs.

24 octobre 1940 • Entrevue Hitler-Pétain à Montoire.

29 novembre-2 décembre 1940 • L'Alsace et la Lorraine sont rattachées au Grand Reich.

13 décembre 1940 • Arrestation de Pierre Laval, libéré sur ordre allemand.

20 février 1941 • L'amiral Darlan, chef du gouvernement.

22 juin 1941 • Les troupes allemandes envahissent l'URSS.

12 novembre 1941 • Darlan, ministre de la Guerre.

18 avril 1942 • Laval reprend la tête du gouvernement.

16-17 juin 1942 • Rafle du Vel' d'Hiv'.

8-11 novembre 1942 • Débarquement américain en Afrique du Nord.

11 novembre 1942 • Les Allemands occupent la zone libre.

24 décembre 1942 • Assassinat de Darlan à Alger.

14-25 janvier 1943 • Giraud et de Gaulle à la conférence de Casablanca.

30 janvier 1943 • Laval crée la Milice dirigée par Darnand.

Printemps 1943 • À Londres, Kessel, Druon et Anna Marly composent *Le Chant des Partisans*.

27 mai 1943 • Première réunion à Paris du Conseil national de la Résistance, avec Jean Moulin.

3 juin 1943 • À Alger, Giraud et de Gaulle dirigent le Comité français de Libération nationale.

21 juin 1943 • Arrestation de Jean Moulin à Calluire.

7 janvier 1944 • La Gestapo exécute Eugène Deloncle à son domicile.

10 janvier 1944 • Darnand et la Milice reçoivent des pouvoirs accrus.

1er février 1944 • Création et organisation du FFI dirigé par le général Koenig.

6 juin 1944 • Débarquement allié en Normandie.

15 août 1944 • Débarquement franco-américain en Provence.

25 août 1944 • Libération de Paris.

9 septembre 1944 • À Paris, de Gaulle forme un gouvernement d'union nationale.

16 décembre 1944 • Offensive allemande dans les Ardennes.

27 janvier 1945 • Libération du camp d'Auschwitz.

25 août 1945 • Fin du procès de Pétain.

9 octobre 1945 • Exécution de Laval.

13 novembre 1945 • De Gaulle élu chef du gouvernement provisoire par l'Assemblée nationale constituante.

20 novembre 1945-1er octobre 1946 • Procès de Nuremberg.

20 janvier 1946 • Démission de De Gaulle, remplacé par Félix Gouin.

19 juin 1946 • Georges Bidault remplace Félix Gouin.

16 janvier 1947 • Vincent Auriol élu président de la République.

Mars 1947 • De Gaulle crée le RPF.

27 juin-2 juillet 1947 • La France et l'Angleterre adoptent le plan Marshall.

17 mars 1948 • À Bruxelles, traité d'alliance militaire (France, Belgique, Luxembourg, Pays-Bas, Grande Bretagne).

28 avril 1949 • Signature du pacte Atlantique.

11 août 1949 • À Strasbourg, première cession du Conseil de l'Europe.

1er octobre 1949 • Mao Tsé-toung proclame à Pékin la République populaire chinoise, dont il est le premier président.

9 mai 1950 • Robert Schuman présente son plan de la CECA.

6 mars 1952 • Antoine Pinay, président du Conseil.

27 mai 1952 • Naissance de la Communauté européenne de défense (CED).

23 décembre 1953 • René Coty, président de la République.

Février 1954 • Hiver très rigoureux, campagne de solidarité lancée par l'abbé Pierre.

7 mai 1954 • Chute de Diên Biên Phu.

29 juin 1954 • Cabinet Mendès France, avec des gaullistes et des radicaux.

21-22 juillet 1954 • Les accords de Genève mettent fin à la guerre d'Indochine.

1er novembre 1954 • Début de la guerre d'Algérie.

26 janvier 1955 • Jacques Soustelle, gouverneur général d'Algérie.

5 février 1955 • Mendès France est renversé. Edgar Faure lui succède.

23 janvier 1956 • Guy Mollet forme un ministère de gauche.

5 novembre 1956 • Débarquement franco-anglais de Suez.

25 mars 1957 • Signature du traité de Rome.

13 mai 1958 • Insurrection d'Alger.

29 mai 1958 • René Coty fait officiellement appel à de Gaulle.

1er juin 1958 • De Gaulle, président du Conseil, reçoit les pleins pouvoirs le 2.

21 décembre 1958 • Charles de Gaulle élu président de la République.

8 janvier 1959 • Michel Debré, Premier ministre. André Malraux, ministre des Affaires culturelles.

16 septembre 1959 • De Gaulle propose l'autodétermination à l'Algérie française.

1er janvier 1960 • Entrée en vigueur du nouveau franc.

13 février 1960 • À Reggane, explosion de la première bombe atomique française.

8 janvier 1961 • Victoire du « oui » au référendum de l'autodétermination de l'Algérie.

21-26 avril 1961 • Putsch des généraux à Alger.

20 mai 1961 • Ouverture de la conférence d'Evian, interrompue le 13 juin.

12-13 juin 1961 • Début de la construction du mur de Berlin.

18 mars 1962 • Conclusion des accords d'Evian.

26 avril 1962 • Démission de Michel Debré, remplacé par Georges Pompidou.

1er juillet 1962 • Indépendance de l'Algérie.

28 octobre 1962 • Un référendum approuve l'élection du président de la République au suffrage universel.

27 janvier 1964 • La France reconnaît la Chine communiste.

19 décembre 1965 • De Gaulle réélu président de la République.

2 juillet 1966 • Première explosion atomique à Mururoa.

2 mai 1968 • Début de la révolte étudiante, suivie d'une grève générale: Mai 68.

27 mai 1968 • Accords de Grenelle.

28 avril 1969 • Après l'échec du référendum sur la régionalisation, de Gaulle quitte le pouvoir.

15 juin 1969 • Georges Pompidou, président de la République.

9 novembre 1970 • Mort du général de Gaulle à Colombey-les-Deux-Églises.

2 avril 1974 • Mort de Georges Pompidou.

19 mai 1974 • Valéry Giscard d'Estaing, président de la République.

25 mars 1977 • Jacques Chirac élu maire de Paris.

10 mai 1981 • François Mitterrand, président de la République.

10 septembre 1981 • *Guernica*, le tableau de Picasso, jusque-là exposé à New York, rejoint Madrid.

20 mars 1986 • Jacques Chirac, Premier ministre de la cohabitation.

8 mai 1988 • François Mitterrand réélu président de la République.

9 novembre 1989 • Destruction du mur de Berlin.

2 août 1990 • Début de la guerre du Golfe.

7 mai 1995 • Jacques Chirac, président de la République.

“C’était à moi d’assumer la France”

De Gaulle

De l’adolescent qui, en 1905, rêve de sauver son pays au vénérable général qui s’éteint en novembre 1970, il y a l’histoire de toute une nation. Jusque dans les heures les plus sombres du XXᵉ siècle, de Gaulle a voulu incarner le destin de son pays.
Découvrir cette personnalité exceptionnelle, souvent déconcertante, qu’inspirait “une certaine idée de la France”, fait entrer dans la mémoire du monde contemporain.

1. *L’appel du destin* (n° 10641)
2. *La solitude du combattant* (n° 10642)
3. *Le premier des Français* (n° 10643)
4. *La statue du commandeur* (n° 10644)

Il y a toujours un Pocket à découvrir

Imprimé en France sur Presse Offset par

BRODARD & TAUPIN

GROUPE CPI

8492 – La Flèche (Sarthe), le 02-08-2001
Dépôt légal : août 2001

POCKET – 12, avenue d'Italie - 75627 Paris cedex 13
Tél. : 01.44.16.05.00